FARFALLE

W0337614

Dello stesso autore
nel catalogo Marsilio

Non farmi male

Fabrizio
Roncone

Il potere
di uccidere

Marsilio

Le vicende, i personaggi e le circostanze di cui si narra in questo romanzo – così come le organizzazioni, le società e la ricostruzione dei luoghi citati – sono frutto dell'immaginazione dell'autore. Ogni riferimento a fatti realmente accaduti o a persone realmente esistite o esistenti è da ritenersi puramente casuale.

© 2023 by Marsilio Editori® s.p.a. in Venezia
Prima edizione: settembre 2023
ISBN: 978-88-297-1955-6
www.marsilioeditori.it

IL POTERE DI UCCIDERE

a mio padre

I

Certi uomini politici dovreste sempre guardarli dal buco della serratura.

Quando sono soli.

Come lui, adesso.

Chiuso dentro un bagno di Montecitorio. E in piedi, davanti allo specchio.

Dio santo, quanto si piace.

E sentite cosa sta dicendo con un soffio febbrile: «La politica è lo strumento più rapido ed efficace per fottere il prossimo e fare soldi.»

Il suo mantra.

L'onorevole Pino Pignataro vive nell'eccitante consapevolezza di essere un uomo di merda. Guardate che mica è facile riconoscersi il luminoso talento di saper ingannare, di riuscire a ridere senza averne voglia, di apparire rassicurante e appassionato, generoso e disinteressato, mentre in realtà sei arrogante e ambizioso, avido e spietato: per questo Pignataro disprezza quei coglioni che lo votano. Perché per votare uno come lui, farsi abbindolare da quelle quattro cazzate raccontate nei talk televisivi, seguirlo su Instagram e mettere i cuoricini alle sue grigliate a Cortina e alle gite sul catamarano, vuol dire proprio che meritano il peggio del peggio.

Un bandito della politica.

Eccolo lì.

Tanto per inquadrare la scena, che ha uno sciacquone come colonna sonora: prima si aggiusta il nodo della cravatta celeste di Marinella e accarezza la barbetta rasata sul viso quadrato, di carnagione olivastra, dove spiccano sopracciglia folte e nere, che gli conferiscono un'indefinibile propensione alla spavalderia. Poi infila la mano nella tasca destra dell'abito blu di sartoria per controllare se la bustina c'è.

E c'è.

In mattine così, dopo aver recitato la sua personale preghiera, l'onorevole Pignataro per affrontare una giornata di Transatlantico si dà sempre due uniche opzioni: o alza la tensione emotiva sparandosi una pista di coca, o l'abbassa sparandosi una sega.

Solo che ora comincia a squillargli l'iPhone.

«Pinuccio, senti...», voce euforica e incauta, perché la regola è che di certe zozzerie, al telefono, non si parla mai. «Pinuccio, alla fine questo s'è convinto: ha deciso di donare quei soldi alla fondazione. Ma vuole parlare con te. Di persona. E subito.»

Le pareti del cervello gli sbattono come persiane lasciate aperte durante una tempesta.

Capito.

Niente coca e niente sega.

Sbrigarsi.

Certi affari hanno traiettorie imprevedibili.

Dicembre, venti minuti a mezzogiorno.

L'uomo che avete appena conosciuto nei cessi di Montecitorio ha appuntamento con un bonifico croccante da trecentomila euro.

2

Gelo.

I vetri delle finestre appannati.

Bambine e bambini seduti ai banchi come in seggiovia. Cappelli, sciarpe, guanti, piumini.

Giuliana, la bidella del secondo piano iscritta ai Cobas, per drammatizzare un po' è venuta con i doposcì di cavallino che le ha prestato la cugina, habitué delle piste sul monte Terminillo.

Una madre s'è scocciata e ha telefonato alla cronaca del *Messaggero*: così la caldaia rotta da tre giorni alla scuola elementare Monti e Tognetti del quartiere Prati di Roma è finita in prima pagina. Poco fa hanno chiamato dal provveditorato chiedendo alla preside Simona Battaglia se i tecnici avessero riparato il danno: «Veramente qui non s'è visto ancora nessun cazzo di tecnico!»

Ha urlato proprio così: *nessun cazzo di tecnico*.

La maestra Elisabetta Del Zoppo, che si trovava nella stanza, ha applaudito. Poi, sotto il peso del suo giaccone infeltrito, è andata in aula e agli alunni della quinta B ha detto: «Adesso, per scaldarci tutti un po' almeno l'animo, facciamo una bella esercitazione scritta. Titolo: "I regali che ho chiesto quest'anno a Babbo Natale."»

Costantino, seduto al primo banco, la frangetta nera che

spunta sotto uno zuccotto blu di Ralph Lauren, ha alzato la mano.

«Prego, Costantino... cosa devi dirci?» gli sorride la maestra.

«Babbo Natale è un'invenzione degli americani. Non esiste. Qui a Roma è la Befana che porta i regali ai bambini.»

«Be', diciamo che esistono sia Babbo Natale che la Befana.»

«No» ribatte, saccente, Costantino. «Mio padre è sicuro: dice che nessuno ha mai visto una slitta al Circo Massimo. Lì, casomai, c'erano le bighe. E poi le renne da noi non ci sono nemmeno allo zoo. La Befana, invece, arriva su una scopa. E a Roma, infatti, è pieno di scope.»

«Va bene: allora tu racconta cosa ti porterà la Befana.»

I bambini cominciano a scrivere, riflettono con la penna tra i denti, si distraggono, scarabocchiano, scherzano tra loro.

Soltanto Ginevra, la bambina magra con le trecce bionde, seduta al terzo banco, stretta nella sua giacca verde di lana cotta tirolese, ha la testa china sul quaderno.

Però non sta scrivendo.

La maestra si avvicina: «Ginevra, cosa stai disegnando?»

«Sto disegnando Dio.»

«Ma Dio nessuno l'ha mai visto!»

«Se mi lascia finire, fra poco lo vedrà» ribatte lei alzando di colpo lo sguardo.

È a questo punto che la maestra vede il livido bluastro sullo zigomo sinistro della bambina.

3

Marco Paraldi adora la sua vineria.

L'ha chiamata Mezzolitro in onore dei vecchi che vivevano nel quartiere di Testaccio.

I vecchi erano i vecchi, nessuno si sognava di chiamarli anziani. E i vecchi non si offendevano.

Lui scendeva in strada e li osservava. Gli adolescenti restano colpiti da dettagli che agli adulti, di solito, sfuggono. Lui dei vecchi non ricorda la bava, la cattiveria, le lamentele, la loro sostanziale inutilità. Ricorda solo che trascorrevano intere giornate ai tavoli delle osterie seduti davanti a speciali bottiglie colme di vino bianco dei Castelli: le bottiglie erano da un litro e – appunto – da mezzo litro.

Per scatenare una sete innaturale, e poter continuare a bere, i vecchi masticavano schegge di carne secca e salata che chiamavano «coppiette».

Masticavano e bevevano.

Bevevano e masticavano.

Finché restavano sobri, gli argomenti delle loro chiacchiere erano soltanto due: la Roma e il Partito comunista italiano (eccezionalmente, a volte, le discussioni potevano virare su qualche storia di corna, perché nei quartieri popolari si è sempre scopato tanto).

A pensarci, adesso, può darsi non sia casuale che la Roma, la politica e le donne rappresentino le tre faccende per le quali Paraldi pensa che valga la pena di vivere.

La vineria, comunque, non l'ha aperta a Testaccio, ma al numero civico 22/C di via dei Banchi Vecchi: siamo in pieno centro storico, dietro a Campo de' Fiori. Arrivando all'angolo con vicolo della Lucertola, se non ci sono troppi turisti, si riesce a vedere la statua di Giordano Bruno.

Fino a qualche anno fa, Paraldi lo avreste trovato in redazione a scrivere, e non dietro quel bancone.

Molti dicono: certo, è il sogno di tanti ex giornalisti aprirsi un locale. Dove nasca questo stupido luogo comune resta un mistero. Fa proprio incazzare la disinvoltura con cui si tende a banalizzare la vita degli altri. Meritano rispetto le nostre esistenze, che sono quasi sempre disperati tentativi di restare in bilico sul precipizio. Paraldi ancora guarda giù, certe volte. Succede per lo più di notte: e non chiude occhio.

È ancora vibrante il ricordo di quella volta che, a Montecitorio, colpì con uno schiaffone il ministro dell'Interno; e poi – come un incubo – gli torna addosso tutto quello che accadde dopo: le urla, le polemiche, l'uscita dal giornalismo, l'inizio di una nuova vita, il mestiere di oste.

Comunque: è una storia che, nei particolari, può raccontare solo lui, se ne ha voglia. E di solito non la racconta mai prima del terzo gin tonic.

Perché un'altra cosa adora Paraldi: prepararsi degli squisiti gin tonic.

Pensa che ce ne starebbe bene uno anche ora, nell'attesa che il popolo del pranzo cominci ad arrivare in vineria.

Descrizione per chi non c'è ancora mai entrato: le pareti sono bordeaux e i soffitti a volta, con i mattoncini originali di inizio Ottocento lasciati a vista. Gli scaffali di ferro, le bottiglie divise per regione. Due credenze frigorifero, con i salumi e i formaggi. E, in fondo, la vetrata che affaccia sul giardino con la ghiaia: i tavolini intorno a una grande palma, l'edera che fodera le antiche mura di una chiesa sconsacrata, i funghi riscaldanti per chi vuole starsene all'aperto anche d'inverno.

Il bancone di marmo è sulla destra. Paraldi si volta e prende la bottiglia di Hendrick's: ne versa una buona dose nel bicchiere con il ghiaccio e, siccome è mezzogiorno in punto, sente la voce squillante di Fidel. Un cucù, un pappagallo di plastica, una diavoleria comprata in un negozio cinese. Che, ogni mezz'ora, esce dalla sua casetta e gracchia: «Sticazzi!», costringendo i clienti a guardare le lancette dell'orologio.

Non c'è solo Fidel: un altro paio di presenze fisse da Mezzolitro sono Sergio Bandinelli, detto Picasso, e Mario Androne, detto l'Avvocato. Che, in leggero anticipo sulle solite abitudini, fanno il loro ingresso e vanno a sedersi nel tavolo all'angolo.

Picasso è un sessantenne tondo, quasi il sosia di Oscar Farinetti, l'inventore di Eataly: alla fine a Roma quasi tutti si beccano un soprannome, e lui deve il proprio alla sua ex attività di antiquario e a quando, anni fa, si rovinò la reputazione finendo in un giro di false croste d'autore. Una delle quali era proprio un Picasso.

L'Avvocato, invece, è uno di quegli uomini che invecchiano bene: slanciato, portamento da elegantone, sempre in blazer blu con i bottoni dorati e un fazzoletto a pois nel taschino. Ex leggendario falsario della malavita romana, entrando e uscendo dal carcere ha imparato a interpretare il codice penale come un autentico principe del foro; adesso, ormai in pensione, si limita a fornire consigli a pochi, selezionati amici.

Picasso e l'Avvocato sono infreddoliti.

Fuori c'è un gelo pungente piuttosto atipico per Roma: la giornata è scura, il cielo gonfio. Le previsioni annunciano una possibile nevicata.

Bamba, un immigrato indiano di vent'anni, cicciottello

e gay, con il dono – che Paraldi giudica inarrivabile – di saper distinguere solo dall'odore un gorgonzola da un roquefort, esce dalla cucina e va dagli unici due clienti.

«Dovete scaldarvi?»

«Procedi, caro Bamba, con due calici di Cesanese e qualche fetta di salame...» risponde l'Avvocato. Poi, alzando leggermente il tono della voce: «Paraldi, fossi in te tirerei giù la saracinesca.»

Paraldi è al primo sorso di gin tonic. Non risponde, ma mette su uno sguardo interrogativo.

«A piazza Farnese c'è stata una manifestazione, pare non autorizzata, dei tuoi amichetti anarchici» spiega l'Avvocato. «Sono un po' agitati. Protestano, se ho capito bene, contro il governo...»

«Sì, certo» prosegue Paraldi. «Questa mattina, a Montecitorio, è in corso una votazione piuttosto rischiosa per l'esecutivo. Ma siccome è tutto apparecchiato, la maggioranza riuscirà ad andare avanti.»

«Scusami, oste» interviene Picasso, addentando una fetta di Varzi. «Secondo te, perché i sinistrati protestano se...»

«Gli anarchici non sono di sinistra: sono anarchici e basta. Quanto alla sinistra: in Italia non esiste più. Quindi parlarne è una perdita di tempo» risponde Paraldi, chiudendo il dibattito sul nascere.

«Comunque io volevo solo dirti che mentre venivamo in vineria abbiamo visto la testa del corteo ferma all'inizio di via del Pellegrino. Magari passano qui davanti» puntualizza l'Avvocato.

«Saranno i soliti quattro gatti spelacchiati: che male possono fare?» replica Paraldi accaldato – il gin è già in circolo –, sfilandosi il cardigan Ballantyne blu navy con le toppe ai gomiti, molto liso e slabbrato.

Squilla il telefono. Risponde Antonia, la giovane etiope che aiuta Bamba. Prende un appunto sull'agenda. «Era

Alberto Matano, il tuo amico della televisione: ha prenotato un tavolo per tre.»

Paraldi è sempre ammirato dalla straordinaria proprietà di linguaggio che Antonia ha saputo acquisire in così poco tempo. Poi, all'improvviso, ecco il rimbombo degli slogan.

Ripensa, d'istinto, al numero imprecisato di cortei cui ha preso parte: prima da militante dell'estrema sinistra, poi da cronista. Cerca di dominare la nostalgia per la sua vecchia professione che è sempre lì, pronta a riaffiorare. Sente il rumore del corteo avvicinarsi. Casse acustiche che sparano musica rap. Il botto di un petardo. Slogan duri. Mani che picchiano sulla porta a vetri dell'ingresso.

Paraldi, subito, percepisce le onde nello stomaco.

Burrasca.

La bussola che impazzisce.

Con lo psicologo non ce l'ha mai fatta a parlarne bene. Una volta, con molta fatica, è solo riuscito a dirgli: «È come se il timone girasse a vuoto. E venissi trascinato dalla corrente.» Il professor Sergio Torri – sui quaranta, occhialini tondi, testa pelata, giacca alla coreana nera – lo osserva regolarmente in silenzio e Paraldi, regolarmente, si alza e se ne va. Con il suo problema.

Che così resta.

Un cazzo di problema.

Perché adesso attraversa la vineria, va alla porta e l'apre, spalancandola nel momento esatto in cui uno con il passamontagna nero come la giacca a vento Napapijri che indossa, impugnando una bomboletta spray di vernice rossa, ha finito di scrivere sul vetro una A e sta cominciando a farci un cerchio intorno.

Paraldi resta immobile.

E lo osserva.

Quello, che se ne sta mezzo curvo, si ferma, lo squadra dal basso verso l'alto, e poi prova a spostarlo con decisione.

Paraldi si lascia spostare di lato.

Il manifestante allora fa un passo dentro la vineria, si riaccovaccia, e riprende il suo lavoro.
Imperterrito.
Stronzissimo.
Solo che, di colpo, gli manca l'aria. Una morsa di ferro gli sta stringendo forte la gola e lo tira su di peso.
Il vinaio l'ha afferrato con la mano destra. E non lo lascia.
Quello gorgheggia: «Me stai a strozza'... sof-fo-co...»
Dal corteo urlano, indicano la scena, partono fischi e bordate di «Buuuh». In due, entrambi sui vent'anni, balzano sul marciapiede.
Uno tarchiato, con il doppio mento; l'altro atletico e alto.
Sono entrambi a volto scoperto. Paraldi può valutarli: lo spilungone ha la faccia da idiota, l'altro sfodera invece un ghigno piuttosto ostile.
Decide di mollare il tizio con il passamontagna, che cade in ginocchio, si rialza, tossisce, riprende fiato, grida un «Mortacci tua!» e s'allontana incerto, la camminata scimmiesca, tenendosi il collo.
Il grassone, come previsto, si è intanto fatto sotto con fare aggressivo.
Il vinaio: «Ragazzo, oggi rischi di farti male.»
Ma al grassone non piacciono i consigli: così, carica. La rincorsa di due metri finisce però contro una scarpa Adidas Tobacco marrone, modello vintage, una rarità da collezione.
Con un movimento fluido e naturale, il vinaio ha tirato un calcio al sacco in arrivo.
Rumore di patatina fritta schiacciata.
Schizzi di sangue.
Il grassone emette un rantolo prolungato, si porta le mani sul naso, barcolla, indietreggia, s'appoggia con la schiena al cofano di una Panda bianca e, lentamente, si lascia scivo-

lare sul marciapiede. Il respiro gli diventa rauco, ha il viso paonazzo: è scosso da un tremore costante.

Paraldi con la coda dell'occhio vede il lungagnone che comincia a correre verso la coda del corteo. Da dove si alza un coro anni Settanta: «Pagherete caro! Pagherete tutto!»

Nessuno, però, osa rallentare.

4

Il vecchio Gianfranco Cannone avverte come una risacca dell'animo.

Diciamola meglio: s'è rotto i coglioni del Transatlantico e di questa bolgia oscena, della buvette che sembra la fermata di una metropolitana, con gente capitata qui per caso, parlamentari per un capriccio del destino, per puro culo, e che nemmeno immaginano quanto questo luogo sia sacro. Palcoscenico di altissimi intrighi democratici e accordi bizantini, di potere reale, ostentato, sfacciato, persino di sublimi pettegolezzi ed epici schiaffi, di sospetti crudeli e solenni perfidie, di impicci memorabili, scenate, urla e sospiri.

«All'anima e chi v'è muort» borbotta tra sé, con disprezzo, Cannone. «Come avete potuto, brutti cialtroni, pensare di paragonare tutto questo a una scatoletta di tonno da aprire con urgenza?»

Cannone è nato a Battipaglia, in provincia di Salerno, settantacinque anni fa. Il padre Gennaro sognava di lasciargli il caseificio di famiglia, mozzarelle di bufala talmente squisite che Ronald Reagan se le faceva spedire alla Casa Bianca, e invece lui s'era messo in testa di studiare Filosofia: però dopo il terzo esame trovò più divertente prima guidare l'Alfetta bianca di Antonio Gava, il temuto viceré democristiano di Napoli, poi portargli il cappotto di cammello, entrare nella sua segreteria, imparare la grammatica della politica e quindi trasformarsi in andreottiano, demitiano, cristiano democratico, cristiano popolare, ulivista, farsi eleggere deputato e, un governo dietro l'altro, la casacca di qualche partito centrista cambiata ogni volta al momento giusto, diventare sottosegretario alla Difesa e alla Pubblica amministrazione, viceministro alla Cultura e alla Giustizia.

Cannone è uno dei pochi, adesso, autorizzato a essere disgustato.

«Intendiamoci: anche la politica nella quale sono cresciuto è sempre stata una faccenda sporca, chiunque di noi non ha mai esitato a sacrificare la propria faccia per il più balordo dei compromessi» ha ricordato l'altro giorno in un'intervista al *Corriere della Sera*. «Però, pure nel momento più buio, c'era sempre qualcuno che poi andava all'interruttore per accendere la luce, preoccupandosi di fare del bene al paese.» Cannone pensa alla politica che ricostruisce l'Italia nel dopoguerra, che sconfigge il terrorismo, che lancia gli italiani nei luccicanti anni Ottanta. «All'improvviso, purtroppo, arrivò l'inchiesta Mani pulite, che spezzò certi meccanismi virtuosi. La verità è che le rivoluzioni o si fanno, o non si fanno. Quell'inchiesta si rivelò invece solo un colossale, nefando equivoco. Perché decapitò i partiti delle teste migliori, consentì alle seghe e alle mezze seghe di fare carriere immeritate e, soprattutto, spianò la strada a Silvio Berlusconi.»

Attraversando la Prima repubblica e ritrovandosi nella Seconda, Cannone credeva di aver visto tutto.

E invece no.

Gli mancava ancora parecchio: un ministro dell'Interno a torso nudo, sudato, tra mojito e cubiste, alla consolle di uno stabilimento balneare chiamato Papetee Beach, sulla spiaggia di Milano Marittima, che chiede i poteri assoluti; una banda di grillini eccitati che annunciano di aver abolito la povertà; il Pd che, in quindici anni, cambia undici segretari, per poi affidarsi a un'ambiziosa bisessuale eco-socialista, radical chic in purezza; uno sconosciuto avvocato di Volturara Appula che diventa premier per due volte di seguito; un banchiere trattato come un sultano che prende il suo posto; e una donna che entra a Palazzo Chigi arrivando da destra e urlando: «Io sono Giorgia! Sono una donna! Sono una madre! Sono italiana! Sono cristiana!»

L'abisso.

Cannone sente la voce del suo angelo custode democristiano: «È tutto finito, siamo ai saluti.»

Ormai con i capelli bianchi allisciati sulle tempie, bianchi come i baffi, gli occhi a fessura ai lati di un naso a uncino, la pelle rugosa, tre divorzi, una momentanea fidanzata colombiana di trent'anni più giovane che faceva l'animatrice in un villaggio Valtur alle Maldive: un pomeriggio, seduto al bar Ciampini di piazza San Lorenzo in Lucina, dépendance della Camera, Cannone realizza che forse è arrivato il momento per uscire di scena e andare a rinchiudersi nella villa che si è costruito a picco sul mare di Sorrento.

Inspira: è la vita.

Espira: fottetevi, io invece resto qui.

Così fonda un partitino – Italiani uniti – e ora lo guida nelle acque torbide del Gruppo Misto, tra un ricatto e l'altro, adeguandosi al mortificante andazzo generale, qualche voto di fiducia garantito al governo in cambio di qualche miserabile promessa, sempre cercando di frenare l'esuberanza, il carrierismo del suo vice, Pino Pignataro, che per una poltrona a Palazzo Chigi sgozzerebbe nel sonno la moglie, i due figli, il cane e pure il gatto – «Azz... e quello sarebbe sul serio capacissimo di farlo, eh.»

Cannone sorseggia la ciofeca che alla buvette si ostinano a definire caffè e osserva, tra fastidio e pena, i suoi colleghi: il voto sulla legge di bilancio, che dev'essere obbligatoriamente approvata entro il 31 gennaio, li ha costretti a venire qui di lunedì, un giorno che la maggior parte di loro considera festivo come la domenica. Hanno perciò quasi tutti facce un po' afflitte, alcuni sono annoiati e altri proprio seccati, perché si immaginavano già in giro per negozi a fare shopping natalizio.

Cannone paga un euro e dieci centesimi di ciofeca e, in attesa che la campanella suoni per convocare in aula i deputati, da mestierante consumato va a posizionarsi nel suo angolo.

Se serve, sapete che sono qui.

Cinque minuti di occhiate sbilenche, qualche stretta di mano, poi si avvicina il democratico Luca Ottaviani, un quarantenne rampante di quella sinistra romana che quando deve andare in periferia mette Waze per non perdersi: «Canno', ma lo sai che i tuoi abiti di sartoria restano l'unica cosa di un certo rango in questo Parlamento?»

«Ottaviani, che cazzo ti serve?» risponde secco Cannone.

«Ci serve il vostro voto in aula. Come sai, noi abbiamo a cuore il destino del paese e...»

«Non prendermi per il culo: di questo paese non ve ne frega niente... Comunque: vai dal tuo segretario e gli dici che i miei voti li potete avere a due condizioni. Primo: a gennaio, dovete trovare il modo di mettere il mio Pignataro alla presidenza di una qualche commissione. Secondo: a febbraio, quando partirà la sarabanda delle nuove nomine a Finmeccanica, Fincantieri, Ferrovie e compagnia cantando, dovete riuscire a infilare anche un paio di nomi che vi suggerirò io.»

«Sulle nomine credo non ci saranno problemi» risponde, con calma, Ottaviani. «Quanto a Pignataro: ecco, mi sembra più complicato. Si agita, briga senza vergogna... Diciamo che è molto diverso da te.»

Cannone si alliscia i baffi: Ottaviani ha ragione. Per lui la politica è sempre stata una faccenda quasi puramente erotica: gli dava e ancora gli dà piacere fisico esserci, incidere, decidere; è sempre stato eccitato dal potere, mai dai soldi. Ai cronisti parlamentari, quando capita, ripete la frase che Eduardo dice ad Amalia in *Napoli milionaria*: «I soldi li vedo, ma non mi batte il cuore.» Pignataro, invece, ne è attratto. Una perversione indomabile.

«Cannone, allora?» lo incalza Ottaviani.

«Pignataro prende ordini da me. Non vi darà alcun problema. Adesso vai, e riferisci le mie condizioni.»

Ottaviani si gira e, affidabile come un labrador, va a cercare il suo capo.

Pignataro arriva dal cortiletto.

Profumato, tonico, con un sorriso di denti grandi e bianchi, un velo di abbronzatura, l'aria sfrontata. Gli mette un braccio intorno al collo, tono complice: «Gianfrancone, e niente: non posso partecipare al voto.»

«Come cazzo sarebbe? È un voto importante, e io sto pure lavorando per te.»

«Lo so, ma ho un appuntamento in fondazione. Non posso rimandare. Ma è roba di un'ora. Vado e torno, tranquillo.»

Cannone vorrebbe dirgli che va bene, fai come ti pare, in un piccolo partito è fatale che ciascuno pensi di fare il proprio porco comodo. Però, ai suoi tempi, nessuno avrebbe osato andare da Ciriaco De Mita parlandogli in quel modo, con quella postura confidenziale. E anche molti anni dopo, quando Denis Verdini comandava le truppe parlamentari di Forza Italia: se c'era un voto che interessava al Cavaliere, i suoi non li mandava nemmeno a pisciare.

Invece ora Pignataro è già all'uscita.

Attraversa piazza Montecitorio a passi lunghi, arriva alle transenne, guarda nervosamente il suo orologio Patek Philippe Nautilus, un gingillo da ottantamila euro: dove cazzo sarà quel coglione?

Poi, laggiù, di fianco all'ingresso dell'Hotel Nazionale, vede un tipo mingherlino vestito di scuro, la camicia bianca senza cravatta, i capelli bagnati di gel, appoggiato al cofano di una Mercedes nera con i vetri oscurati, che gli fa un cenno con la mano.

Pignataro sale sul sedile posteriore, sbuffando. «Tu sei Marcello... il nuovo autista, giusto?»

«Sì, buongiorno onorevole» gli risponde il tipo incrociando il suo sguardo nello specchietto retrovisore.

«Allora, le regole per fare il mio autista sono tre: tu non vedi, non senti e non parli. Devi solo guidare. È facile, no? Adesso portami a piazza delle Cinque Lune, al civico 8.»

«D'accordo, onorevole. Prendo per via del Corso e poi...»

«E poi una minchia! Hai già sbagliato. Muto. De-vi stare mu-to!»

5

In vineria, sotto la palma del giardino, al caldo di un fungo acceso, sta succedendo questo.

Paraldi è seduto, il sigaro toscano tra i denti, una smorfia di fastidio, la mano destra che massaggia vigorosamente i muscoli dorsali; il manifestante grassone è sprofondato a gambe larghe su una poltroncina in ferro battuto, la testa con i capelli ricci nerastri all'indietro e Antonia che, delicatamente, gli tampona la narice destra usando un batuffolo di ovatta.

«Faccio male?» chiede la ragazza etiope.

«Un po'... Il naso brucia tutto» risponde lui, mugugnando.

Picasso, in piedi, l'aria da primario: «Stai tranquillo, non è rotto.»

L'Avvocato, rivolto a Paraldi: «Però avresti potuto romperglielo. Marcolino, non ti sei accorto che questo rivoluzionario anarcoide è poco più di un bambinone?»

Paraldi sbuffa. «Gli ho già chiesto scusa. E comunque gli ho anche spiegato che un manifestante non deve mai rompere i coglioni a chi lavora e paga le tasse. Le regole, ai tempi miei, erano poche e chiare: non si incendiano macchine private, perché magari c'è un povero Cristo che la sta ancora pagando a rate; spesa proletaria solo nei negozi delle grandi catene, nei supermercati... E poi una cosa sacrosanta, facevamo: sfondavamo e svaligiavamo i bancomat. Attività che, peraltro, reputo ancora di alto valore etico.»

«E perché mai?» lo interrompe l'Avvocato, sfoderando un tono di finto stupore.

«Intanto, perché le banche sono, di fatto, centri di usura legalizzata» risponde l'oste. «E poi perché rappresentano l'avamposto del capitalismo più malato, del profitto ottuso, fine a se stesso. Quello che sta fottendo il futuro ai giovani. Ma i giovani, invece di mettere a punto qualche strategia per salvarsi le chiappe, oppure insorgere, navigano. Si rincoglioniscono sul web dall'alba al tramonto. A parte la mattina che invece decidono di fare una cosa esotica, e allora organizzano un corteo...» Paraldi si rivolge al grassone: «Com'è che l'hai definito, prima? A-nar-co-in-sur-re-zio-na-li-sta. Ho capito bene?»

«Fanculo, oste... non rompermi le palle con le tue lezioncine di politica» replica il manifestante, mentre Brancaleone, il cane nero di Paraldi, metà Maremmano e metà Terranova, ha cominciato a leccargli la caviglia destra. «Come si chiama?»

«Brancaleone» risponde Paraldi, riaccendendo il mozzicone di sigaro.

«Come il centro sociale?»

«No: come *Brancaleone alle Crociate*. Hai presente quel film con Vittorio Gassman? Non so se tra Facebook, Instagram e TikTok hai mai avuto tempo per vederlo.»

Antonia: «Oh, non ricominciate, adesso, eh? Capo, hai dolore alla schiena?»

«Uno strappetto, credo» sospira Paraldi, abbottonandosi il colletto della camicia Brooks Brothers bianca. «La verità è che, superati i cinquanta, le attività pericolose da evitare sono, essenzialmente, due: svegliarsi presto la mattina e fare a botte.»

«Io, alla tua età, eviterei anche di prendere freddo. Tieni, Paraldi: infilati il tuo amato cardigan.» Questa è la voce di

Chicca Tavani Cavadini, figlia di Attanasio, secondogenito di Marcantonio VI fu Aurelio e duca di Roccamonfina.

Ci siamo capiti: una principessa romana.

Oh, no... se scopre il casino che ho fatto, questa adesso mi infilza, pensa Paraldi.

Situazione sentimentale tra i due: diciamo un po' bloccata. Paraldi la considera molto più di un'amica, ma anche molto meno di una fidanzata. Dettaglio fondamentale: non fanno sesso. Ma proprio niente, zero, nemmeno un bacio. Sebbene lui ammetta di ritrovare sempre un po' di buonumore in sua compagnia, e sia convinto che assomigli a Inès de la Fressange da giovane. Il che è ovviamente impossibile, perché nessuna donna può pensare di paragonarsi alla Inès dei bei tempi andati. Però, ecco: in questa magrezza di Chicca, in questo suo modo di indossare, c'è un'eleganza speciale e spontanea, e forse pure una inconsapevole e sprecata sensualità.

Chicca, certe volte, si convince che di sprecato ci sia soprattutto il tempo che dedica a quest'uomo di vent'anni più vecchio, carico di passioni primordiali.

Per dire: continua a girare nei vicoli del centro storico con un vecchio Defender station-wagon blu. È schiavo di indumenti feticcio, tipo le Adidas Tobacco e le camicie Brooks Brothers. Oppure: è disposto a lasciarsi martellare il cuore dall'idea di scrivere un romanzo giallo, solo che lo comincia e lo interrompe, una pagina e chiude il Mac, tormentato dal sospetto che anche Don Winslow, a Perryville, nel Rhode Island, stia facendo la stessa cosa – ed è chiaro, porca zozza, che a Don verrà di sicuro molto meglio.

Che tipo faticoso, Paraldi. Uno che tutti continuano a chiamare per cognome come succedeva in redazione, al giornale, dove i nomi di battesimo sono aboliti, e che adora cucinare: non in vineria, ma a casa. Per i suoi amici. Con lei, Chicca, unica presenza femminile a essere ammessa ai loro riti. Ecco: Chicca si è come ritrovata incastrata dentro questa strana storia. Però, ogni volta che sta per uscirne, poi prevale quel genere di indulgenza efferata che hanno le donne quando si ostinano ad amare uno stronzo.

Il quale adesso – indicandole il giovane manifestante – procede con le presentazioni come se niente fosse: «Chicca, ti presento Brando.»

Brando tira su la testa, s'aggiusta il batuffolo nella narice, saluta con un cenno della mano: «Piacere. Io sono Brando, quello che le ha prese.»

Antonia si scioglie in una smorfia di tenerezza.

Chicca guarda Picasso e l'Avvocato: «Le ha prese, scusate, da chi?»

Silenzio.

Poi si gira verso Paraldi, sprizzando pura indignazione: «Hai conciato così un ragazzino? Ma non ti vergogni?»

Lui, proteggendosi dietro il sigaro: «Primo: il ragazzino, come vedi, peserà almeno cento chili. Secondo: ha cominciato lui. Terzo...»

«Terzo un corno!» replica bruscamente Chicca, avvicinandosi a Brando e accarezzandogli la fronte. «Ti ha fatto male, il selvaggio?»

I clienti, al di là della vetrata, mangiano e bevono, senza dare peso a ciò che sta accadendo in giardino.

Turisti, qualche negoziante della zona, alcuni funzionari della vicina ambasciata di Francia.

Arriva Bamba: «Antonia... tu serve in cucina... io stanco stanco...» E poi, rivolgendosi a Paraldi: «Capo, c'è signore che cerca te.»

Chicca: «Sarà il papà di Brando.»

6

Non era il papà del manifestante grasso. Paraldi si è trovato davanti un individuo emaciato, forforoso, con le spalle incurvate e la smorfia mite di uno che ti sta dicendo: non mi riconosci?

Poi ha notato la sigaretta incastrata tra la tempia e l'orecchio destro.

Le sinapsi di Paraldi hanno sfrigolato precipitando giù nel buco nero dei ricordi più strazianti.

Metà anni Ottanta, la redazione di *Paese Sera*: un grande palazzo tra via del Tritone e via Due Macelli, dove adesso c'è la Rinascente. Al piano meno uno, al posto degli stand di Ferragamo e Yves Saint Laurent, commesse conturbanti e apatiche come fotomodelle e turiste giapponesi in pellegrinaggio, c'era la tipografia del giornale: la dirigeva con i gradi di «proto», il potente comandante delle rotative, Nazareno Balani, un abruzzese massiccio, con i capelli grigio ferro tagliati a spazzola e il faccione rubicondo.

Un rumore sordo, da mezzanotte in poi, inondava il grande salone: sotto la luce dei neon ingrigita dalle nuvole di fumo, le pagine del giornale gli sfilavano davanti fresche di piombo e lui, prima di spedirle in edicola, le benediceva con lo sguardo perennemente incazzato e quella sigaretta che spuntava tra i capelli e l'orecchio. I giovani cronisti come Paraldi, destinati al turno serale, non osavano contraddirlo e gli giravano prudentemente al largo.

Adesso Paraldi osserva Nazareno Balani mentre sorseggia il caffè corretto con il mistrà Varnelli: un vecchio malandato che dev'essersi stancato anche di piangere. Posa la tazzina. «Quanti anni sono passati, Para'?»

«Tanti, troppi» risponde l'oste controvoglia: detesta le carrambate, non sopporta la nostalgia, si scassa le palle ad ascoltare le storie degli altri. Ma questo Balani, proprio una storia è venuto a raccontargli.

La prende larga. «Di quei ragazzi che la sera scendevano in tipografia, eri il più sveglio. Si capiva che avresti fatto una grande carriera. Ti ricordi il caso Orlandi? Eri appena un ragazzo ma, ogni giorno, tornavi con una notizia, un indizio... Prima di metterti a scrivere di politica, sei stato un grande cronista di nera e...»

«Balani, che ti serve?»

«Devi ritrovare mio figlio.» La voce dell'ex tipografo è un soffio.

Paraldi risponde prontamente, nonostante la stranezza della richiesta. «Faccio il vinaio, come vedi. E poi con la Orlandi non andò tanto bene.»

«Ma un cronista non smette mai di essere cronista. Ascoltami: solo tu puoi aiutarmi. Sono disperato. Mia moglie Ada me l'ha uccisa il Covid. E adesso... Sono dieci giorni che è sparito Max, il nostro ragazzo.»

«Balani, mi dispiace. Ma, davvero, non sono la persona giusta.»

«E invece sì! Me l'ha detto la Madonna dei Bisognosi. Mi è apparsa in sogno.» Balani adesso ha uno sguardo spiritato.

«Scusa: ma non eri un comunistaccio mangiapreti? Che ti è successo?»

«Ho incontrato la fede, Paraldi caro. E ora Nostro Signore mi sottopone a una prova tremenda. Mio figlio Massimiliano è scomparso all'improvviso. Cellulare staccato. A casa, abita ancora con me, non è più tornato. Sono andato dai carabinieri, ho chiesto aiuto, ho presentato una denuncia: ma lo sai anche tu, come vanno certe cose, no? Si sono fatti dare un po' di informazioni, hanno riempito due fogli, ho messo un paio di firme. Poi mi hanno congedato dicendomi che avrebbero provato a localizzare la sim del suo telefono. Aggiungendo però che solo a Roma, ogni mese, spariscono tra le cinque e le dieci persone. Insomma, mi hanno lasciato intendere che è impossibile cercarle tutte. Ho pure chiesto aiuto alle cronache romane di *Corsera*, *Messaggero*, *Repubblica* e *Tempo*: sono stati tutti gentili, hanno pubblicato la foto di Max e il mio numero di cellulare. Ma niente, non si è fatto vivo nessuno, a parte qualche matto e uno che m'ha chiesto dei soldi in cambio di informazioni.» L'anziano tipografo prende fiato. «So' disperato. Marcoli', te prego: damme 'na mano.»

«Nazareno, ascoltami» dice Paraldi, mentre una vocina dalla pancia gli sibila: lascia stare, niente cazzate, non t'infilare in questa storia assurda, eh? «Quello che posso fare io è telefonare a Federica Sciarelli e chiederle se può dare spazio al tuo caso nella sua trasmissione, *Chi l'ha visto?*. È una mia cara amica, e sono sicuro che, se può, ti aiuta.»

«Grazie, certo, proviamo con la Sciarelli, che è brava... Però devi essere tu a cercare mio figlio. Il sogno era preciso: la Vergine Maria, a un certo punto, si è voltata, ha guardato verso un corridoio e, di colpo, sei comparso tu, con uno dei tuoi giacconi, il berretto, la sciarpa. Allora lei, cioè la Vergine, ha detto: "Dai, Marco, aiuta il tuo amico Nazareno." Poi mi ha sorriso. E io mi sono svegliato.»

«Come hai fatto a trovarmi?»

«Un paio di anni fa, in metropolitana, incontrai er Moviola. Faceva l'usciere al giornale: te lo ricordi, no? Quello che per aprire il portone poteva metterci anche cinque minuti. Ora sta in pensione, l'hanno sfrattato dall'alloggio popolare che occupava abusivamente in via dei Monti Tiburtini ed è venuto a vivere a casa della sorella, che fa la portiera qui dietro, all'inizio di via Giulia. Così, parlando dei tempi andati, mi ha raccontato che spesso passa davanti alla vineria, e ti vede al bancone.»

Paraldi si è accorto che Balani, mettendo la mano in tasca, ha tirato fuori un piccolo rosario di perline nere con un crocefisso di finto argento.

Si avvicina Bamba: «C'è ragazzo che prima hai picchiato, vuole pagare conto pranzo...»

«Hai picchiato un ragazzo?» chiede Balani, senza trattenere la meraviglia.

Paraldi: «Un piccolo diverbio, niente di che.» Quindi, facendo un occhietto a Brando, che aspetta appoggiato al bancone mangiando un pezzo di focaccia, dice al cameriere: «Il ragazzo, oggi, è nostro ospite. Anzi, digli che qui è sempre il benvenuto. Poi, appena puoi, portami un gin tonic.»

Segue un lungo silenzio.

La vineria, ormai, è vuota.

Paraldi è sceso in apnea dentro i suoi pensieri più oscuri: un labirinto buio dove è come lottare contro i ragni giganti.

Questo vecchio ti è venuto a chiedere aiuto, ma tu ormai vivi un'altra vita. Sei un oste, un cazzo di vinaio se vogliamo dirla in modo più chic. Il tuo mestiere è trovare vini di rango, non ragazzi scomparsi.

Ma poi avverte come uno spostamento d'aria, una corrente impetuosa che lo trascina dentro un desiderio osceno: quello di voler essere, ancora per una volta, un giornalista.

Osserva l'ex tipografo mentre con le dita della mano destra passa il rosario a quelle della sinistra, ascolta la sua preghiera appena sussurrata.

Fanculo.

Paraldi beve un sorso di gin tonic. Si accende il sigaro. «Vabbè. Allora, fammi capire meglio, Balani: dov'è che hai visto tuo figlio l'ultima volta?»

7

E i gatti?

Dove sono i gatti?

«Ih ih ih! Miao... Miao...» Sghignazza e graffia l'aria con la mano, Ungaretti: un vecchio barbone con il soprannome da poeta. E il cipiglio di uno che s'è appena sbottonato la camicia di forza.

Parco del Colle Oppio, tramonto: il sole scende lento dentro il Colosseo e Ungaretti ha fame.

Fruga nel trolley sbilenco. E trova: una canottiera ingiallita, una spazzola piena di forfora, un paio di Persol da sole, una busta di wurstel vuota, una cinta rossa da donna e una copia sgualcita del *Giovane Holden*, edizione Einaudi.

Emette una specie di muggito.

Sferra un pugno sulla piccola valigia.

Occhi liquidi che fissano il vuoto.

Poi tira su con il naso, si alliscia i capelli ingialliti sopra le orecchie, riacquista un contegno. Ma ha la voce impastata di chi è già dentro una sbornia: «Con gli ultimi spiccioli abbiamo comprato il vino, i gatti se li sono arrostiti tutti i nigeriani: De Gregori, amico mio, come riempiamo lo stomaco?»

De Gregori sembra proprio De Gregori. Non solo per il fisico asciutto e per il viso, con la stessa barba, le stesse vertigini nei capelli sotto il basco blu. Ma per la voce: assolutamente identica. Il tipo, in realtà, si chiama Alberto Posacenere. Con Ungaretti si sono conosciuti questa mattina alla stazione Termini, davanti all'ingresso principale. All'alba De Gregori s'è voltato e, appiccicato al suo giaciglio, ha trovato l'anziano sbandato tutto raggomitolato. La decisione di condividere la giornata è stata presa senza troppi ragionamenti: e, vagando, sono finiti qui, in questo bivacco accanto alle inferriate della Domus Aurea, dentro uno struggente panorama archeologico ridotto a tana per clandestini, rifugio per spacciatori, luogo di crimini recenti.

«A me è rimasta la rosetta che ci hanno dato alla Caritas. Se vuoi, possiamo fare metà ciascuno» dice De Gregori a Ungaretti, che è rimasto seduto sui talloni, un piumino bianco della Colmar sopra la felpa della Comunità di Sant'Egidio, le mani protese verso la piccola brace.

«Buona idea. La verità è che abbiamo comprato troppo vino» risponde compiaciuto l'altro barbone, che si volta e apre un contenitore di Tavernello.

De Gregori si siede, divide la rosetta e prende anche lui un sorso di Tavernello. Poi chiede all'amico: «E quindi, dai, finisci di raccontare: ti chiamano Ungaretti perché sei un poeta?»

«I soprannomi te li danno, non li scegli. Credo che abbiano cominciato a chiamarmi così alla Caritas. Quando arrivi cercano di capire chi sei, da dove vieni. Devo avergli detto che ho insegnato per trent'anni Letteratura italiana all'università: e che, appena laureato, mi ero però messo in testa di fare il romanziere... Probabilmente non sapevano che Ungaretti era un poeta.»

«E hai scritto qualche libro?»

«No. Ma in quella Roma a cavallo tra gli anni Sessanta e Settanta, ho conosciuto, e frequentato, tanti poeti e scrittori.»

«Leggere è sempre stata una mia grande passione. Dai, raccontami...»

«Con Pasolini cenavo spesso a San Lorenzo, da Pommidoro, una trattoria che lui usava come ufficio. Uomo dolcissimo, problematico, generoso. Tutti fummo subito convinti che a ucciderlo non fosse stato quel Pelosi, ma che invece ci fossero di mezzo servizi segreti e deviati, quella robaccia lì.»

«Continua.»

«Sandro Penna era una delizia. Viveva di notte. Aspettava che chiudesse l'ultimo bar, e poi entrava a chiacchierare nella farmacia di turno.»

«Dario Bellezza l'hai conosciuto?»

«Aveva un carattere complicato. Si riconobbe in un personaggio della *Storia*, e allora cominciò ad aspettare Elsa Morante sotto casa, per chiederle che gli pagasse i diritti.»

«Parlami di Moravia.»

«Sapeva di essere Moravia. Ricordo che era corteggiassimo, le donne lo inseguivano fino al portone. Elsa allora s'infuriava, sostenendo che fosse lui a rendersi disponibile.»

«E Flaiano?»

«Grandioso conversatore, con una vena di cupa disperazione. Da Rosati, in piazza del Popolo, sfornava una battuta dietro l'altra. Io ascoltavo e prendevo appunti.»

«Arbasino?»

«Scriveva da dio. Estremamente snob. Preferiva frequentare solo principi, o miliardari.»

«Non era facile essere frocio, a quei tempi.»

«E lui era frocissimo» prosegue Ungaretti, aprendo un'altra confezione di vino. «Ma con disinvoltura. Un fuoriclasse anche in quello.»

«Gadda?»

«L'ho visto un paio di volte. Non era del nostro giro. Tipo spigoloso, pieno di manie, viveva da solo con la madre. S'era sparsa la voce che avesse deciso di mettersi a dieta, ma una domenica Parise lo becca davanti a Castel Sant'Angelo con un vassoio di pastarelle. E lui, Gadda, che fa?»

«Che fa?»

«Le butta nel Tevere... Invece... no, dico: e tu, De Gregori? Come fa un cantante famoso a ridursi così?»

«Ma De Gregori è solo il mio soprannome!»

«Porca miseria, figliolo: sei il suo sosia... Comunque... la... sai... una cosa?»

«No. Cosa?»

«In questo paese di gente che non legge più un cazzo, orgogliosamente ciuccio... tu sembri avere una cultura piuttosto solida... e... vabbè, ma che ci importa a noi della cultura? Il nostro problema è che forse... abbiamo... sbagliato... a sistemarci qui... Non senti che gelo?»

Le parole di Ungaretti sono sempre più slabbrate, lente. Si è progressivamente rannicchiato in una sepoltura primitiva. Ha gli occhi ormai quasi socchiusi. Poi, di colpo, inizia a russare.

De Gregori ha tirato su il bavero del cappottone nero, si è avvolto in una coperta e coricato tra due grossi cartoni, il braccio sinistro piegato sotto la testa, a fargli da cuscino.

L'alcol nelle vene, osserva per un po' la luna che gira in un cielo color cremisi.

Di lune ne vede due, tre, quattro.

Mentre si assopisce, gli sembra di ascoltare il vero De Gregori che canta: «*Buonanotte, buonanotte, Fiorellino / Buonanotte tra le stelle e la stanza / Per sognarti devo averti vicino / E vicino non è ancora abbastanza...*»

Pensa a lei.

Alla sua bambolina bionda.

Si commuove.

Piange nel sonno.

Singhiozza.

Poi la voce si allontana e sente una lingua calda accarezzargli la coscia. Adesso, pensa, comincia finalmente un bel sogno.

8

Prima i soldi, *come sempre.*

Pino Pignataro, alle otto del mattino, è già al telefono con Gennaro Russo, il suo commercialista. Rendere "trasparente" un regalino da trecentomila euro sul conto corrente di una fondazione collegata a un partito politico non è esattamente come spiegare un bonifico per l'abbonamento al calendario di *Frate Indovino.*

Dopo i soldi, i figli.

Pino Pignataro adora accompagnare a scuola Leopoldo e Flaminia. Forse, però, a pensarci bene, adora soprattutto il contorno.

A cominciare da quando arriva a bordo della sua Mercedes nera davanti all'ingresso dell'Istituto Sant'Anastasia, in via Bertoloni, ai Parioli: con l'autista che scende e apre ossequioso lo sportello posteriore ai due bambini, perfettamente in ghingheri nei cappottini blu della divisa. Ciò che però davvero mette addosso a Pignataro un'indicibile sensazione di rivalsa è vedere padre Gabriele andargli incontro premuroso con la tonaca svolazzante, una carezza sulla testa delle creature e poi subito un accenno di inchino rivolto a lui, all'onorevole, che osserva la scena da dietro i vetri oscurati.

Nessuno può capire quello che prova.

Ma ecco quello che c'è da sapere.

Lui entrava nella scuola media Anita Garibaldi di Secondigliano senza nemmeno la cartella, i capelli unti lunghi sul collo e le unghie nere come il suo futuro. Il padre Totonno, operaio all'Italsider, se ne era scappato a Marsiglia dietro a una guardarobiera del Grand Hotel Vesuvio, lasciando la madre Margherita nelle cucine del ristorante Sciosciammocca: il miglior pesce della riviera di Chiaia era il suo, scialatielli ai frutti di mare e zuppa di cozze, dodici ore al giorno davanti ai fornelli, povera donna, perché teneva cinque creature alle quali doveva collegare il pranzo con la cena, e siccome non sempre ci riusciva toccava pure a lui, a Pinuccio, che era il più piccolo, andare a faticare il pomeriggio in un bar di via Toledo e la domenica sugli spalti dello stadio Diego Armando Maradona, che però all'epoca si chiamava ancora San Paolo.

Poi, improvviso, il terremoto di un destino piuttosto fantasioso.

Con due incontri pazzeschi.

È quando la vita ti dice: fidati di me.

Scena numero uno: c'è uno scugnizzo con la cassetta dei gelati e delle bibite a tracolla che risale la tribuna d'onore durante un Napoli-Milan, il Milan di Arrigo Sacchi. Gianfranco Cannone, all'epoca rampante democristiano quarantenne, lo chiama e gli allunga un biglietto da diecimila lire per comprare una confezione di Bomboniere Algida. Lo scugnizzo dice di non avere il resto, promette di portarglielo, ma sparisce. Allora Cannone, dopo il primo gol di Carnevale, si alza e va a cercarlo. Lo trova che fuma una Marlboro seduto davanti ai bagni. Gliela strappa di mano, lo prende per l'orecchio, si fa dare il resto e, quando il ragazzino gli dice sfottente: «Professo', ma perché non ve la fumate pure voi una bella rossa, così vi rilassate un po'?», decide che l'avrebbe cresciuto come un figliastro: facendogli innanzitutto pigliare il diploma di perito agrario in una scuola privata di certi amici a Somma Vesuviana e quindi sistemandolo nella sua segreteria, il posto giusto dove potergli iniettare il vizio della politica.

Nella scena numero due, c'è l'incontro – al Golf Club Valle dell'Aniene – con una giovane dai capelli tinti, il classico biondastro Roma Nord: Costanza Carnesecchi, figlia unica di Gino, erede della celebre dinastia di palazzinari del secondo dopoguerra e proprietario di dodici supermercati e centodue distributori di benzina, più un imprecisato numero di attici con vista sulle cupole di Roma. Un uomo volgare e arrogante, appesantito dal grasso e dalla morbosa attrazione per il lusso, spiccicato ad Aldo Fabrizi nel film *C'eravamo tanto amati*, campione assoluto di cinismo al punto da avere – per sua stessa ammissione – un solo grande rivale. Il genero. Cioè lui: Pino Pignataro.

Perché Pino se l'è sposata Costanza. Con istinto primitivo aveva annusato l'affare. Un colpo doppio: moglie introdotta nella Roma bene e pure finanziatrice delle campagne elettorali. Corteggiamento serrato, mazzi di rose rosse, pomeriggi interi passati mano nella mano sui prati del circolo. Lei – sognatrice e fondamentalmente fessacchiotta – ci è cascata.

Incapace di provare riconoscenza anche nei confronti di uno sport, Pino odia il golf.

Sa di essere rimasto una pippa assoluta. Però frequentare le diciotto buche gli serve per continuare nella costruzione del suo personaggio politico, positivo e vincente. Quei coglioni di followers-elettori si divertono un sacco a vedere le sue foto su Instagram. Vivono di lusso riflesso, i coglioni.

Così, ogni martedì mattina, Pino entra nella club house, beve un caffè seduto sul grande divano Chesterfield davanti al camino, sfoglia distrattamente qualche giornale, poi prende la sacca con i bastoni ed esce sul green.

Come fa adesso.

Che tira pure un ventaccio polare.

Le raffiche coprono gli squilli del cellulare. Sente le vibrazioni. Risponde.

«Amore, sono io!» È Lory Gentilezza, la sua amante: una mora di origine circense con un neo alla fine del sorriso, il sogno di diventare una soubrette televisiva, l'abitudine di girare senza mutandine e di accettare solo regali sopra i mille euro.

«Tesoro, sono al circolo... Ti avrei chiamato dopo per dirti che è tutto a posto: ho prenotato il miglior ristorante di Parigi.»

«Oh, meraviglia!»

«Sì, adesso però lasciami giocare: se no comincio a pensare alla tua gattina e finisce che mi deconcentro.»

Lei riattacca senza nemmeno dirgli ciao, perché voleva solo avere conferma della gita sotto la Torre Eiffel.

A lui va bene così: imbocca il vialetto, comincia a salire sulla collinetta. Ma sente di nuovo il telefono vibrare.

«Pino, sono io...» Stavolta è Lello Colombo, il suo portavoce.

«Ah, pensavo fossi Belén. Sono tre giorni che non mi chiama.»

«Azz... e quella, Belén, che pezzo di femmina... Lo sai che pure a me...»

«Lello, porca troia! Che cazzo vuoi?»

«Stanotte, a Colle Oppio, hanno bruciato vivo un barbone. Cannone voleva che fossi tu, a nome del partito, a fare una dichiarazione di condanna, mettendoci dentro un po' di preoccupazione, di solidarietà...»

«Ma che me ne fotte di un barbone alla griglia! Dai, non cacatemi la minchia con queste stronzate...»

«Pino, aspetta: Cannone dice che una roba così ti può servire in prospettiva. Può darti un profilo di umanità, di attenzione al sociale... Per la carriera qualche sforzo devi farlo.»

«Ma tu hai capito quant'è malata questa nostra povera Italia, sì? Il sottoscritto, per avere uno straccio di incarico, deve fingere di interessarsi a un hamburger... Però, in compenso, quell'imbecille di Sacramola, con un diploma da perito agrario, è già viceministro della Giustizia, porca della loro troia! Comunque, vabbuò, Lello caro: butta giù due righe, riempile di cordoglio, e girale alle agenzie di stampa.»

«Senti...»

«No, aspetta: a questo punto, vedi pure di farmi intervistare da qualche tigì.»

«D'accordo. Telefono subito a Sky, e chiedo se sono interessati.»

«Lascia stare Sky. Come si chiama quel coglione di vicedirettore che siamo riusciti a imporre noi? Bazzoli, Baccoli... Chiamalo e digli se mi manda qualcuno con un microfono e una telecamera.»

«Okay, ci provo. Poi ci sarebbe un'altra cosa.»

«E sentiamo anche quest'altra cosa.»

«Ho ricevuto una telefonata dai carabinieri del reparto operativo: vogliono sentire pure me, su quella storia.»

«Ma porcaccia di quella troia infame!» esplode Pignataro. «Non gli è bastato avermi interrogato già due volte? Che stracazzo c'entri, adesso, tu?»

«Eh.»

«Okay, va bene, stiamo calmi. Tanto già lo sai quello che gli devi dire, no?»

«Sì sì, certo: puoi stare tranquillo.»

Stare tranquillo con un cretino integrale come te è un po' complicato, si dice l'onorevole Pignataro.

Sbuffa, infila il cellulare in tasca, si sistema il cappelletto sulla fronte, impugna la mazza, divarica le gambe, prende la mira, carica con violenza il colpo e si esibisce in un clamoroso *air shot*.

Pallina mancata.

Si guarda intorno.

È solo.

E può dirlo ad alta voce: «Il golf, che sport di merda.»

9

Chicca trova il portone aperto e sale.

Quattro lunghe rampe di scalini bassi, l'odore di muffa alle pareti di questo palazzo settecentesco che è la fotografia di una certa trasversalità ancora esistente nel centro storico di Roma (al primo piano: la famiglia Modenesi, che abita qui da sette generazioni, lui pittore edile, lei parrucchiera, senza figli; al secondo: l'ambasciatore svedese presso la Santa Sede, Patrick Persson, una passione per le escort e il Jack Daniel's; al terzo: Bruno Della Vedova detto Biro, broker ricchissimo e molto chiacchierato).

Il vinaio abita all'ultimo piano.

Chicca bussa tre volte con un certo vigore, perché Paraldi ha staccato il campanello (spiegazione fornita con assoluta naturalezza: «Mi scuoteva il sistema nervoso, già scosso di suo»).

Fernando, il domestico cubano, apre in giacca a righe verticali rosse e nere con i bottoni dorati, facendo segno di fare piano. «Signor Paraldi ancora dorme...»

«Ma è quasi mezzogiorno!» esclama Chicca, volutamente a voce alta.

«Ecco, adesso si sveglierà di sicuro...»

Chicca sospira, alzando gli occhi al cielo.

Lui, in una botta di complicità: «Signorina, lei andrà in Paradiso.»

«Io vengo dal Paradiso.»

Poi si inoltra decisa nel salone ed entra in cucina. Posa sul tavolo di marmo il sacchetto con i cornettini del forno Roscioli: apre la credenza, prende una cialda Illy dal barattolo di vetro e si prepara un caffè.

«Ho sentito un casino tremendo e ho pensato: dev'essere arrivata Chicca.» Questa è la voce di Paraldi. Appoggiato sulla porta, in boxer bianchi e maglietta a maniche lunghe blu, la faccia un po' stropicciata.

«Ti ho portato qualche dolcetto buono. Così, per una volta, diversifichi: sai che se la mattina non la smetti con l'ossessione per i tuoi biscotti Gentilini, dovrò portarti in un centro per tossicodipendenti?»

«Ci siamo cresciuti, qui a Roma, con i Gentilini» risponde lui. «A colazione gli Osvego, e a merenda, con il tè, i Novellini. Sono il filo sottile che ci lega all'infanzia. Probabilmente anche a nostra madre.»

Chicca, che sta guardando fuori dalla finestra il cielo sporco, da neve, si gira mettendo su quella sua aria speciale, che può essere un tornado di allegria o una lama di ironia: «Proust, in realtà, ha scritto che è l'olfatto il senso della memoria, non il gusto.»

Paraldi la trova incantevole.

Ha i capelli stretti in un foulard arancione di Hermès, e occhiali da sole tondi e scuri, anche se il sole non c'è. Indossa un parka verde militare, pantaloni da equitazione e stivali di cuoio neri, perché ha intenzione di andare al maneggio, pure se la gamba destra non è più tornata a posto dopo la brutta caduta di qualche anno fa.

«Programmi per quel po' di giornata che ti resta da vivere?» chiede lei.

«Devo prima ordinare qualche cassa di Campari e Aperol per la vineria: poi passo al mercato di Campo de' Fiori, voglio organizzare la cena per stasera» risponde lui aprendo, per pura cortesia, la busta con i cornettini e addentandone uno.

Lei sa tutto: ogni martedì, Paraldi cucina per i suoi tre amici storici e per lei, che da tempo si è aggiunta al gruppo. Mangiano, vuotano qualche bottiglia e poi rivedono una vecchia partita della Roma. La faccenda, di per sé, sarebbe bizzarra, ma fino a un certo punto: il fatto è che i quattro tifosi romanisti seguono l'incontro come se fosse in diretta. Imprecano, s'arrabbiano, s'abbracciano, festeggiano. Chicca, di solito, sprofonda in poltrona e, cinque minuti dopo l'inizio della partita, s'addormenta.

«E che piatto hai intenzione di prepararci?» domanda lei.

«Sono indeciso tra i maltagliati con le lenticchie e i fusilli con il broccolo romanesco, pecorino e guanciale. A te cosa ispira di più?»

«Per favore: tanto hai già deciso, no?»

Arriva Fernando con il cordless. «È sua sorella Caterina.»

Paraldi tiene il telefono leggermente staccato dall'orecchio, lanciando a Chicca un'occhiata di intesa.

Si sente la sorella che urla: «Ma è possibile che a mezzogiorno hai ancora il cellulare spento perché stai dormendo e mi tocca telefonarti a casa? Io dico che... boh, tu stai invecchiando male...»

Lui, con tono paziente: «Hai finito, Cateri'? Che mi devi dire?»

«Due cose. Primo: ricordati che entro fine mese bisogna vaccinare Brancaleone. Potresti sfruttare il vantaggio di avere una sorella veterinaria e fare tutto da me: anche il Natale. Avrai mica intenzione di startene da solo pure quest'anno, eh?»

«Okay, grazie: ci penso, e ti faccio sapere. La seconda cosa?»

«Sei tornato dallo psico? Ripeto quello che t'ho già detto: se il tipo non ti piace, ne troviamo un altro. Ma con un po' di terapia che ti faccia mollare qualche fissazione, e che ti aiuti a dominare gli scatti d'ira, secondo me vivresti meglio.»

«Allora, ascoltami bene: io non ho alcuna fissazione. Se in casa devo avere sempre due pacchi per ogni formato di pasta, se qui in cucina non devono mai mancare l'aglio e il peperoncino, se mi piacciono solo i biscotti Gentilini, se ho una collezione di dodici paia di Adidas Tobacco dello stesso color tortora, se indosso soltanto camicie Brooks Brothers... be', io dico che queste non sono fissazioni, ma uno stile di vita. E poi comunque mi sto anche convincendo che...»

«Dai, prosegui.»

«Vedi, Cateri': io, fondamentalmente, appartengo a un mondo in cui il lettino dell'analista aveva sede dal barbiere.»

«Che tu su certe cose sia rimasto fermo ai primi del Novecento, non ho dubbi. Però promettimi almeno di riflettere su quello che ti ho detto, eh?»

«Ci rifletterò, promesso.»

«E fammi sapere se vieni a vaccinare il cane. Ciao, capoccione. Ti voglio bene.»

Paraldi si siede.

Chicca, da dietro, inizia a massaggiargli il collo.

Lui sente le sue dita affusolate, avverte – nitido – l'odore buono della sua pelle.

Pensa che una sana scopata, prima o poi, dovrebbero farsela. Il sesso, però, comporta sempre dei rischi concreti: il principale è che lei potrebbe sentirsi ufficialmente fidanzata. E magari imporgli di svegliarsi presto al mattino, o di vedere insieme sul divano l'ultima serie di Netflix. Nella testa di Paraldi rimbomba, puntuale e feroce, una vecchia battuta di Dino Risi: «L'avrei anche sposata. Ma dopo averle detto "ti amo", mi chiese di passarle l'insalata.»

Perciò no, grazie: via subito questo pensiero erotico così denso di angoscia.

Chicca, con una scintilla di telepatia tipica di certe donne, percepisce qualche scheggia di quel ragionamento. Interrompe bruscamente il massaggio. Infila le mani nelle tasche del parka. Sbuffando, dice: «Okay, Paraldi, allora io vado... Ti ricordo che oggi pomeriggio ci sarebbe la mostra di Basquiat al Maxxi, però non so se sei sempre dell'idea di accompagnarmi.»

Lui: «Verrei volentieri, ma non posso più. Devo mettermi a cercare il figlio di un mio amico. È sparito da qualche giorno.»

Lei è già sulla porta della cucina. Si volta lentamente: «Oh no, ci sei cascato un'altra volta? E che palle, però.»

«Sai cosa diceva Hubert Renfro Knickerbocker? Se vedi centinaia o migliaia di persone normali che cercano di scappare da un posto, mentre un matto cerca di entrarci, non c'è dubbio: quello è un giornalista.»

«Bello. Però, che palle lo stesso.»

10

Camminando tra i banchi del mercato di Campo de' Fiori, Paraldi cambia idea sul menu della cena. Esposti sopra il banco di Tarek, un tunisino balbuziente e con un occhio di vetro, vede alcuni mazzetti di friarielli verdissimi e turgidi. I friarielli sono i parenti campani dei broccoletti romani e delle cime di rapa pugliesi. Ma sono più sottili, corti, e hanno uno strepitoso retrogusto amarognolo.

È obbligatorio cucinarli con le salsicce.

Così torna a casa e ne mette a scongelare una ventina. Le ha comprate l'ultima volta che è andato a trovare la sorella in Maremma, nella macelleria Nardi, un santuario gourmet a Pescia Romana.

In attesa di poter accendere i fornelli, accende il camino nel salone, si prepara un gin tonic con una doppia dose di Engine, prende la Moleskine e si siede in poltrona.

Regola numero uno di qualsiasi cronista, anche di quelli che, nel frattempo, sono diventati vinai: fare una scaletta e riepilogare nomi, facce e circostanze, ripensare bene a tutto e, in questo caso, cercare di scovare qualche dettaglio nascosto tra le righe della storia raccontata da quel povero disgraziato di Nazareno Balani.

Paraldi comincia con qualche appunto mentale.

Allora: Massimiliano lo chiameremo come lo chiama il padre, Max. Ha ventiquattro anni e un diploma da ragioniere. Finita la scuola, ha fatto il cameriere in una pizzeria di via Flaminia, l'aiuto idraulico, il magazziniere. Sempre mal pagato, mai uno straccio di contratto. Così il padre è riuscito a farlo entrare in una grossa agenzia di noleggio, che serve aziende come la Rai e Mediaset, e più di qualche politico. Fino al giorno della scomparsa, è stato l'autista di un deputato, un certo Pino Pignataro di Italiani uniti, minuscolo partito del cazzo che però, grazie all'abilità di quel pescecane di Gianfranco Cannone, ancora infesta le acque parlamentari.

Paraldi osserva la foto che Balani gli ha girato su WhatsApp: bel ragazzo, capelli rasati, occhi non particolarmente espressivi, sotto la t-shirt bianca s'intuisce un fisico muscoloso.

Max ha due passioni: la Lazio e le Mma, uno sport da combattimento che prende il proprio nome dalla sigla inglese *Mixed martial arts*, che significa arti marziali miste. Per quanto ne sa Paraldi, violenza allo stato puro.

Max ha pure una fidanzata: tale Marika, che lavora come commessa da Tommy, un grosso negozio di elettrodomestici in viale Marconi. Si frequentano da oltre un anno. La tipa non piace al vecchio Balani. «L'avrò vista non più di quattro, cinque volte: una di quelle persone che mentre parlano non capisci mai bene cosa stiano davvero pensando.» La ragazza sembra essere ossessionata dall'abbigliamento firmato. «Invece il mio Max è un bamboccione senza grilli per la testa, buono d'animo.»

Per chiudere: l'ultima volta che Balani ha visto il figlio è stato undici, anzi ormai dodici giorni fa. Vivono insieme, in un appartamento a piazza Asti. Il ragazzo è uscito alle 7.15. Doveva passare a casa di Pignataro, che abita in viale Bruno Buozzi, ai Parioli: avrebbe accompagnato prima i figli a scuola, e poi lui a Montecitorio. Nel corso di una breve telefonata, Pignataro ha riferito al padre la stessa versione che sostiene di aver fornito anche ai carabinieri: «Sono entrato alla Camera alle 9.30 e sono uscito alle 14.00, ma in piazza del Parlamento, dove avevamo appuntamento, ho trovato solo la macchina, chiusa. Lui, sparito. Aveva il cellulare spento. Non ho sospetti. E non so altro. Anzi, sì: so che Max, facendoci lo scherzetto di sparire, mi ha procurato una bella rottura di coglioni. Perché, in attesa del suo sostituto, sono costretto a muovermi in taxi.»

«Questo Pignataro» scrive Paraldi sulla Moleskine, «dev'essere un'autentica testa di cazzo.» Aggiunge un asterisco: «Fondamentale prendere informazioni e andare a parlarci.»

Max quindi si è dissolto lasciando la macchina – una Mercedes nera Classe S – chiusa e regolarmente parcheggiata. Sempre secondo il racconto di Balani, il titolare dell'agenzia di noleggio, un certo Mario Casagrande, sembrava essere più rincuorato per la buona sorte dell'auto che preoccupato per la sparizione di Max.

Secondo asterisco: «Utile parlare con proprietario noleggio e nuovo autista.»

Poi Paraldi disegna una freccia, che attraversa le due pagine della Moleskine e finisce sotto il nome di Marika.

La fidanzata.

Prima persona da incontrare.

11

È saltata una fognatura dalle parti di Porta Portese.

Allagamenti.

Sirene.

Le dirette dei tigì.

Elicotteri a volo radente tipo *Apocalypse Now*.

Ingorghi mostruosi.

Deviazioni bibliche.

Paraldi, al volante del suo Defender, si ritrova incastrato in via della Magliana. Sono anni che non ci veniva. Dietro un velo di smog e di foschia, osserva la poderosa contaminazione sociale subita da questo storico quartiere popolare di palazzi massicci come alveari per umani, strade con platani in agonia, cassonetti dell'immondizia stracolmi su cui banchettano famelici i gabbiani. Bar e frutterie sono gestiti da cinesi e bangladesi; sopra i marciapiedi, la sparata di teli aperti dai senegalesi che, mentre vendono cinte e borse contraffatte, spacciano qualsiasi tipo di droga; nell'aria fredda, il profumo dolciastro del kebab e le zaffate di aglio e cipolla soffritta; un Babbo Natale con la barba bianca e la pelle nera scherza con alcuni bambini indiani.

Poi, di colpo, lo sguardo di Paraldi si ferma sul numero civico 253/L.

Una saracinesca rugginosa.

Un ricordo efferato.

Quanti anni sono passati? Paraldi parla con Paraldi. *Sì, c'eri anche tu davanti all'ingresso di quella bottega.*

Era il pomeriggio del 18 febbraio 1988 e Pietro De Negri, toelettatore per cani, aveva fatto lentamente, sapientemente a pezzi l'amico-padrone Giancarlo Ricci, detto *er Pugile*.

Il semaforo diventa verde. Il vinaio ingrana la prima, mentre inizia a sentire una voce lontana. È quella *der Canaro* che confessa: «So' stato io... Ricci me faceva fa' 'na vita d'inferno, così un giorno gli ho detto che c'era da rapina' uno spacciatore, uno che veniva sempre da me. L'ho convinto ad aspettarlo nascosto dentro una gabbia per cani. Poi però ho chiuso la gabbia e ho abbassato la saracinesca... Gli ho amputato le dita, gli ho tagliato le orecchie, il naso, i genitali. Gli ho detto: "Adesso nun sei più neanche un uomo." Lui è svenuto. Io allora ho bruciato le ferite con la benzina per fermare il sangue e l'ho fatto rinvenire. Parlava, parlava... parlava troppo, continuava a insultarmi: così gli ho tagliato la lingua. Ma non voleva saperne di morire... Alla fine gli ho sfondato la testa e lavato il cervello, gliel'ho sciacquato con lo shampoo dei cani, a quell'infame.»

Cronaca nera in purezza. I giornali, all'epoca, seguirono la vicenda per settimane. Cronisti sguinzagliati per ascoltare gli amici dell'assassino e della vittima. Tutti a cercare testimoni, indizi, prove. Trovare una pista, mollarla, riprenderla.

La grammatica del mestiere, riflette Paraldi precipitato nella solita fottuta nostalgia, non è comunque cambiata: ecco Tommy, il supermercato degli elettrodomestici dove lavora la fidanzata di Max.

Trovare un posto per il Defender è impossibile.

A Roma parcheggiano le macchine pure sui balconi.

Molla il fuoristrada davanti a un cartellone pubblicitario. Scende e osserva le luci natalizie che lampeggiano tristi sulle porte automatiche dell'ingresso, su un abete di plastica senza palle e su una nana travestita da Befana che urla al cellulare: «Io 'sto mese l'affitto de casa nun lo pago, capito? Io nun c'ho più manco mezzo euro in tasca, capitooo?»

Paraldi entra e si avvicina a un commesso con le lentiggini, il fisico floscio. «Buongiorno, sto cercando Marika.»

«La trova al piano di sopra, agli audiovisivi. C'è solo lei, il collega è in pausa pranzo.»

Sale e vede Marika che sta di spalle, mentre cerca di mettere un po' d'ordine tra gli scaffali. Un culo che scatena allegria, che salta su e giù, come un suonatore cubano di percussioni.

Poi la ragazza si volta: capelli a caschetto corvini, un viso di porcellana, perfetto, una Valentina di Crepax dal vivo, compreso lo sguardo, che è una scarica di perfidia. La camicia arancione con la scritta TOMMY sul taschino è sbottonata e lascia intravedere la coppa bianca del reggiseno. Sul polso, uno scorpione tatuato. La voce fintamente gioiosa. «Come posso aiutarla?»

«Parlandomi di Max.» Paraldi è diretto, deciso: i salamelecchi, in certe situazioni, sono superflui.

Lei, in effetti, ha come una scossa. Una botta di stupore rancido. A piccoli passi rientra nella zona desk. Pianta tutte e due le mani sul bancone, s'inarca leggermente, il tono della voce adesso è aggressivo: «Sei un carabiniere? Ho già raccontato tutto ai tuoi colleghi del reparto operativo. Nun saprei che aggiunge'.»

«Sono un giornalista. E un amico, diciamo così, di tuo suocero.»

«Ah, bbbono quello... Ma che me volete fa' diventa' vedova già così giovane? Guardi che io e Max eravamo solo fidanzati» precisa con ironia sinistra.

«Scusami: perché vedova? Max è morto?»

Marika è velocissima: «No, certo che no! Cioè, nun lo so. Di certo è sparito... Saranno... a occhio saranno ormai quasi un paio de settimane che nun s'è più fatto vede'.»

«Non sembri dispiaciuta.»

«No, aspe': pe' esse' dispiaciuta, so' dispiaciuta, e tanto, tantissimo. Però so' pure incazzata.» Marika ha messo su un'aria indignata. «Ma che se fa così? No, dico: manco 'na parola, un biglietto, un WhatsApp. Te sei rotto de sta' co' me? Vabbè, ce sta: però allora dimmelo, no? Te va de fatte un viaggio da solo? Be', avvertime, che problema c'è?»

«Stavate insieme da molto?»

«A gennaio sarebbe stato un anno e mezzo.»

«Che idea ti sei fatta?»

«De che?»

«Di dove possa essere Max.»

«E che ne so? Con me è stato normale fino alla sera prima. Semo annati a magna' 'na pizza dal Bersagliere, all'Alberone, 'na cenetta tranquilla, dovevamo decide' er programma pe' la sera de Capodanno... Poi, verso mezzanotte, m'ha riaccompagnato a casa, un bacetto e... quella è stata l'ultima volta che l'ho visto.»

«Con che macchina siete andati in pizzeria?»

«Con la Mercedes. Avrebbe dovuto riportarla al garage della società, ma l'onorevole je aveva fatto fa' tardi e così... Vabbè, comunque la Mercedes l'hanno ritrovata il giorno dopo, no?»

Paraldi, intanto, prende qualche appunto mentale: la ragazza è un tipo svelto; sembra tutt'altro che sconvolta dalla scomparsa di Max, ma è giovane, e una certa freddezza, una forma di distacco, forse potrebbe anche essere la reazione a una situazione dolorosa e imprevista; con il padre di Max i rapporti sono realmente cattivi. E un'altra cosa: ha un aspetto molto curato, unghie e mani perfette, labbra forse già rifatte, un certo spontaneo sex appeal, di cui è cosciente.

«Posso chiederti quanti anni hai?»

«Ventitré. Ma è un interrogatorio? Devo chiama' l'avvocato?» Un graffio di furbizia, la ragazza non esita a sfoggiare un sorriso di sfida, mentre si rivolge a un cliente appena arrivato. «Nel frattempo che il signore decide cos'altro deve chiedermi, mi dica pure: come posso aiutarla?»

Paraldi: «No, Marika. Io ho finito. Grazie, e buon lavoro.»
Lei: «Magari pure buon Natale. O pensa de ritorna' prima?»

Fuori Paraldi trova una tramontana brutale. Stringe meglio la sciarpa blu intorno al collo, tira su il bavero del suo Filson e accende il sigaro. Risale in macchina con una sensazione netta addosso: la ragazza o sa qualcosa, o immagina qualcosa. Oppure ha la sensibilità di un orso polare, ipotesi possibile ma piuttosto improbabile. Poi controlla il cellulare. E trova due WhatsApp.

Il primo è di Nazareno Balani: «Il miglior amico di mio figlio è un certo Cristian, il cognome non lo conosco. Ma tutti lo chiamano Dobermann. È il suo istruttore, in palestra. Ci ho già parlato. Però pure lui sono giorni che non ha più notizie di Max.»

Secondo WhatsApp: «Ciao, oste. Cenetta riservata da me venerdì? Fammi sapere, bacio.» Questa è Agnese Rapisarda, una cara amica di Chicca.

Profilo sintetico: intorno ai quaranta, figlia di un ricco imprenditore alberghiero, soggetto femminile divertente, spregiudicato, pericoloso. Tra i due: frequentazione erotica segreta. Se ti va, quando ti va, ma senza alcun impegno. Ha iniziato lei (mai presentare un'amica carina al proprio uomo: questo è l'undicesimo comandamento che Chicca, chiaramente, ignora) e lui la lascia fare. Due caratteristiche non banali: beve solo champagne e sa come si organizza una partouze. La terza caratteristica è, forse, quella che però piace di più a Paraldi: Agnese ha una certa somiglianza con Alessia Marcuzzi.

Le risponde: «Okay, da te venerdì.»

Poi accende il motore del Defender e telefona in vineria, mettendo il vivavoce.

«Antonia, novità?»

«Tutto tranquillo, capo.»

«Chi c'è? Gente che conosco?»

«Passato tuo amico Roberto D'Agostino con sua moglie Anna... Avevano freddo, hanno preso due cocktail Martini e io ho offerto, giusto?»

«Sì, hai fatto bene. Poi?»

«Poco fa... arrivata anche suor Gertrude, insieme a tre consorelle: non c'era spazio e le ho fatte sedere fuori, accanto al fungo. Hanno già finito una bottiglia.»

Suor Gertrude, tipologia senza velo e con la tonaca azzurrina. Tempo fa organizzò in vineria una specie di riunione sindacale: tutte suore arrabbiate per essere finite a fare le domestiche negli attici dei cardinali di via della Conciliazione; a servirgli la colazione e, Dio Santo, qualche volta persino ad aiutarli sotto la doccia. La rivolta non è però mai decollata, *L'Osservatore Romano* ritenne inopportuno pubblicare il loro comunicato, e così – per pura ribellione – ogni tanto vanno a farsi qualche calice di rosso.

Sul Lungotevere, all'altezza della Sinagoga, gocce di pioggia mista a nevischio sul parabrezza. A Paraldi entra un altro WhatsApp. Legge con la coda dell'occhio. Ancora Balani: «Scusa: solo per darti indirizzo palestra Max. È in via di Pietralata, il numero civico non lo conosco. Ho pensato: magari Paraldi vorrà darci un'occhiata.»

Magari? Devo, porca zozza.

Certo che devo andarci.

Solo che me lo sono dovuto far dire da lui.

È ufficiale: mi sono rincoglionito.

12

Suonala, suonala ancora.
E cantala.
E non pensare.
Le parole ti si strozzano in gola, il naso ti cola, hai gli occhi pieni di lacrime e il cuore pieno di battiti.
Ma tu non fermarti.
È la sua canzone.
La stai cantando per lei.
E lei lo sa.
Ti ha sentito.
E sta guardando qui.
«*Buonanotte, buonanotte, amore mio / Buonanotte tra il telefono e il cielo / Ti ringrazio, per avermi stupito, per avermi giurato che è vero / Il granturco nei campi è maturo / E ho tanto bisogno di te...*»

La bambina magra e con le trecce bionde, stretta nella giacca verde di lana cotta tirolese, ha riconosciuto l'uomo con il cappottone nero, il basco e gli occhialini tondi e scuri che, in piedi, la chitarra a tracolla, canta fermo sotto un albero, sull'altro lato della strada.

La bambina rallenta, indugia. Accenna a fermarsi. Cerca, istintivamente, di sfilare la mano dalla morsa del tipo che l'accompagna: un sessantenne massiccio chiuso dentro un loden di cachemire, il viso accigliato parzialmente nascosto da un Borsalino marrone. L'uomo la strattona, si china per dirle bruscamente qualcosa, e allora lei si divincola con forza e inizia a piangere, a singhiozzare.

Nemmeno sente le ultime strofe che rimbalzano dall'altro marciapiede.

Via Crescenzio, quartiere Prati al tramonto: un semaforo fuori uso, un furgone in tripla fila, automobilisti imbufaliti, gli insulti coperti dal rombo dei motori.

La canzone continua.

Ma la bambina sente soltanto una tremenda fitta al polso. L'omaccione con il loden adesso stringe più forte, con rabbia, mentre la trascina oltre il portone. È a questo punto che lei si volta, obbligando anche lui a guardare l'uomo con la chitarra.

Gli spedisce un ghigno di puro odio.

Una promessa malvagia.

La bambina continua a opporre resistenza, cammina all'indietro nell'androne, e sta quasi per salutare, per fare ciao con la mano. Ma l'elegantone cattivo la strattona con violenza. Poi, spingendola dentro l'ascensore, con due dita grosse come salsicce le afferra l'orecchio e glielo torce. Come volesse staccarglielo. La piccola lancia un urlo lungo e sottile.

L'uomo con la chitarra osserva da lontano: la voce impastata, gli occhi sempre acquosi, vede e non vede ciò che accade laggiù, nella penombra del portone.

Di colpo sente però una specie di stilettata al polpaccio della gamba destra.

Comincia a sudare freddo.

Il dolore è acuto.

Deve appoggiarsi con la schiena contro il muro del palazzo.

I medici, l'altra sera, al pronto soccorso: «Ustioni di grado moderato dalla caviglia fino al ginocchio, bruciature circoscritte, pomata e garza, la medicazione va cambiata tre volte al giorno, ci rivediamo tra una settimana.»

I vigili del fuoco dicono che a salvarlo è stata la lana del lungo cappotto, che infatti è bruciacchiato e ancora emana un odore di benzina. Perché è di benzina che li hanno cosparsi. Ungaretti, il suo amico clochard, stretto nel piumino Colmar, s'è invece acceso subito. De Gregori ricorda di averlo visto alzarsi di colpo e iniziare a correre nel buio.

Una torcia umana.

L'hanno trovato aggrappato alle inferriate della Domus Aurea.

Un Cristo di carbone.

13

Paraldi entra in vineria stranamente di buonumore. Ma gli sparisce subito. Seduti al tavolino sotto il bancone, nota tre tipi in ghingheri davanti a tre spritz: esemplari simil-manager di Ponte Milvio, incravattati e strizzati in abiti di sartoria fatti cucire appositamente di due taglie più stretti, i pantaloni a sigaretta, le caviglie in bella vista perché le Church's sono calzate con i fantasmini.

Avverte l'urgenza di aggiungere i fantasmini tra le cose che gli stanno più sul cazzo.

Come fa un uomo la mattina a infilarsi i fan-ta-smi-ni?

Ma che ti dice la testa?

Gira intorno ai tre bambocci, va dietro il bancone e, senza nemmeno sfilarsi il Filson Mackinaw grigio, prende un bicchiere e ci versa due dita di gin Ginepraio. Ne beve un lungo sorso. Poi si volta e, sulla lavagnetta appesa al muro, aggiorna la classifica dei dieci punti con le cose e le persone che lo fanno incazzare di più.

Prende il pennarello.

Al punto 10 lascia: QUELLI CON IL SUBMARINER AL POLSO.

Non tocca neppure il punto 9: LE DONNE CON I SANDALI BIRKENSTOCK.

Però cancella l'8 e scrive: GLI UOMINI CHE NON INDOSSANO I CALZINI (SIA D'ESTATE CHE D'INVERNO). E, PEGGIO, GLI UOMINI CON I FANTASMINI.

Sta per rileggere gli altri punti, ma sente la voce squillante di Chicca: «Ho trovato questi due poveri anziani qui fuori al gelo... Possiamo dargli un bicchiere di vino per farli riscaldare un po'?»

Picasso e l'Avvocato entrano gongolando. L'Avvocato indossa un magnifico giaccone di pelliccia simile a quello sfoggiato da Donatone Braghetti nel film *Vacanze di Natale*, il capolavoro dei fratelli Vanzina.

Chicca butta il suo parka verde su una sedia, accarezza Brancaleone e, puntando i gomiti sul marmo del bancone, dice all'oste: «Io, invece, posso avere un semplice caffè?»

Lui la osserva e pensa: porca zozza, sei incantevole. Poi s'accorge di avere un'espressione da ebete. Allora butta lì la prima frase che gli viene in mente: «A Chi', ma lo sai che questo maglione di cammello a collo alto ti sta divinamente?»

Lei, con una smorfia deliziosa: «Lo indossava mia nonna, la principessa Esmeralda, a Courmayeur, negli anni Sessanta... Sono dentro il vero vintage. Paraldi, ci sei? Ti ho chiesto un caffè.»

Lui fa un passo di lato e, meccanicamente, comincia a prepararglielo.

Ancora Chicca: «Poi, senti: domani sera, all'Opera, c'è *Giulio Cesare in Egitto*, una coproduzione molto fica con il Théâtre des Champs-Elysées di Parigi. Ho un paio di biglietti e, se non fossi un bifolco, me ne chiederesti subito uno. Ma so già che non lo farai. Perciò ti propongo di venire alla cena che la sovrintendente Filippa Colangeli darà dopo lo spettacolo, dove non mi va di andare da sola. Che dici?»

Dico che sono uno schifo d'uomo. Se soltanto sapesse che ho già un invito a casa di Agnese... – Paraldi, nei suoi abissi.

Prende la tazzina, ci mette un piattino sotto e si gira verso Chicca: «Domani sera, in realtà, devo uscire con Bombardino. Vuole farmi provare una trattoria che ha appena scoperto e che...»

Chicca, incredula: «Paraldi, ma ti rendi conto delle cose che dici? Bombardino vuole farmi provare una trattoria?»

Ecco, mi sono ficcato in un cazzo di vicolo cieco: sono uno scemo, ecco quello che sono.

Devo uscirne subito.

O almeno provarci.

«Però, se vuoi, chiamo Bombardino e gli dico che non posso.» Paraldi inizia una tragica arrampicata sugli specchi. «Anzi, guarda: gli scrivo subito», e prende il cellulare, apprestandosi a scrivere un WhatsApp fasullo. Apre l'applicazione. Ma ne trova uno vero.

Il vecchio Balani: «Para', hai novità su Max? So' disperato. Ti prego, aiutami.»

In quel momento Fidel esce dalla gabbietta e gracchia: «E sticazzi!» Sono le sette di sera.

Paraldi ha un guizzo. «Chicca, devo andare in un posto. Per forza. E subito. Mi accompagni?»

Lei sbuffa. Beve il caffè, desiste dal progetto di sparargli un colossale *vaffanculo* e infila il parka pensando a cosa intendesse dire Shakespeare, quando scriveva che «la vita è un'ombra che cammina, una favola raccontata da un folle».

Il comandante arriva con passo felpato. Si toglie il cappello con la visiera, s'inchina leggermente, e con accento pugliese: «Onorevole Pignataro, decolliamo appena la torre ci darà l'okay. Durata stimata del volo: due ore e tredici minuti. Ma voleremo spesso con il vento a favore: quindi, probabilmente, riusciremo ad atterrare a Parigi con qualche minuto di anticipo. Giorgio, il responsabile di cabina, è a vostra disposizione per l'intera durata del viaggio.»

Pignataro ringrazia, prende il cellulare e manda un messaggio vocale alla moglie: «Tesoro, la riunione a Milano va per le lunghe. Mi fermo qui a dormire, ci vediamo domani. Bacino bacino.»

Poi, dopo aver inghiottito senz'acqua una pasticca di Cialis da 20 mg, osserva fuori dall'oblò del jet Falcon che ha noleggiato per portare la sua amante a cena nel cuore degli Champs Elysées, al Pavillon Ledoyen, tre stelle Michelin, in cucina un geniaccio come Yannick Alléno: vede la pista dell'aeroporto di Ciampino, i fari lampeggianti come i pensieri che gli trapanano la testa dentro un'ansia terrificante. Sta immaginando Lello Colombo, il suo portavoce, mentre viene interrogato da quel capitano Ginestra dei carabinieri: un uomo testardo, rapace, velenoso. Domande a incastro, trappole improvvise, abilissimo a infilarsi in ogni fessura delle risposte.

Comunque io, riflette Pignataro, l'altro giorno sono stato ineccepibile. Forse ho solo sbagliato a dirgli che quel coglione di Max era uno con la lingua lunga, un chiacchierone tritapalle. Ma, porca troia, dopo tre ore di interrogatorio, hai il cervello che frigge. Del resto è una tecnica che usano quei brutti figli di puttana: farti la stessa domanda per venti volte e capire se tu, alla ventesima, modifichi di un millimetro la risposta. Che lavoro di merda fare il carabiniere. Però l'ho beccato, un paio di volte, mentre mi guardava l'orologio. Fottiti, capitano. Te lo sogni, un Nautilus come il mio.

Se lo accarezza istintivamente. Lo indossa allacciato sopra il polsino, l'idea gli è venuta guardando una vecchia foto dell'avvocato Gianni Agnelli. Poi alza lo sguardo e mette a fuoco Lory. S'è vestita come gli aveva promesso: un piumino argentato lungo fino alle caviglie, Louboutin con tacco sedici, vestitino di lamé inguinale, reggicalze nero e nere pure le calze, velate.

Lui: «Abbiamo per caso una gattina clandestina a bordo?»

Lei risponde con un'occhiata truculenta. Poi si esibisce nel suo numero preferito: e, lentamente, scavalla le gambe.

Pignataro a voce bassa, torbida: «Che birichina... Hai

dimenticato le mutandine... Guarda che a Parigi la gattina sentirà freddo.»

«Non credo. La gattina è già bollente.»

Pignataro: «Giochiamo?»

La sua smorfia da zoccola vale come un sì.

«Giorgio!» Pignataro chiama imperioso l'assistente di volo che è dietro la tendina, in fondo al corto corridoio: moquette color panna, sedili di pelle in tono.

Quello si affaccia: «Sì, onorevole: di cos'ha bisogno?»

«Abbiamo le gole un po' secche.»

Giorgio arriva a razzo con un carrello, la bottiglia di Krug infilata in un secchiello colmo di ghiaccio, due calici, una ciotola con i pistacchi e gli anacardi. Stappa, versa. Ma mentre allunga il calice a lei – «Prego, signora...» – si accorge che la signora ha le gambe spalancate.

L'uomo è sui quarant'anni, inappuntabile nella sua divisa blu notte, l'aria tutt'altro che timida: lancia un'occhiata rapida, porge il calice, accenna un sorriso di ammirazione, si volta verso l'onorevole incrociando il suo sguardo compiaciuto, e complice. Che sembra dire: guarda ancora, se vuoi. Così quello ruota la testa e controlla di nuovo e meglio.

A questo punto, Lory interrompe lo spettacolo e dice al suo amante: «Facciamo cin cin, amore mio?»

Pignataro vorrebbe scoparsela subito o, almeno, farsi fare qualcosa con la bocca. Ma questo potrà accadere solo tra mezz'ora, più o meno quando sorvoleranno l'Emilia-Romagna, e l'assistente di volo – come da richiesta ricevuta all'imbarco, con il regalo di cento euro in contanti – sbircerà da dietro la tendina, libero di smanacciarsi un po'.

Dopo dieci minuti di volo, Lory chiude la borsetta dei trucchi e chiede: «Amore, non per sapere, ma quanto ti costa questo scherzetto di cenare a Parigi stasera?»

Pignataro è in catalessi. L'ultimo WhatsApp prima del

decollo era del suo portavoce: «Interrogatorio finito. È stata durissima. Ma penso di essere andato bene.»

Penso, lui pensa. Che imbecille.

«Amore, mi ascolti quando parlo?» Lory finge di essere spazientita.

«Sì, certo, scusa. Be', diciamo che in realtà il viaggio ce lo paghiamo con il regalino di un mio amico, un imprenditore che ho aiutato ad aprire una grossa area di servizio, completa di bar e distributore, sulla strada che porta al Santuario del Divino Amore.»

«Sei un volpone, tu.»

«Un volpone che adora la sua gattina.»

Dal fondo del corridoio, si sente la voce di Giorgio, lo steward. «Onorevole, stiamo per sorvolare l'Emilia-Romagna.»

Pignataro si sbottona velocemente i pantaloni e se lo tira fuori.

Lory ritiene opportuno commentare: «Oh, che meraviglia...» Poi si sfila il piumino, con una mossa rapida raccoglie i capelli a coda di cavallo dentro un elastico e scivola in ginocchio, cominciando a fare la cosa che sa fare meglio.

Con dolcezza.

Con dedizione.

Spingendoselo fino in gola.

Il vuoto d'aria arriva improvviso.

La signorina Gentilezza ha un sussulto, quasi un conato di vomito, mentre strabuzza gli occhi pieni di lacrime, tossisce, tira su con il naso: «Mortacci... un... altro... po'... e me strozzo.»

14

Paraldi, guidando, aggiorna Chicca sullo stato embrionale delle indagini.

«Quindi hai un sospetto sulla fidanzata?» Lei va subito al punto che, al momento, sembra centrale.

«Negli occhi delle persone si vede quello che hanno visto, non quello che vedranno» risponde lui, allusivo.

«Parli come un vecchio capo Apache. Adesso, comunque, stiamo andando dal migliore amico di questo Max, giusto?»

«Uno che chiamano Dobermann. Fa l'istruttore in una palestra di Mma.»

«E che sport è?»

«Un miscuglio di arti marziali, una roba assurda: si ammazzano di botte, tra calcioni, gomitate e pugni. Vince quello che riesce a restare in piedi... Eccoci, dovremmo essere arrivati: adesso imbocchiamo via di Pietralata e...»

L'ingresso della palestra è al numero civico 178 D. Paraldi parcheggia il Defender poco più avanti, sul bordo della strada, dietro una betoniera, e dice a Chicca di aspettare a bordo. Risposta: «Escluso.»

Una rampa di scalini, una plafoniera che illumina il cartello rugginoso con la scritta FIGHT CITY. La porta di ferro è socchiusa.

Entrano.

Primo colpo d'occhio: un ring. Sul quale due tipi tatuati e di media altezza – le mani fasciate, calzoncini e spaventose fasce muscolari, addominali d'acciaio, un'agilità felina, rotazioni acrobatiche per attaccare anche con i piedi – si stanno gonfiando come zampogne. Chi riceve il colpo, al massimo, fa partire un «Uff!». Sotto il ring, in silenzio, una dozzina di persone, tutte in tuta.

Paraldi istintivamente vorrebbe tirare fuori la sua Moleskine e appuntarsi qualche immagine. Ma non è il caso. Memorizza: pareti azzurrine zuppe di umidità, due neon appesi al soffitto, un forte odore di sudore, brutte facce. Più avanti, dietro una colonna, c'è la zona degli attrezzi, con un pitbull bianco accucciato sotto la rastrelliera dei pesi. Un ragazzo con i lineamenti asiatici sta facendo un po' di corda davanti a uno specchio. Un uomo basso, tonico, sulla sessantina, con una canottiera scolorita, un codino di capelli grigi stopposi, il profilo di Mussolini sul bicipite destro, è fermo davanti alla macchinetta del caffè.

Paraldi si avvicina. «Buonasera, sto cercando un certo Dobermann.»

Quello si volta come se gli avessero infilato uno spillo nell'orecchio. «Chi sei?» Poi si accorge di Chicca, la squadra per bene, muove appena le labbra, bisbiglia qualcosa di incomprensibile, torna a voltarsi per mettere lo zucchero nel caffè. E, di spalle, ripete: «Ti ho chiesto: chi sei?»

Paraldi avverte il clima ostile. Sente salirgli dentro le prime onde schiumose, ma un po' l'esperienza – *Calma, Marcolino, in questo posto puoi farti parecchio male* – un po' la presenza di Chicca, gli fanno uscire una risposta con il tono giusto.

«Sono un giornalista. Sto cercando una persona scomparsa che Dobermann dovrebbe conoscere bene.»

«E chi sarebbe la persona scomparsa?»

«Max Balani. Mi hanno detto che Dobermann è, o era, il suo istruttore.»

«E t'hanno detto bene» risponde il tipaccio, sorseggiando rumorosamente il caffè. «Seguitemi.»

In fondo alla palestra, c'è una porta a vetri. Paraldi e Chicca si ritrovano in uno stanzone dove una specie di belva con le orecchie appuntite, carnagione scura, collo e testa tatuati, colpisce con violentissimi calci alternati – destro e sinistro, destro e sinistro – l'addome di un ragazzo che incassa sbuffando, gli occhi sbarrati, le mani legate dietro la schiena.

L'uomo in canottiera chiede alla belva: «Dobermann, come va?»

«Ce se pò lavora'. È allergico al dolore. Ma è tutto istinto. Pensa solo a uccide'. Nun c'ha mai mezza guardia. Esclude che esista qualcuno più cattivo de lui. Lo devo convince' del contrario. E spiegaje come se sta su un ring.»

«Il signore e la signora cercano te.»

Dobermann slega il suo allievo, che crolla in ginocchio sfinito, madido di sudore. Poi indica a Paraldi e Chicca un tavolo con alcune sedie di plastica bianche, da bar.

«Tu chi sei? E che voi da me?» Senza giri di parole, con le gambe incrociate sul tavolo, i polpacci muscolosi e depilati, i calzoncini di spugna mimetici con la scritta CHI ESITA, CADE.

Paraldi sa che è uno dei motti della Decima Mas. Pensa che siano curiose tutte queste tracce di una nostalgia fascista, e se le fissa in testa: potrebbero tornare utili in seguito.

«Sono un giornalista. E sto cercando il tuo amico Max Balani, sparito da due settimane. Hai sue notizie? Hai idea di dove possa essere?»

Anche Paraldi è passato immediatamente al tu: certe volte serve per provare ad allacciare fin da subito una linea di confidenza.

«Primo: Max era un mio allievo e...»

«Il padre, in realtà, dice che eri il suo migliore amico.»

«Famme fini'. Max era un mio allievo da quasi due anni,

e tra qualche mese sarebbe stato pronto per sostenere un combattimento ufficiale, in gara. Poi, sai com'è: te vedi tutti i giorni, parli, te confronti, e alla fine un po' di amicizia nasce pe' forza. Però dire che era il mio migliore amico, be', me sembra troppo.»

Paraldi, prontissimo: «*Era?*»

«Nun te seguo.» L'altro è di ghiaccio.

«Perché ne parli al passato? È partito? È andato a vivere all'estero. O, piuttosto, hai il sospetto che sia morto?»

Paraldi si accorge che Dobermann, esattamente come i cani di quella razza – ecco la probabile ragione del soprannome –, muove le punte delle orecchie.

«No, io nun penso proprio niente. Ne parlo al passato perché so' settimane che nun viene ad allenarsi. I caramba so' già stati qui. Ti ripeto le cose che ho già detto a loro: Max è un bravo ragazzo, forse nemmeno troppo portato per questo sport, voglio dire che nun è cattivo dentro, però piano piano lo stavo a forgia'... Si dice "forgiare", no? Ogni tanto è capitato che, finito l'allenamento, siamo andati a mangiarci una pizza insieme. Ma su quello che fa o faceva fuori da qui, io nun so un cazzo.»

«L'ultima volta che l'hai visto?»

«E chi se lo ricorda, frate'.»

«Conosci la fidanzata?»

«Ma perché, era pure fidanzato?»

«Tanto amici, e non ti aveva detto niente?»

Dobermann, improvvisamente sbrigativo: «Lo dice il padre che eravamo tanto amici. E comunque no, che fosse fidanzato nun lo sapevo. Poi, oh, alla sua età qualche trombata in giro se la sarà pure fatta... C'è altro? Perché io dovrei finire la seduta di allenamento.»

«Posso farti un'ultima domanda?»

«Daje.»

«Come si diventa istruttori di questo strano sport? È il tuo unico lavoro?»

«In realtà, io nasco elettricista. Ogni tanto, quando capita, ancora do una mano a mio cognato, che ha una ditta. Sono diventato istruttore dopo anni di tatami e ring: karate, taekwondo, e poi pure tanta boxe. Vabbè, ma questi forse so' pure cazzi miei, no? Dai, fate i bravi, adesso fateme lavora'.»

Paraldi e Chicca si ritrovano su via di Pietralata. Ventaccio, neve mista a pioggia. Lei tira su il cappuccio del parka: «Un vero gentiluomo, questo Dobermann.»

E lui: «Che posto assurdo, eh? Quanto alla bestia: devo capire meglio da Balani perché lo considera il miglior amico del figlio mentre lui... Mmm... no, scusa, Chicca: ma il Defender?»

15

Paraldi ha dormito da schifo.

Quando la notte ti afferra veramente, venirne fuori è come uscire dalle sabbie mobili. Tu dici: adesso mi sveglio ed è finita. E invece c'è qualcosa che ti ritira dentro.

Ha fatto un incubo.

Il solito.

Quando ti senti male, quando sei agitato, gli incubi sono sempre gli stessi.

Ha sognato di ritrovarsi nel suo liceo, l'Isacco Newton di viale Manzoni, per ridare l'esame di maturità: precisamente, lo scritto di matematica. Il fatto è che ci si ritrova da adulto. Vestito da adulto. E anche tutti i suoi compagni di un tempo sono adulti. Come se un perfido ministro dell'Istruzione, invalidata la prova di trent'anni prima, li avesse richiamati.

È un incubo che fanno in molti, ha ispirato anche un paio di film. Per Paraldi l'attraversamento dell'incubo è però particolarmente faticoso perché lui, all'epoca, copiò l'intero compito di matematica. Un'impresa che, lo sa, non potrebbe riuscirgli una seconda volta. Quando si sveglia si ritrova perciò dentro una diffusa, quasi eccitante sensazione di sollievo.

Ma non stavolta.

È sudato, sente una mano che da dentro gli stringe l'ombelico.

A colazione beve un succo di mirtillo e mangia, nervosamente, una decina di biscotti Gentilini. Poi scarta un panettone artigianale della pasticceria Tiri, ne taglia due fette e le divora inzuppandole nel caffellatte preparato da Fernando (che – intuito lo stato d'animo del padrone di casa – oggi eviterà di usare il Folletto).

Nonostante l'abbondante colazione, i crampi allo stomaco restano: il furto dell'amato Defender, per la psiche di Paraldi, è stato un autentico trauma. Le parole dell'agente che al commissariato ha raccolto la denuncia gli sono rimaste addosso come spilloni da macumba: «Dottor Paraldi, si rassegni. Il suo fuoristrada sarà già stato smontato pezzo a pezzo in qualche accampamento rom, o chissà dove. Se le dicessi che proveremo a ritrovarglielo, le direi una bugia. Mi spiace.»

Chiede a Fernando di giocare un po' con Brancaleone sulla terrazza, si cala il berretto impermeabile in testa ed esce. Cinque minuti dopo è al mercato di Campo de' Fiori. Lo costeggia, vede il suo uomo da lontano, seduto al bar.

Felicetto: rapinatore, spacciatore, ricattatore. Età imprecisata. Da giovane ha lavorato per Franco Giuseppucci, er Negro, uno dei boss che con la Banda della Magliana si era preso Roma. Se vuoi sapere quello che di male succede in questa città, devi venire a sederti davanti a lui.

I due si conoscono da anni: Paraldi, da giovane cronista, evitò che la madre di Felicetto, gravemente malata di cuore, ritrovandosi la foto del figlio in manette sul giornale ci restasse secca. Quella foto rimase nel cassetto.

La mala ha regole precise e resistenti: certi debiti di riconoscenza possono diventare eterni.

«Guarda chi se rivede... Bella, Para'! Sei er benvenuto. Siedite, che te posso offri'?»

Paraldi sa che Felicetto è un formidabile bevitore di Campari con il ghiaccio: così ne prende un bicchiere anche lui.

Iniziano parlando del più e del meno, Felicetto è inferocito con i nazistelli che la notte vanno in giro a dare fuoco ai barboni. «Mio nonno faceva er tranviere, lo beccarono in via del Tritone e lo portarono alle Fosse Ardeatine: è uno di quei 335 poveracci giustiziati dai tedeschi. So' cresciuto con il racconto di mia nonna, che dovette andarlo a riconoscere in quella cava abbandonata, sotto a un mucchio de cadaveri. Perciò, tanto pe' esse' chiaro: a 'sti cazzo de nazistelli, je strapperei le palle e gliele metterei pe' orecchini.» Arriva un ragazzo in moto, scende senza togliersi il casco, dice qualcosa sottovoce a Felicetto. Che risponde con un sorriso mesto: «Ringrazia Pipistrello, ma dije che io nun c'ho più l'età pe' certe situazioni.» E poi, rivolgendosi a Paraldi: «Marcoli', parlamo de cose serie: se me sei venuto a trova', me sa che te serve qualcosa, o sbaglio?»

Paraldi gli racconta del Defender, di quanto gli fosse affezionato, e della fondamentale necessità di rientrarne in possesso, anche pagando, se necessario.

Felicetto ha ascoltato in silenzio, lisciandosi la barba con la mano piena di anelli. «Scusa, nun è pe' famme li cazzi tua: ma questa nun potrebbe esse' l'occasione pe' compratte 'na macchina nova? Se te piaceno i fuoristrada, fatte un bel Range, no?»

Paraldi: «Mi ci vedi su un Range Rover? Penseresti: Paraldi s'è messo a fare l'impresario, gestisce qualche discoteca...»

«Ho capito: famme fa' 'na telefonata.»

Cellulare. Discorso pieno di sottintesi.

«È successo in via de' Pietralata... Lo so, certo che lo so... Mmm... Be'... Era un Defender... Blu... Sì, un catorcio... Li dovrebbe ringrazia'... Lo so, lo so... E che te devo di'?... L'amico mio invece je vo' bene come a un figlio a 'sta macchina... Ah, ho capito... Mmm... E famo ancora in tempo? Vabbè, però la macchina deve resta' immacolata. Ahó, m'hai capito? Im-ma-co-la-ta. Entro un paio de giorni, l'amico mio lo passa a trova'. Senti, 'na cosa: ma riceve sempre giù in via Palmiro Togliatti? Grazie, te vojo bene, se beccamo in giro.» Felicetto resta qualche istante in silenzio. Alza lo sguardo: «Ma tu l'hai mai visto un cielo così a Roma? Io dico che qui nevica sicuro.»

Paraldi: «Il mio Defender, sulla neve, va che è una meraviglia.»

«Ecco, appunto, parlamo de 'sta macchina: quasi sicuramente te l'hanno rubata quelli che lavorano pe' Lavandino, un mezzo zingaro che gestisce 'no sfascio sulla Togliatti. Fa tutto su ordinazione: je chiedono i pezzi de ricambio di un modello, e lui, nel giro di qualche giorno, je li trova. Ha una squadra de ragazzini che je ruba le macchine. Pietralata è zona sua. Mo', quello a cui ho telefonato, cercava de blocca' lo smontaggio. Però, pe' riprenne la macchina, devi anna' a parla' co' lui: co' 'sto Lavandino. Gli ho fatto di' che te deve aspetta' fino a domenica.»

«Capito. Grazie, Felice'.»

«Marcoli', un consiglio: quando vai, fatte accompagna'.»

16

Ritorna in vineria. Va a sedersi in giardino. Sigaro, profonda inspirazione. Sensazione persistente di malessere. Il Defender rubato, certo. E poi la ricerca di quel Max. Paraldi è arrabbiato con se stesso proprio per essere arrabbiato: c'è ricascato, la voglia di tornare a fare il giornalista l'ha di nuovo fatto infilare in una storia complicata.

Buio completo, per ora.

Calma.

Ci vuole calma.

Chiama Bamba e si fa preparare un cocktail Martini senza quella stupida oliva che prevede il protocollo. Poi telefona a Bombardino.

«Mi hanno rubato la macchina.» Dice solo questo.

Il suo amico dentista percepisce la notizia come un lutto. «Oh, no! E com'è potuto succedere? Dove? Chi ha osato?»

«Ho una mezza idea di chi potrebbe essere stato. Devo andarci a parlare. Ma è meglio se mi accompagnate.»

«Quando?»

«Anche domani pomeriggio, sul tardi.»

«Ho un appuntamento con il notaio Caruso, devo togliergli un molare, è un caro amico, non posso lasciarlo nel dolore. Ma mi sbrigo. Cocchiere e Franchino li avverto io. Facciamo il solito giochetto, no?»

«Il solito.»

Poi Paraldi chiama Narazeno Balani. Gli dice che deve fare un sopralluogo a casa. Vuole vedere la stanza del figlio.

Paraldi non ha mai conosciuto un tipografo ricco. Balani abita all'ottavo piano, il penultimo di un palazzo che affaccia su piazza Asti, di fianco alla chiesa dei santi Antonio di Padova e Annibale Maria.

Ottanta metri quadrati di casa, il pavimento di graniglia, le pareti del corridoio con le prime pagine storiche di *Paese Sera*, compresa quella dell'edizione straordinaria stampata il 23 maggio del 1983, in occasione dello scudetto giallorosso: «Roma Capoccia.» Nel salone: un divano di velluto verde consumato, una libreria con testi di Gramsci, Togliatti, molto Giorgio Bocca, Simenon, e poi un tavolo tondo, un mobile con i liquori e una gondola di plastica.

«Io mi faccio una sambuca, Marcoli'. Tu che prendi?»

«Dov'è la stanza di tuo figlio?»

Balani, strusciando le pantofole e tenendo il bicchierino in mano, supera la cucina e apre una porta.

Lo sguardo di Paraldi scorre su un letto alla francese con una coperta marrone, un poster di Ciro Immobile, un armadio bianco di Ikea. La televisione è di fianco alla scrivania. «Non ha un computer?» chiede mentre controlla se nelle tasche dei tre abiti appesi dentro l'armadio ci sia qualcosa.

«Max dice che gli basta il cellulare.»

«Posso aprire i cassetti?»

«Sei libero di fare tutto quello che vuoi.»

Nei due cassetti: biancheria intima, camicie, qualche felpa, una confezione di profilattici, una guida della Spagna, una scatola di Tachipirina, una di Oki, la scatola vuota di una microtelecamera, una sciarpa della Lazio, due cinte, un paio di guanti da moto, tre mazzi di carte da gioco francesi.

«Gioca a carte?» chiede Paraldi.

«Un pokerino con gli amici, quando capita.»
Paraldi si guarda intorno: «Non legge, Max?»
«Da ragazzino, stava sempre con il *Corriere dello Sport* in mano: poi, manco più quello.»
«Per chi vota?»
«Secondo me, a destra. Ma non me lo dice, povera creatura, per non farmi soffrire.»
«Ha un conto corrente?»
«Bella domanda: sai che non lo so?»
«Alcol? Droga?»
«Zero. Poi, da quando andava in palestra, davvero solo qualche Coca-Cola Light.»
«Passioni?»
«A parte le arti marziali miste, la Lazio. Ogni tanto va pure in trasferta.»
Sul comodino, appeso dietro l'abat-jour, Paraldi nota un piccolo quadro. Due labbra stampate con il rossetto e una scritta a penna:

L'AMORE NON HA UN PERCHÉ, L'AMORE È IL PERCHÉ.
MARIKA.

L'anziano Balani vuota il bicchierino, schiocca la lingua e dice: «Che idea ti sei fatto?»
«Nessuna. Marika, avevi ragione, non sprizza simpatia. Quanto a quel Dobermann, sono andato a parlarci in palestra: a sentire lui, non si considera esattamente il miglior amico di Max.»
«Boh, strano: stavano sempre insieme. E certe volte – da quanto intuivo – con loro usciva pure Marika... Senti, e l'onorevole Pignataro? Ginestra, il capitano dei carabinieri che conduce l'inchiesta, mi ha detto di aver interrogato sia lui che il suo portavoce. Ma niente, non sono emerse novità rilevanti.»
«Ecco, Pignataro: la prossima settimana cerco di aggan-

ciarlo. Anche se ha fama d'essere un pezzo di merda. Non sarà facile.»

«Dio ti benedica, Para', e poi...»

Ma Paraldi è già sulla porta e se la chiude alle spalle. Non vuole più sentire quella voce penosa e ciancicata piena di sambuca, quel tanfo di sigaretta e di broccolo bollito.

17

Jamila Bouaziz – ventiquattro anni, madre tunisina, padre sconosciuto, un passato da massaggiatrice specializzata nell'*happy end* in un centro benessere di viale Europa, poi chiuso dalla polizia per «sfruttamento della prostituzione» – è stata assunta presso la fondazione La Nuova Politica con tre incarichi precisi.

Primo: rispondere al telefono e al citofono e ripetere sempre – salvo ordini contrari – che «l'onorevole Pignataro, purtroppo, oggi non si è visto». Secondo: se il citofono squilla cinque volte con intervalli regolari, aprire subito: è Stefano Saraceno detto Biancaneve, il pusher dell'onorevole. Terzo: quando l'onorevole inizia a fare roba con la signora Lory, lasciare la porta della segreteria semiaperta perché a lui piace farsi guardare; e per milleduecento euro netti al mese, guardare è un sacrificio che si può fare.

A Jamila non era però mai successo che qualcuno iniziasse a suonare e poi a bussare come un forsennato direttamente alla porta dell'ufficio.

Pignataro è nella sua stanza e sta parlando al telefono con la moglie Costanza, che gli ricorda la tradizionale «cacciata grande» organizzata dal padre nella tenuta di Settecamini, prevista per domenica mattina. Sente il rumore provenire dall'ingresso, congeda velocemente la moglie e si affaccia sul corridoio. Sottovoce chiede alla segretaria: «Ma chi stracazzo è?»

Lei fa una faccia come per dire: ho paura anche solo ad alzarmi. Resta seduta alla scrivania, chinando la testa gonfia di capelli ricci sulla tastiera del computer.

Pignataro, gessato grigio e cravatta a stelline di Hermès, in punta di piedi, passetto passetto, con i mocassini John Lobb che scricchiolano un po', si avvicina all'occhio magico.

E vede: il ghigno di Gianfranco Cannone.

Pignataro deglutisce, le budella gli si annodano: guai vicinissimi. Stabilisce che non ha opzioni: meglio aprire di botto, sfoggiando un sorriso largo dei suoi.

«Gianfranco! Volevi farmi un'improvvisata? Hai trovato il portone spalancato?»

Il vecchio Cannone lo sposta con una manata ed entra ansimando, tirando giù una bestemmia. Butta il cappotto su una sedia, si allenta la cravatta. Grugnisce puntandogli il dito sul viso. «Io ti spalanco il culo proprio come quella porta d'ingresso, brutta testa di cazzo.»

«Oh, Gianfranco, calmati... Jamila, subito un bicchiere d'acqua per l'onorevole. Vieni, Gianfranco, andiamo a parlare nel mio ufficio.»

Cannone si siede, vuota il bicchiere d'un fiato, rutta, accende una Marlboro rossa, si passa la mano tremante tra i capelli bianchi. «Sai cosa mi è successo questo pomeriggio? Esco da Montecitorio e, dopo nemmeno tre passi dentro via degli Uffici del Vicario, vengo affiancato da un marcantonio in abito scuro, che si qualifica come il capitano dei carabinieri Mario Ginestra. Il quale, bello bello, mi dice che avrebbe piacere di scambiare due chiacchiere informali con il sottoscritto. Poi, senza nemmeno darmi il tempo di rispondere, mi indica il bar Illy: e lì dentro, mannaggia all'anima tua, mi sottopone a un vero e proprio interrogatorio che sarà durato non meno di un'ora.»

«Gianfra', scusa: ma io che c'entro?» Pignataro cerca di mantenere un tono pacato, ma sente di avere la lingua che s'appiccica al palato e le ascelle pezzate.

«Coglione, è del tuo autista scomparso che voleva sapere! E di te. Perché quello, il capitano, le domande me le faceva anche su di te. "Chi è quel Pignataro, sappiamo che è un suo figlioccio politico, ha un tenore di vita alto..." A proposito: che cazzo ci facevi a Parigi ieri sera, eh?»

«I carabinieri mi stanno pedinando?»

«E che cazzo ne so? Però, a un certo punto, Ginestra mi dice: "Poi, sa, caro onorevole, uno che per andarsene a cena sotto la Torre Eiffel noleggia un Falcon...»

«Continua... che altro ti ha detto?» Pignataro non trattiene più la trepidazione.

«Si è fermato all'allusione» risponde Cannone guardando dritto negli occhi l'ex scugnizzo dello stadio San Paolo. «Io invece sono più esplicito: come cazzo fai a pagarti un jet per portare a cena in Francia quella zoccola della tua amante? E poi questi uffici» continua Cannone guardandosi intorno, «ma dimmi tu che lusso, che razza di sfarzo, tutto rivestito con boiserie... Tutto questo te lo permetti grazie alla fondazione, eh? Bene, allora siccome a me, in cinquant'anni di onorata carriera politica, mai nessun carabiniere aveva osato sottopormi a interrogatorio – persino durante Tangentopoli erano rimasti a un metro dalle mie chiappe –, adesso tu devi spiegarmi ogni cosa nei dettagli. Primo: che cazzo è successo a quel tuo autista? Secondo: che stracazzo succede in questa fondazione, quanti soldi girano, e perché, e che fai tu in cambio di donazioni così sostanziose? Perché delle cosiddette do-na-zio-ni stiamo parlando, giusto?»

Pignataro apre un cassetto, prende un foglio di carta, una penna, scrive rapidamente qualcosa e poi gira il foglio, per far leggere a Cannone:

METTONO CIMICI OVUNQUE. NON SONO SICURO
CHE QUESTO UFFICIO SIA "PULITO".
USCIAMO A FARCI DUE PASSI. TI RACCONTO TUTTO.

Chicca ha parcheggiato la sua Mini Country verde e sta entrando al Teatro dell'Opera. C'è una bella atmosfera. Ci sono le sue amiche. Anna, Isotta, Virginia. Infreddolite, truccatissime, euforiche. Sono tutte accompagnate da un fidanzato. Lei, come sempre, è sola, bellissima e triste nel suo cappottino nero di Prada, naturalmente sofisticata, senza un filo di fard, i capelli sciolti, addosso gli occhi di molti uomini.

Virginia le soffia all'orecchio: «Hai una faccia pessima. Sai cosa dice il mio strizzacervelli? L'amore salva solo chi si è già salvato da solo. Dammi retta, Chicca: molla l'idea di Paraldi, è gramigna per il tuo animo.»

Isotta si volta: «Ragazze, ma non doveva venire anche Agnese?»

«Aveva preso il biglietto, poi però ha cambiato idea» risponde Virginia. «Avrà organizzato una delle sue seratine *very hot*.»

Ma Chicca non sente. Ha preso il cellulare dalla borsetta, è furibonda, sprofondata dentro una rabbia violenta.

Ora glielo scrivo: sei una testa di cazzo.

Anzi, no. Meglio: vaffanculo, sparisci dalla mia vita.

Oppure, ecco, sì: coglione, ti perdi le cose belle della vita.

Solo che ha il dito indice immobile sulla tastiera dell'iPhone. E una lacrima che inizia a scivolarle sulla guancia. La chiamano: «Chicca, dai! Facciamo tardi!» Ripone il telefonino, elimina la lacrima accarezzandosi dolcemente, sente il cuore pieno di sassi. Allunga il passo e poi, mentre cammina, tutto accade di colpo: si sente improvvisamente rinfrancata, dentro le cresce impetuosa quell'ebbrezza colpevole e testarda che avvertono le donne quando pensano di provare il sentimento giusto, per la persona giusta. L'accecante certezza di vedere e capire quel che gli uomini ignorano. Anche Chicca avverte il compito di doversene fare interprete. E poi: perché dobbiamo sempre farci dire dagli altri, cosa proviamo? Da dove arriva questa folle idea di non avere abbastanza competenze per giudicare le nostre emozioni, i nostri sentimenti?

Entra nel foyer.

Paraldi, in quel preciso istante, sta citofonando a casa di Agnese.

18

Barboni nelle tenebre.

Ma qui è più complicato incendiarli.

Ultimo tratto di via della Conciliazione: davanti all'ingresso della sala stampa vaticana, cinquanta metri di colonnato.

Un tetto sicuro.

Una pattuglia della polizia che, laggiù all'angolo, controlla l'accesso a piazza San Pietro.

Un cardinale che tra poco verrà a portare panini imbottiti e preghiere.

Succede ogni notte.

La scena, adesso, nella luce fioca di un lampione, è questa: si sono già stesi, due file da dieci. Giacigli, tane improvvisate di cartone e coperte sudicie, stracci, buste piene di niente. E poi un lumino da cimitero, due bottiglie di whisky quasi vuote, uno zaino, un sacco dell'immondizia con dentro un enorme Paperino.

Aristide – età apparente sessant'anni, accento veneto, d'estate e d'inverno infilato nello stesso mantello nero – non si separa mai da un Paperino di peluche alto due metri. «È il mio miglior amico.» Giovanni – età imprecisata, chiatto, bavoso, alcolizzato – ci ha già litigato un paio di volte con Paperino, che non ne voleva sapere di spostarsi. Gli altri ronfavano e non si sono accorti di niente. Se riesci a prendere sonno, il freddo lo senti di meno.

All'una arriva don Corrado: si fa chiamare così il cardinale Konrad Krajewski, l'elemosiniere del papa. Eccolo con il vassoio colmo di cibo, un ragazzo lo segue con due thermos pieni di brodo bollente.

Benedice tutti.

Poi si inchina accanto a ciascuno di loro.

Li sveglia con delicatezza.

«Sono io, don Corrado. Sono venuto per te anche stasera. Non siete soli. Il santo padre non si dimentica di voi. Hai fame? Hai sete?»

Alcuni si fanno il segno della croce, ringraziano, e chiedono a don Corrado di lasciare tutto lì accanto: mangeranno quelle cose a colazione. Lillo il rumeno si alza in piedi e, a gesti, spiega di avere la gola in fiamme. Allora l'assistente del cardinale va in macchina, rovista nel cofano, torna con una confezione di Argotone gocce.

L'ultimo accanto al quale si accovaccia don Corrado è un volto nuovo. Gli occhi spalancati tra la barba e un basco calato sulla fronte. Il resto del corpo chiuso dentro un lungo cartone con la scritta: FRIGORIFERO MIELE.

«Dove dormivi prima, figliolo?» chiede il cardinale con una voce che ricorda quella di Karol Wojtyła.

«Ho dormito, per qualche settimana, alla stazione Termini. Poi, per caso, mi sono ritrovato a Colle Oppio, alla Domus Aurea. E per poco non ci sono rimasto per sempre.»

«Ah... ho capito: allora tu sei il sopravvissuto dell'altra notte a quei nazistelli assassini. Come ti chiami?»

«... mi chiamano De Gregori.»

«Parli un ottimo italiano, i tuoi occhi mi raccontano un passato pieno di sofferenza. Ti va di raccontarmi chi sei?»

Alberto Posacenere sposta il cartone, con la schiena si appoggia alla colonna di marmo. Una domanda analoga gliela fecero alla Caritas. Ma lui, quella volta, restò muto. Forse non era pronto. O magari è quest'uomo che ha davanti stanotte – così sereno, accudente, sincero – a farlo parlare.

«Ho cinquantatré anni» inizia tutto d'un fiato, «la mia vita è cambiata due anni fa. Ero il direttore della produzione italiana di Bafta, una società farmaceutica svizzera. Avevo una vita con una moglie, una figlia, due gatti, un attico in via Cortina d'Ampezzo, una Bmw. Non ho mai pensato di essere pienamente felice, però ho sempre creduto all'idea del bicchiere mezzo pieno: finché, purtroppo, non mi sono accorto che era, perdoni il termine, piscio.»

«Prosegui, ti ascolto.»

«Un giorno arrivo in ufficio, apro la posta sul computer e trovo una mail. Mi scrivono dalla sede centrale di Francoforte, tre righe firmate dal presidente: trasferiscono in Albania i due stabilimenti di Roma e di Bari e io, di colpo, sono diventato inutile, mi licenziano...» La voce di De Gregori s'incrina, ora ha uno sguardo un po' fisso.

«Continua.»

«Mia moglie Roberta non ha mai lavorato in vita sua. Perse la madre molto giovane e il padre, un famoso notaio, l'ha cresciuta viziandola. È una donna fatua, ritrovarsi con un disoccupato accanto la nauseava. Disse che se mi avevano licenziato un motivo, anzi una qualche mia colpa, doveva pur esserci. Ho cercato di reagire, ho inviato curriculum, ho fatto colloqui: ma le aziende, alla mia età, nonostante una laurea e due master in economia, ti considerano un limone spremuto. Il conto corrente, in banca, si è prosciugato velocemente: ho venduto la macchina, un paio di orologi, sono finito in mano a un cravattaro. Poi, lentamente, ho dato via me stesso: ho cominciato a bere, sono scivolato in fondo a un pozzo. Mia moglie, intanto, aveva cominciato a frequentare un uomo più grande di vent'anni. Un ricco commerciante con tre gioiellerie: a Roma, Milano e Porto Cervo. Un essere umano pessimo. Arrogante e, purtroppo, violento. Per tenersi mia figlia e cacciarmi di casa, che con la mia folle generosità avevo intestato a lei, mia moglie mi ha accusato di fatti così tremendi, padre, che non ho nemmeno la forza di...»

De Gregori inizia a piangere.

Singhiozza.

Don Corrado gli accarezza la barba. «No, figliolo, non fare così. Piuttosto, dimmi: quanti anni ha tua figlia? Come si chiama?»

«Ginevra. Frequenta la quinta elementare.»

«E riesci almeno a vederla, qualche volta?»

«Sì. Da lontano.»

«Pregherò per te. E per la tua bambina. Dormi bene.»

Il cardinale si alza, il ginocchio sinistro gli fa *clic clac*; lui sbuffa un po', si infila i guanti, benedice tutti e va verso la macchina. Passando davanti al Paperino di peluche, dice: «Tu poi vedi di non litigare con Giovanni, eh.»

19

Agnese ha aperto la porta di casa con occhi carichi di promesse. L'ha baciato sulle labbra, l'ha preso per mano, l'ha accompagnato nel maestoso salone rettangolare, con le pareti di velluto scarlatto e le travi al soffitto, illuminato da lampade a stelo con paralumi color crema.

Paraldi esamina la scena: sono ancora tutti vestiti. Ma sul tavolo di vetro c'è già una magnum di Moët & Chandon rovesciata nel secchiello del ghiaccio, un penetrante profumo di hashish, il solito vassoio che gronda cocaina.

Paolo Conte sta cantando: «*It's wonderful...*»

Presentazioni.

«Lui è il mio amico vinaio, che prima faceva il giornalista. Inutile che vi dica il nome: lo chiamiamo tutti solo Paraldi, e quindi sarà Paraldi anche per voi» dice Agnese, molto su di giri. Poi indica la donna in piedi accanto al finestrone con panorama appannato su Castel Sant'Angelo, il riverbero dei lampioni reso giallognolo dalla pioggia: «Lei è Annabelle, una mia amica parigina che vive a Berlino, architetto di interni. Per capirci, Paraldi: se venisse a casa tua, te la renderebbe fighissima. Purtroppo, però, tu alle donne non apri la porta. Tranne quando fai la solita triste eccezione, per la mia adorata crocerossina.»

Paraldi osserva Annabelle: fisico snello da quasi quarantenne, modellato con yoga e spinning. Alta, seno rifatto, capelli mesciati sulle spalle, una gonna di pelle e due gambe da urlo: leggera somiglianza con Emmanuelle Béart da giovane, a parte il naso, un po' a becco.

«Lei invece è Marianna» prosegue Agnese, «la mia amichetta milanese che lavora nella moda e di cui ti parlo sempre.»

Marianna è esattamente come gli era stata descritta: una magretta con la carnagione scura, due tette tutt'altro che piccole, luminosi capelli castani sfumati sulla nuca, labbra carnose, scalza e con un abito modellato su un corpo che merita di essere mostrato.

«E loro, infine, sono Simone e Matteo» conclude il giro Agnese, indicando la coppia di palestrati stesi su una chaise-longue, entrambi mori, francamente notevoli, nonostante i jeans strappati e le giacche blu di Armani. «Sono così innamorati che il prossimo giugno si sposeranno. Stasera, però, eccezionalmente, giocheranno a fare i fidanzati di Marianna e di Annabelle. Perché nel posto dove stiamo andando, fanno entrare solo coppie...»

Seguono risatine e ammiccamenti.

Paraldi accende il sigaro. «Pensavo che la serata l'avessi organizzata qui, non in un club scambista.»

«Be', il programma è stato modificato in corsa, quando ho saputo che il tuo amico Gegè ha aperto un locale superesclusivo vicino a via della Scrofa.»

«Nella sede di Fratelli d'Italia?»

«No, cinquanta metri più avanti: all'angolo con via della Stelletta.»

«Ma Gegè non gestiva un albergo a Panarea?» chiede Paraldi, che questo Gennaro Picariello – un napoletano irrequieto, figlio di un noto chirurgo, sempre sole e spensieratezza, macchine e femmine mozzafiato – lo conosce da una vita, più o meno da quando entrambi, poco più che ventenni, frequentavano Formentera risvegliandosi ogni mattina nella camera da letto di una villa diversa.

«Il suo albergo era un cinque stelle, costi eccessivi, non ha retto ai lockdown, è fallito. Me l'ha raccontato lui l'altra sera, a cena dai Tirchi Bellocci. Comunque: non fare il solito scassabombe. Si va, e basta. Tanto ormai è quasi mezzanotte.»

«Facciamogli prima bere almeno un drink» interviene premurosa Annabelle, con un delizioso accento francese.

Paraldi ha un tonfo giù nello stomaco.

Ma quale cazzo di drink?

Ma dove cazzo vado?

E se Chicca mi becca?

Senza contare le sue amiche, che sono centinaia.

No, escluso: vietato fare stronzate.

Chicca ci resterebbe troppo male.

Perciò adesso faccio il bravo, saluto tutti e me ne torno a casa buono buono.

Sta pensando a tutto questo, sta annegando dentro un micidiale frullato di ansia e di rimorsi già furiosi, e ha praticamente deciso la ritirata. Poi sente la voce di Marianna, che dice: «Però, scusate: prima di andare, finiamo almeno il nostro gioco... Tocca a te, Paraldi, che sei l'ultimo arrivato. Così almeno capiamo anche meglio: se sei proprio stronzo, come ci ha anticipato Agnese, o se quest'aria che hai è solo un atteggiamento.»

«Che gioco è?» ribatte lui, secco.

«Devi dirci tutte le cose per cui ha un senso continuare a vivere. Hai presente l'elenco fatto da Woody Allen nel film *Manhattan*?»

Paraldi, scuotendo la testa: «Umberto Eco diceva che gli elenchi danno le vertigini. Non si sa mai dove possono farti cadere. E poi io vi deluderei, lasciamo stare.»

«Ma no, voglio assolutamente ascoltarti!» dice Annabelle, che intanto s'è seduta e ha accavallato i suoi spettacolari arti inferiori, alla fine dei quali ci sono tacchi da codice penale.

Lui si versa una dose doppia di Hendrick's liscio. «Allora, vediamo un po'... Credo che una buona giustificazione per svegliarsi la mattina siano... la Roma, i film di Alberto Sordi, *L'uomo in più* di Paolo Sorrentino, il gin, il ricordo della carbonara che cucinava mia madre, le Adidas Tobacco, la scalinata di Trinità de' Monti di notte e dopo che ha piovuto, New York a Natale, le tapas della Cervecería Catalana a Barcellona, gli Chic quando cantano *Good Times*, il mio cane Brancaleone e un vecchio Defender station-wagon blu che domani devo andare a recuperare. Basta, non credo ci sia altro.»

Interviene Marianna: «Come sei sofisticato. Davvero ti piace il primo film girato da Sorrentino?»

«Tra i suoi capolavori, è il mio preferito.»

«E poi» continua lei con un sorrisetto pieno di sarcasmo, «abbiamo la carbonara di mamma...»

«Era squisita. La preparava, fuori liturgia, con i fusilli. E quanto a mia madre: se l'allusione riguardava lei, e non la carbonara, sappi che resta la donna più bella che ho conosciuto.»

«Ma tu non sei stronzo... Sei stronzissimo!» urla divertita Annabelle. Che poi si alza, si avvicina e gli soffia nell'orecchio: «I privé migliori sono a Parigi. E li conosco tutti. Accompagnami a vedere com'è questo del tuo amico...»

Il gin a digiuno, il criminale erotismo di questa donna francese, forse anche la tremenda e rassegnata consapevolezza di essere una testa di cazzo: Paraldi si ritrova giù al portone insieme all'allegra compagnia in attesa di due taxi, con un ventaccio freddo e anarchico che, implacabile, lo prende a schiaffi.

Nemmeno lui sa come fa a sentire la vibrazione del cellulare nella tasca interna del blazer blu. Infila la mano pregando il cielo di non trovare un messaggio di Chicca.

Ma è un vocale di Balani.

Tossisce, biascica, è ubriaco, gli sta dicendo: «Ahó...

scusa il disturbo... ma... ecco, mi sono messo a controllare bene... cioè... boh... mannaggia, a Para'... che mi doveva succedere, eh? Insomma: controlla che ti ricontrolla, nella tasca interna di un giubbotto di Max ho trovato un foglietto: sopra c'è scritto un indirizzo... ecco, mo' te lo leggo: Via... Crescenzio 169... C, terzo piano... Terzo piano, capito? Terzo piano, la porta a destra... Che dici, può diventare utile? Per essere sincero, prima ho comunicato la scoperta anche ai carabinieri... ma quel maresciallo che segue l'inchiesta, un certo Carraro, o Carrara... oppure Carrera... Ecco, sì: quel Carrera m'ha liquidato come se gli stessi facendo perdere tempo... Che poi, dico: ma tu, maresciallo, hai capito che m'è capitato? Mi è sparito un figlio!... Vabbè, ciao, Para'. E scusami sempre tanto.»

Paraldi entra nel club privé con quell'indirizzo stampato in testa e un'eccitazione martellante addosso.

Erano anni che non finiva in un posto così.

Luci soffuse, candele alla vaniglia, specchi e mobili in stile déco. Dietro un piccolo tavolino, seduta sul bordo di una grossa poltrona dorata, una ragazza in abito nero registra i documenti dei clienti su un Mac portatile. Alza lo sguardo: «Gegè è dentro, lo trovate nella zona bar.» Capelli rossi e lisci, accento e algida bellezza dell'Est. Restituisce la patente a Paraldi. Poi gli allunga un cartoncino: «Qui ci sono sei consumazioni: la prima è gratis. Le altre cinque, venti euro l'una. Il prezzo dello champagne varia a seconda del tipo che scegliete, ma è obbligatorio prenderne una bottiglia intera. L'ingresso, a coppia, è di duecento euro. Potete pagare tutto all'uscita. Volendo, anche con carta di credito.» Quindi indica un cestino con dentro dei braccialetti di tre colori: «Sceglìete: rosso se vi piace lo scambio completo, verde per lo scambio soft, bianco se siete alle prime armi.»

Paraldi si volta con aria interrogativa verso Annabelle. E lei, lasciva: «Rosso, che dubbi hai?»

Sta lasciando il suo Filson alla guardarobiera, ma Annabelle lo tira via, scosta il tendone di panno grigio e lo trascina dentro.

La parigina sa come muoversi.

Il bar, con pochi tavolini, è sulla destra.

La pista è di fronte: raccolta, in un angolo buio, con una dj magrissima in giacca da smoking e autoreggenti, e tre coppie piuttosto giovani che ballano.

Poi un corridoio nella penombra.

Annabelle tiene Paraldi per mano, e fa strada. A metà corridoio, tra luci rossastre, un lettone tondo con un'orgia in pieno svolgimento.

Lei: «Non male. Però noi forse dobbiamo prima scaldarci un po', *mon chéri.*» Prosegue, trova una camera da letto ed entra, lasciando la porta aperta.

Si toglie la minigonna di pelle. Resta solo con le scarpe, un perizoma nero e la camicetta bianca. Fissa il rigonfiamento nei pantaloni di Paraldi. «Ti faccio arrapare, eh?» chiede, sfacciata, con la erre alla francese.

La mente di Paraldi si concentra, improvvisamente, su quel verbo: dove l'ha imparato un termine così volgare?

Lei gli legge nel pensiero: «Sono stata l'amante del console italiano a Berlino. Comunque: ti faccio arrapare, sì o no? Voglio sentirtelo dire...»

«Sì, molto.»

«Bene» dice lei, passandosi la punta della lingua sulle labbra. «Appena ti ho visto, ho pensato che tutto questo dovesse essere tuo.»

Paraldi si è tolto la giacca e sbottonato la camicia e adesso allunga una mano per toccarle i capezzoli piccoli e turgidi. Ma Annabelle gli afferra i polsi e lo spinge sul letto, tenendolo giù mentre gli monta sopra.

Il concetto di fondo è: dopo essere stato qui con me, non vorrai mai più essere altrove.

20

Il capitano dei carabinieri Mario Ginestra ha trentadue anni e vuole fare carriera. È un calabrese ambizioso con un fisicaccio che esplode sotto la divisa e il viso ovale con i baffetti rasi. Dopo l'accademia ha trascorso nove mesi nei paracadutisti del reggimento Tuscania, poi ha capito che per diventare generale, come suo zio materno, il leggendario Sestino Magnani, il posto giusto da cui cominciare era il reparto operativo di Roma.

Possibilmente mettendo a segno un bel colpo investigativo.

Possibilmente subito.

Possibilmente, appunto.

Apre la porta dell'ufficio e trova il maresciallo Pino Carrera – fama da segugio di razza, ma un po' indolente – seduto al solito posto, cioè la scrivania: ha il computer aperto sul sito di Amazon, dove sta cercando una nuova canna da pesca, e parla al telefono: «Va bene, certo, ho capito. Tra l'altro, signor colonnello, in confidenza: oggi è pure sabato, alle sei c'è il Napoli che gioca a Bergamo e quindi, ecco, direi che i presupposti per organizzare un pedinamento non...»

Con la coda dell'occhio, il maresciallo vede la sagoma del capitano immobile sulla porta.

Si blocca.

Mette il dito indice davanti alla bocca, facendogli segno di restare zitto.

«E comunque d'accordo, colonnello. Agli ordini. Buona giornata.» Poi infila la mano nel sacchetto dei biscotti alla vaniglia, ne prende uno, lo morde e, masticando, si rivolge al giovane ufficiale che l'osserva muto, con le mascelle serrate. «Vede, capitano: in una sezione investigativa delicata come questa, così esposta» la prende un po' da lontano il maresciallo, «è fondamentale mantenere certi equilibri. E allora, ecco, se il colonnello...»

Il capitano Ginestra, senza fronzoli: «Che ti ha chiesto?»

«Per essere precisi: non mi ha *chiesto*, mi ha *suggerito* di allentare un po' le nostre attenzioni sull'onorevole Pignataro. Dice che qualcuno si è lamentato, e ha ricevuto una telefonata dall'alto, la solita.»

«Porcaccia troia!» Ginestra sbatte un pugno sull'armadietto metallico, ammaccandolo. «Ma come? Sono settimane che stiamo dietro a questo giro di coca che entra ed esce dal Parlamento, e adesso che finalmente, con la scusa della scomparsa del suo autista, il quale sarà scappato chissà dove e dopo chissà quale impiccio... adesso che abbiamo la possibilità di pedinare quel noto cocainomane di Pignataro, proprio ora che sappiamo il nome del suo pusher... quel Cenerentola, no?...»

«Biancaneve, capitano.»

«Sì, insomma: ora che stiamo finalmente addosso a quel Biancaneve e abbiamo la concreta possibilità di andare a dama, dovremmo mollare? Assurdo, non ti sembra?»

«Capita', ma che ci costa a noi ridurre la presa per qualche giorno?»

«Maresciallo, guardami negli occhi: tu sei per mollare?»

«Io, tendenzialmente, proprio di carattere, sarei portato a vivere nella grazia di Dio. Ma faccio il carabiniere. E chiedere a un carabiniere di non indagare è come chiedere a un prete di non dire messa.»

«Bene, Carrera. Allora è deciso: andiamo avanti, gli rompiamo il culo a quel drogato di Pignataro.»

21

Palazzi di dieci piani addossati uno all'altro. La lingua d'asfalto lecca il cemento. Viale Palmiro Togliatti, sabato sera natalizio: le lucine intermittenti di addobbi scarni, semafori, impazzimento di clacson, transessuali avvolti dentro pellicce sintetiche rimpiangono il sole caldo di Bahia.

La stradina sterrata, in discesa, è dopo il distributore dell'Ip.

Duecento metri nel buio, poi ecco il cancello d'ingresso dello sfasciacarrozze.

Un faretto illumina cataste di telai, lamiere pressate, torri di pneumatici, sportelli, e poi una grande gru, le carcasse arrugginite di una Bmw e di un furgone.

Paraldi accende il sigaro.

Che posto di merda. Speriamo ne valga la pena.

La baracca è laggiù.

Dietro la finestra, i bagliori di un televisore acceso.

Senza bussare, spinge la porta di ferro, che cigola.

Quello stronzo di Lavandino se ne sta disteso su una branda, le gambe incrociate, una sigaretta che gli penzola dalle labbra. Individuo macilento, capelli oleosi e neri, indossa un paio di jeans strappati sul ginocchio e un giubbotto di pelle marrone, ha il calzino destro bucato. La topaia è riscaldata da una stufa elettrica.

Lavandino sta guardando un film su Teleroma 56. Volume alto. Il primo a parlare è Clint Eastwood: «Amico, è meglio che prendi nota. Io sono cattivo, incazzato e stanco. Sono uno che mangia filo spinato, piscia napalm e riesce a mettere una palla nel culo di una pulce a duecento metri...»

Lavandino gira lentamente la testa: «Hai sentito?»

Paraldi: «Sono venuto a piedi, me ne voglio andare in macchina. Sul mio Defender. Dov'è?»

«Ah, sei tu.»

«Dov'è?»

«Hai capito che tono... E chi sei, stocazzo? Ma come, mi pregano di aspettarti e tenerti integro quel vecchio cesso, e tu arrivi, non dici nemmeno buonasera, non ti presenti... Esci. Sparisci, che è meglio.»

«Dov'è?»

«Dammi retta. Vattene. Facciamo finta che non ti ho sentito e non ti ho visto» dice Lavandino mentre si mette a sedere, spegne la sigaretta sul pavimento e butta la cicca in una scatoletta di tonno trasformata in posacenere.

Poi inizia a fissare Paraldi.

Lavandino ha un ricamo che parte dal labbro e risale fino all'orecchio. E pupille piene di cattiveria.

Voltaire ricordava che i coraggiosi non sono quelli che fanno una cosa perché non hanno paura di farla: quelli sono gli incoscienti. I coraggiosi sono quelli che la fanno lo stesso anche se hanno paura.

Ma Paraldi non ha nemmeno troppo bisogno del coraggio. Gli basta la burrasca che sente salirgli dentro. Sulla tempesta perfetta, però, prevale momentaneamente il senso degli affari del ricettatore.

«Vabbè» dice Lavandino sospirando e stirandosi le braccia, «ti faccio una proposta, perché anche se hai la faccia da coglione, poi mi dispiacerebbe averti fatto fare il viaggio a vuoto. Allora: tu mi dai duemila euro in contanti e io ti mando via al volante del tuo fuoristrada che, detto tra noi, trasformato in tanti pezzi di ricambio mi avrebbe fruttato parecchio, ma parecchio di più. Mi sembra una proposta ragionevole, un modo per restare tutti contenti: che dici?»

Paraldi infila la mano nella tasca interna del Filson, estrae il portafoglio, prende una banconota da cinque euro e la mette sul tavolo. «Questi sono per il disturbo. Ma puoi anche arrotolarli e ficcarteli tra le chiappe. Come preferisci. Dammi le chiavi.»

Lavandino lo ascolta in un miscuglio di feroce stupore e ira tremenda. «Ma come cazzo ti permetti, eh? Tu cerchi guai, vero?» dice alzandosi in piedi di scatto.

Paraldi, il corpo come una molla: «Io vengo dalla fabbrica dei guai. Perciò tira fuori le chiavi del mio Defender, e chiudiamola qui.»

È a questo punto che Lavandino scorge una faccia conosciuta dietro la finestra: Mourinho. I vetri sono sporchi, l'immagine è deformata: ma quello che lo sta osservando è proprio Mourinho. Molto strano, pensa velocemente Lavandino, perché uno come lui dovrebbe venire qui da me?

Dubbio inutile. Mourinho spalanca con un calcio la porta. Solo che è molto più massiccio e alto del famoso allenatore. E appoggiato sulla spalla, impugnandolo come un manganello, ha un grosso fallo di gomma nero. Dietro di lui c'è Milly Carlucci, però parecchio più bassa dell'originale. E, in più, è vestita da uomo. E con una voce da uomo dice: «Buonasera...»

Fine della sorpresa.

Lavandino mette a fuoco la scena: okay, questo figlio di puttana si è portato dietro due compari mascherati.

«Si può?» Dalla porta fa capolino anche Claudio Baglioni.

Bene: sono tre.

Lavandino si rimette a sedere. Con un gesto lento, quasi teatrale, tira fuori un pacchetto di Lucky Strike dal giubbotto, ne accende una, dà una lunga tirata, tossisce, si gratta l'orecchio, dice ironico: «E secondo voi, adesso, io dovrei essere molto spaventato, vero?»

Paraldi lo guarda in silenzio, colpito – per la prima volta da quando è entrato – dalla buona padronanza della lingua italiana del bastardo. Poi si sente un botto improvviso. È Baglioni che ha sfondato il televisore con un calcio. Milly Carlucci, a ruota, si volta e rovescia il tavolo. Poi prende una sedia e la scaraventa fuori dalla finestra, in un fragore di vetri infranti.

«Ecco» dice Lavandino, «adesso comincio a tremare tutto e...» Non finisce la frase, perché Mourinho gli molla un colpo da fuoricampo, tipo battitore di baseball, con il pisello gommato.

Dalla bocca di Lavandino schizza fuori un canino. «Aaargghhhhh!» Il ricettatore emette un grido scimmiesco, prolungato e spaventoso. Sente pulsare il labbro inferiore, lo tasta, sputa sangue.

Paraldi, impassibile: «Le chiavi del Defender.»

Lavandino infila la mano nella tasca dei pantaloni, le tira fuori e le butta sulla branda. È stordito e, dondolando un po' la testa, con la mano davanti alla bocca, sussurra: «La macchina sta dietro la gru... Ma non finisce così, questa storia.»

Paraldi fa segno a Mourinho, a Baglioni e alla Carlucci che possono uscire.

Gli sportelli del fuoristrada sono aperti.

Bombardino s'accomoda accanto a Paraldi: si sfila la maschera di Mourinho e la ripone nella sacca, insieme al fallo di gomma. «Non avete idea che gusto sfondare il muso a quel brutto figlio di una mignotta.» Franchino e Cocchiere, dal sedile posteriore, ridendo passano le loro maschere a Bombardino.

Cocchiere: «Di grande impatto la Carlucci, vero?»

Franchino: «Però, Marcoli'... non capisco perché stavolta non ti sei mascherato anche tu. Ora quello ti ha visto in faccia, no?»

Paraldi: «Speravo fosse più ragionevole, e che non fosse necessaria la carnevalata. Ma poi è entrato Mourinho e...»

Bombardino: «Ah, è così che mi ringrazi? Gli accordi erano: se si mette male, entrate. Perciò quando ho visto che il mascalzone si è alzato in piedi con l'aria minacciosa...»

Paraldi controlla che ci sia la radio, accarezza sensualmente lo sterzo, mette in moto, fa manovra e risale la stradina sterrata. Dopo cento metri rallenta, e accosta. Prende il cellulare. Scorre sulla rubrica, si ferma a: IL MUTO. Chiama.

Voce sottile: «Com'è andata?»

«Ha fatto i capricci, purtroppo» risponde Paraldi.

«Ne ero sicuro. Li ho già mandati lì, senza aspettare la tua telefonata.»

Paraldi posa il cellulare sul cruscotto e inizia a guardare fuori dal finestrino.

Bombardino: «Paraldi, non per mettere fretta... ma io avrei un tavolo al San Lorenzo con Lauretta Battisti, la nuova protagonista del film di Muccino. Chi aspettiamo?»

«Questi» risponde Paraldi, mentre una Giulietta del 113 con il lampeggiante spento, seguita da un Land Cruiser nero, imbocca lo sterrato alzando una nuvola di polvere.

Lavandino sta tamponando il sangue che gli cola dal labbro con un asciugamano. Il taglio è profondo. Ha telefonato a Darius, il capo del campo rom di viale Oxford, e gli ha chiesto se c'è Dumitra, una mezza fattucchiera che ricuce bene: gli serve il suo ago. Con la testa reclinata all'indietro pensa che è stato un coglione a non appuntarsi la targa del Defender, perché sarebbe stato più facile risalire al proprietario. Ma è l'abitudine: le macchine gliele parcheggiano nel piazzale, lui inizia a smontarle un minuto dopo. Le targhe sono la prima cosa che fa sparire, mettendole sotto la pressa. Ora dovrà farsi dire dai ragazzi in quale strada avevano compiuto il furto. Ma ritrovare quel figlio di puttana non sarà facile. Dovrà cercarselo da solo. Anche perché non ha alcuna voglia di andare a raccontare agli amici di essersi fatto spaccare la faccia da uno che si è ripreso la macchina e se ne è poi andato tutto tranquillo accompagnato da Mourinho, Baglioni e Milly Carlucci.

Riabbassa lo sguardo per controllare la bocca allo specchio. Bestemmia, è conciato male. La luce blu intermittente gli arriva alle spalle come il lampo di un tuono.

«Polizia di Stato! Alza le mani e resta dove sei.»

Lui esegue, voltandosi lentamente.

Due agenti in divisa lo tengono sotto tiro con le loro Beretta calibro 9. Entrano altri due tipi: il primo con una field jacket verde, quello più basso con un cappotto scuro e un Borsalino a falde strette. Se lo toglie per inchinarsi e guardare sotto il letto. Si rialza e va diritto alla credenza. Armeggia un po', poi dalla tasca del cappotto estrae una busta di polvere bianca. Si gira, tenendola sollevata a mezz'aria: «E questa?»

«Ahó, non fate scherzi, eh?» dice Lavandino. «Il sacchetto ce l'avevi in tasca tu... T'ho visto, sa'.»

«In tasca? Scherzi?» gli risponde quello con un accento toscano. «Fammi capire: secondo te io sarei uno che gira con tutta questa cocaina addosso?»

«Mi volete fottere! Brutti figli di troia!» urla Lavandino, mentre ricomincia a colargli il sangue dal labbro e i due agenti gli mettono le manette ai polsi.

«Che hai fatto alla bocca? Sei scivolato?» interviene quello in sahariana. «Lo so: gli incidenti domestici sono i peggiori. Comunque vedrai che adesso, a Rebibbia, in cella, ti fai una bella convalescenza tranquilla. Perché tra ricettazione e spaccio, più tutti i precedenti che hai, compresa la rapina e la violenza carnale, qualche altro anno di gabbia te lo becchi di sicuro.»

«Mortacci vostra...» bofonchia Lavandino.

«Non cominciamo con le parolacce, eh!»

Paraldi esce dalla doccia, infila l'accappatoio, si asciuga, lancia un pallone da rugby a Brancaleone che corre a prenderlo, si lava i denti. Nel tragitto verso la cucina fa tappa nel salone per accendere il Marshall usando il bluetooth del cellulare, mette *Good Times* degli Chic e accenna un passo da nostalgico frequentatore dell'Histerya, la Roma edonista che usciva dagli anni di piombo, quando era un cronista giovane e felice, e all'una di notte riemergeva dalla tipografia di *Paese Sera* per andare a ballare.

Avverte una bella euforia dentro di sé. Lui stesso ne è sorpreso. Prepara un gin tonic con una generosa dose di Engine, vuota mezzo bicchiere con un lungo sorso, telefona a Chicca.

«Ah, sei vivo» dice lei rispondendo dopo il quarto squillo, senza dargli il tempo di parlare.

«Oggi pomeriggio sono rientrato in possesso del mio Defender, ho pensato che potremmo andarcene a cena e festeggiare» dice lui con quel tasso di leggerezza malefica che hanno gli uomini quando non capiscono di aver superato il limite, e che anche i sentimenti hanno una grammatica.

«Non posso. Ho un impegno» risponde Chicca, bravissima a sferrare il colpo tirando fuori una tonalità piatta, naturale, priva di qualsiasi risentimento.

«Hai un impegno, scusa, con chi?»

«Con un mio vecchio amico di Milano, Gianlorenzo.»

«Che nome del cazzo: chi è questo Gianlorenzo?»

«Te l'ho detto: un mio amico milanese, da ragazzi andavamo a sciare insieme a Cortina.»

Paraldi, di colpo affaticato: «Non lo conosco.»

«Boh, forse non te ne ho mai parlato... Come sei stato ieri sera?»

Paraldi viene improvvisamente avvolto da una pelosa coperta di panico, terrore puro, il cuore che fa *bum bum*.

Chicca sa.

Qualcuno mi ha visto uscire da casa di Agnese.

Oppure proprio da quel privé.

Porca zozza.

Farfuglia, ha la sensazione di avere un calzino infilato in bocca. «In che senso, "come sei stato"?»

«Scusa, non dovevi andare a cena con Bombardino?»

Paraldi è disorientato, una vocina gli sale da dentro e avverte: occhio, questa vuole farti confessare, vuole vedere fino a che punto sei capace di mentire.

«Embè... certo che sono stato a cena...» risponde, titubante.

«Bene, spero vi siate almeno divertiti. Perché ti sei perso uno spettacolo stupendo all'Opera. Ma tu, tanto, hai un talento speciale nel perderti le cose belle che ti capitano. Ciao, Paraldi. Vado a infilarmi sotto la doccia.»

Lui si lascia cadere sulla poltrona, spegne il Marshall.

È travolto dal terrificante sospetto che Chicca abbia saputo della sua nottataccia. E solo in lontananza, in un punto ingarbugliato del proprio animo, intravede la possibilità che invece Chicca si sia semplicemente stufata dei suoi comportamenti.

Insostenibile rissa di pensieri.

Si alza e prepara un secondo gin tonic.

Alcol e lavoro.

La sua medicina.

Decide di riprendere l'appunto mentale che si era fatto proprio mentre stava entrando in quel club. Il WhatsApp spedito dal vecchio Balani: «Via Crescenzio 169/C, terzo piano, la porta a destra.»

Nella mano sinistra il bicchiere e nella destra il mouse del Mac. Va su Google Maps, con Street View vuol vedere cosa c'è al numero civico 169/C.

Immagini nitide, passa davanti a un negozio di alimentari, poi a un ferramenta: clicca, si ferma, gira a sinistra e inquadra un portone di legno massiccio, un androne di marmo elegante, la faccia ossuta di un portiere con la divisa.

Non vede altro.

Sullo schermo del computer è sceso un velo. Un po', il gin. Un po', porca zozza, la paura di perdere Chicca.

22

Quella grandiosa testa di cazzo di mio suocero. Ommo 'e mmerda. Puozze schiatta'.

Gonfio di odio, Pino Pignataro guida la sua Jaguar I-Pace blu cobalto nella foschia di un'alba livida e gelida. È diretto alla Gigliola, la tenuta di proprietà della famiglia Carnesecchi, in località Ronciglione, tra boschi di faggio e vigne aggrappate alle colline, un laghetto, un grosso allevamento di ovini e cavalli e un uliveto che si estende a perdita d'occhio, al centro del quale sorge una villa in stile ranch texano.

Qui, due volte all'anno, pochi giorni prima di Natale e alla vigilia di Ferragosto, il cavaliere del lavoro Gino Carnesecchi organizza quella che lui stesso ha orgogliosamente battezzato: «Cacciata grande.» Solo che le prede non sono fagiani o lepri, ma un paio di poveri cristi che devono provare a nascondersi.

Di solito obbliga due dipendenti dell'azienda agricola a indossare la tuta mimetica: Dimitri, un georgiano che ha combattuto in Cecenia ed è bravissimo con le mucche, e René, l'aiuto cuoco del maniero, un algerino che ha la colpa di essere agile e magrissimo. Però siccome il vecchio Gino sa essere generoso, con i due dipendenti ha stipulato un patto: se dopo due ore sono riusciti a non farsi colpire, ricevono un premio di cento euro a testa.

Armi usate: fucili d'assalto Colt M4 che sparano palline di vernice rossa. Il vecchio li ha appositamente fatti arrivare dagli Stati Uniti, dove il soft air, il gioco che simula la guerra, è molto diffuso.

Invitati alla seconda battuta di caccia all'uomo di quest'anno: Dante Spadoni e il figlio Bruno, titolari della più grande ditta ortofrutticola del Centro Italia; l'avvocato Dino Brugaglia, il celebre penalista che, tra gli altri, difese l'industriale Mimmo Bassi dall'accusa di bancarotta fraudolenta e istigazione al suicidio (della moglie Silvana); il notaio Sergio Serantoni e, ovviamente, Pino Pignataro, che proprio adesso, mentre sta entrando nel piazzale del ranch, sente squillare il cellulare.

È il portavoce: «Buongiorno. Disturbo?»

«Lello, che cazzo vuoi a quest'ora di domenica?»

«Poco fa mi ha telefonato il capitano Ginestra: dice che gli sono venute in mente un altro paio di domande sul tuo autista, e che deve farmele questa mattina, subito. Vuole vedermi alle nove, nel suo ufficio, al reparto operativo. Ho pensato di avvertirti.»

Pignataro sa che, a questo punto, l'ipotesi di essere intercettato diventa una certezza. Perciò domina la botta d'ira, cerca di usare parole sotto naftalina. «Va bene, caro Lello... E tu vai, no? Vai pure tranquillo. E ripeti, mi raccomando, quello che sai e che ci siamo già ripetuti l'altro giorno...»

«E' certo, Pino» risponde il portavoce, che ha colto nel tono insolitamente pacato del capo un chiaro messaggio di complicità. «Vado e gli ripeto, per filo e per segno, quel poco che so: cioè, quasi niente.»

Si mette male. Porcaccia puttana, se si mette male.

Scende dall'auto immergendosi nell'aria ghiacciata. Il suocero gli va incontro sbuffando vapore acqueo: ha lo sguardo bovino, la camminata ciondolante, è intabarrato in un prezioso giaccone di cachemire Loro Piana e tiene l'M4 a tracolla come un Navy Seal. Abbraccia vigorosamente Pignataro e, senza nemmeno dirgli buongiorno, gli bisbiglia nell'orecchio: «Pinuccio... guarda che poi, a pranzo, il mio amico Dante Spadoni ti chiederà una piccola cortesia...»

«Puoi anticiparmela?» gli chiede, simulando un compiaciuto feeling, il genero.

«Dante s'è messo in testa di aprire uno stabilimento dalle parti di Rieti, solo che gli stanno rompendo la minchia. Dicono che è una zona sismica e tutte queste stronzate qua. Io però l'ho già rassicurato: gli ho detto che i miei amici sono pure tuoi amici, e che tu, lì in quel Parlamento merdoso, certamente saprai risolvergli il problemuccio. Ho fatto bene a dirgli così, vero?»

Pignataro annuisce, sfoderando un sorrisone rassicurante.

Gli altri partecipanti alla battuta di caccia escono dalla villa sorseggiando caffè bollente nei bicchierini di carta.

Arrivano anche Dimitri e René.

«Siete in forma?» chiede imperioso Carnesecchi. «Guardate che io, stavolta, quei duecento euro me li vojo magna', eh! Perciò preparatevi a essere centrati diritti tra le palle. Ah ah ah! Due sole raccomandazioni: se volete, potete pure arrampicarvi sugli alberi... E quando correte, saltate. Che se vi vedo correre e saltare, mi dà molto più gusto. Forza, adesso andate. Vi lasciamo venti minuti di vantaggio.»

Dimitri si volta con la faccia tesa: «Attila e Rommel, però, no.»

Si riferisce ai due rottweiler di Carnesecchi.

Attila, a Ferragosto, per poco non staccò un piede a René.

23

«Allora, capitano: avrei messo Coppola e Cecinelli addosso a Biancaneve. Cerchiamo di capire dove si rifornisce quella merda di pusher, ma soprattutto dove consegna la bamba a Pignataro.»

«Maresciallo, Cecinelli non s'era dato malato?»

«Sì, ma quando gli ho detto che abbiamo intenzione di incularci come si deve un onorevole... è guarito di colpo.»

«Bene. Ufficialmente, comunque, Pignataro dimenticatevelo: noi stiamo solo seguendo una pista che dovrebbe portarci a un'importante piazza di spaccio del centro storico. Niente di più.»

«E il suo autista, invece?»

«Qui ormai sparisce troppa gente. È impossibile pensare di andare a cercare tutti. Avrà avuto qualche debito di gioco e magari vorrà sparire per qualche tempo, che ne so? È vero che il padre sembra sinceramente preoccupato. Ma i genitori, di solito, sono gli ultimi a sapere dei casini combinati dai figli.»

«Capitano, posso farle una domanda personale?»

«Certo.»

«Lei per chi vota?»

«Maresciallo Carrera: è una domanda del cazzo, lo sai, sì?»

«Mi scusi, capitano, non volevo.» Carrera è un fustacchione siciliano con un faccino tondo, sproporzionato, la perenne espressione di un bambino impertinente.

«L'ultima volta che ho votato» risponde il capitano, «fu per il Pd di Renzi. Mi sembrava ci fosse una luce. Poi, vabbè. Da allora, sempre scheda bianca.»

«Un carabiniere compagno, se posso permettermi.»

«No, maresciallo, non puoi. Dimmi di te, invece: per chi voti?»

«Berlusconi per una vita. Ultimamente, Giorgia Meloni.»

«Abbiamo grillini, nel reparto?»

«Che io sappia, no.»

«Meglio.»

24

Appena scende dal letto, squilla il cellulare. Sbircia il numero sullo schermo: sperava fosse Chicca, invece è Tarek, il verduraio tunisino del mercato di Campo de' Fiori.

«Ciao, amico. Ho grande notizia: arrivati carciofi romaneschi buoni buoni... Quanti?»

«Dodici. Mando Fernando a prenderli. Però ricordati la mentuccia.»

«Mentuccia non c'è.»

«Tarek?»

«Sì?»

«Fai il bravo, trovami la mentuccia. Senza, i carciofi non hanno senso.»

Almeno il menu per il rito del martedì sera è risolto: spaghettoni Cavalieri con carciofi, guanciale croccante e pecorino.

Il programma di questo lunedì mattina – o meglio, di ciò che resta della mattina cominciata, come sempre, a mezzogiorno – è pieno.

Paraldi risale via degli Uffici del Vicario e si ferma al bar Illy per bere un caffè. Al bancone finge di non vedere Bernardino Rason da Rovigo: tarchiato, viso flaccido, cappotto di cammello, un perfetto esemplare di mascalzone che hanno nominato sottosegretario nonostante una condanna in primo grado per finanziamento illecito e un rinvio a giudizio nella vicenda Labor, con l'accusa di truffa e falso. Paraldi lo sente mentre dice alla persona che è con lui: «Vedi, amico mio: noi il decreto l'abbiamo fatto passare così com'era, ed era, lo sappiamo, una solenne porcata. Adesso però tocca a voi dimostrarci, non so se mi spiego, un filino di riconoscenza.»

Istinto primordiale dell'ex cronista: prendere il colloquio, sezionarlo e poi ricomporlo, raccontare crimini e misfatti del protagonista, scriverci un articolo di cento righe, montarci su una pagina con un bel titolo affilato, immaginare un intero partito sanguinante rabbia; e poi aspettare di essere ripreso dal sito del giornale e da *Dagospia*, rotolando nel web.

Malessere persistente.

Soffocare il porco rimpianto.

Accendersi il sigaro e svoltare dentro piazza Montecitorio.

Gli autisti degli onorevoli parcheggiano le macchine di fianco all'Hotel Nazionale. Paraldi chiede al primo della fila, che se ne sta appoggiato al cofano di una fiammante Bmw, la paletta sul cruscotto.

«Pignataro? Mi sembra abbia cambiato autista» risponde annoiato il tipo. «Ma poi lei, scusi, chi è?»

«Il cugino del nuovo autista.»

«Ah... E lo chiami al cellulare, no?»

«Spento, ce l'ha sempre spento.»

«Qui, comunque, adesso fanno parcheggiare solo ministri e sottosegretari. Provi giù, in piazza del Parlamento.»

Paraldi costeggia le transenne e scende le scalette di via della Missione. Trova una ventina di auto. Al terzo tentativo, incrocia lo sguardo di un trentenne smunto, pallido e con le spalle spioventi, seduto al volante di una Mercedes nera.

«È lei l'autista di Pignataro?»

«Sì, sono io.»

Paraldi attacca bottone. Si presenta come un giornalista freelance. Inventa la balla di un'inchiesta sul traffico a Roma. Sta intervistando solo gente che guida. Taxi, bus, auto a noleggio.

«Quando è cominciato il casino degli ingorghi? No, niente nome e cognome, tranquillo. È sufficiente la sua testimonianza. Certo, diamoci del tu. Vogliamo prenderci un caffè? Gran freddo, eh.»

Paraldi è un pitone.

Anni di mestiere.

L'autista inizia a spifferare: «Lavoro con l'onorevole da una decina di giorni. Brutta persona. Facevo il barista, ma mio cognato, grazie ad alcune conoscenze, è riuscito a farmi assumere nell'agenzia di noleggio, la Fara. Sono stato poco meno di un anno con l'amministratore delegato dell'Arabat. Poi – per qualche mese – ho accompagnato gli ospiti dei programmi Rai. Quando mi hanno detto che ero stato assegnato a questo Pignataro, ho pensato: fico, la politica. Invece, guarda: lui ha orari del cazzo, è sgarbato, sempre teso, con una voglia pazza di fare carriera e, secondo me, un po' troppo spesso su di giri... Ci siamo capiti, no? Ma non solo: devo anche accompagnargli i figli a scuola, la moglie dall'estetista e al circolo...»

Paraldi lo lascia parlare. La regola è: se si sciolgono, falli andare a ruota libera.

Solo adesso, tornati davanti alla macchina, butta lì – distrattamente – la domanda: «Ma il vecchio autista è stato cacciato?»

«No. Max è sparito.»

«Sparito, in che senso?»

«Un giorno Pignataro è uscito da Montecitorio e ha trovato solo la macchina, che poi sarebbe proprio questa, chiusa. Di Max, nessuna traccia. Penso che stiano indagando pure i carabinieri.»

«Ah... E perché, scusa, l'onorevole ha mantenuto la stessa macchina?»

«Vuole solo macchine con i sedili di pelle bianca. E questa, nella nostra flotta, è l'unica ad avere i sedili di quel colore.»

«Tu che idea ti sei fatto sulla scomparsa del tuo collega? Scusa se te lo chiedo, ma è una storia un po' strana...»

«Boh» dice l'autista allargando le braccia, lo sguardo sostanzialmente indifferente.

Saluti, ringraziamenti. Paraldi incassa una conferma: Pignataro è il classico deputato rampante testa di cazzo, parlarci non sarà facile. E una notizia: continua a usare la stessa auto.

Venti minuti dopo entra in vineria. Trova una bella confusione, saluta da lontano una giovane giornalista del *Tg3* con cui ebbe un flirt, nota che Picasso e l'Avvocato stanno tentando di agganciare tre milfone americane, chiede a Bamba se si è per caso vista Chicca. Fidel spunta dalla gabbia e urla: «Sticazzi!» Sono le due del pomeriggio.

Esce di pessimo umore, perché non ha alcuna voglia di telefonare a Chicca e infilarsi nella caverna dei chiarimenti, chiederle cosa succede, perché è sparita, consapevole – lui per primo – che la tremenda difficoltà non è trovare l'amore, ma farlo durare.

Sale sul Defender e si dirige verso via Crescenzio.

Sopralluogo all'indirizzo fornitogli da Balani.

Il vecchio manuale del giornalismo è esplicito: andare, vedere, capire.

Non lo fa quasi più nessuno.

Ma le regole restano quelle.

Arrivato in piazza Risorgimento, leggero nevischio. Subito rallentamenti, code, stupore, un panico allegro. Quando nevica, i romani sono felici perché entrano, automaticamente, in vacanza. Il servizio Giardini è dotato di due soli spazzaneve. I bus non hanno né le gomme da neve, né le catene. Subito chiusi uffici, scuole, ministeri, negozi. Molti si vestono come per un'escursione sulla Marmolada. C'è gente che va a fare sci di fondo al Circo Massimo, alcuni si lanciano dalle rampe del Gianicolo con lo slittino.

Comunque: ecco il numero civico 169/C. Il portone è chiuso.

Parcheggia sul marciapiede, dà una controllata ai citofoni. Bellavista, Rosati, ingegner Viboni. Suona a Viboni. Risponde una voce sussiegosa. Paraldi, forzando sull'accento romano: «C'ho un pacco regalo da consegna', signo'... che piano?»

Gli aprono.

Evita l'ascensore.

Sale a piedi.

Tutto è perfettamente lucido: il gabbiotto del portiere, gli scalini, il corrimano in legno della ringhiera, i campanelli di ottone.

Ogni piano ha quattro porte.

Al terzo, legge tre targhette: STUDIO RASONI, DI COLA& PARTNERS, SERVENTI SERVICE. L'ultima porta a destra ha solo il campanello.

Decide sul momento: e suona.

Silenzio.

Suona ancora.

Ma niente.

Butta un'occhiata alla serratura: un vecchio modello di Cerruti. Memorizza: strano che in un palazzo così di rango ci sia una porta protetta tanto malamente.

Torna giù. Sul pianerottolo del primo piano trova una signora con l'aria infastidita.

«È lei l'omino della consegna?»

«No, signora: anche perché non esistono omini, ma uomini, persone, essere umani. Gente che a Natale è costretta a consegnare pacchi e spaccarsi la schiena per pochi euro.»

Apre il portone.

Il nevischio si è trasformato in pioggia gelata.

Rabbrividisce.

Si sente improvvisamente solo.

Chicca. Fanculo.

Botta di gelosia insopportabile.

25

Clomp, clomp.

Se i tuoi passi rimbombano, vuol dire che sei solo. Proprio solo.

Del resto: è martedì mattina.

Ecco il solito Transatlantico deserto, pensa l'onorevole Gianfranco Cannone.

Fastidio che diventa disgusto, amarezza.

Però nessuno stupore.

Conosce le abitudini dei suoi colleghi e delle sue colleghe: ormai, con tragica consuetudine, se non c'è in programma qualche voto importante, arrivano in Parlamento il mercoledì mattina e il giovedì pomeriggio sono già tutti scodinzolanti e di fretta. Li vedi tirarsi dietro i trolley con aria indaffarata, uno sguardo all'orologio, un sospiro di stanchezza, sempre di corsa. «Ho un volo che parte tra due ore», «Domani ho una serie di incontri sul territorio», «Ciao bello mio, perdonami ma scappo via».

La verità è che non fanno un cazzo: né lì, nei collegi dove sono stati eletti; né qui, dove dovrebbero confrontarsi, inciuciare, immaginare, sognare, bluffare, minacciare, trattare, cedere, litigare, fare pace e trovare – infine – un accordo: l'impasto per il lievito madre della democrazia.

Clomp, clomp.

Solo a metà del grande atrio liberty floreale, progettato

alla fine dell'Ottocento dall'architetto palermitano Ernesto Basile, che si ispirò alle navi passeggeri dell'epoca, Cannone realizza che non c'è nessuno anche perché i lavori del Parlamento sono sospesi per l'imminenza del Natale. La circostanza lo mortifica anche di più: significa che centinaia di deputati vivono dentro una perenne, strutturale condizione vacanziera.

Vede spuntare, da dietro una colonna, un addetto alle pulizie. Spinge una grossa lucidatrice. «Guardi questo pavimento come luccica, onore'.» Ma nello sguardo di Cannone si profila invece, improvviso, appena velato, un lungo piano sequenza.

Gli capita spesso, qui dentro.

Attraversare scene del passato.

Affollate di fantasmi.

Perché lui li vede ancora.

Certo che li vede.

Clomp clomp.

Laggiù c'è Bettino Craxi: alto, imponente, con la camicia bianca e la cravatta rossa; sempre un po' brusco e visionario, controverso e inaccessibile, però a suo modo spettacolare, e grandioso. L'astuto Paolo Cirino Pomicino siede, su un divanetto, accanto a Vittorio Sbardella detto lo Squalo, uomo di tessere e intrighi, che il loro capo, Giulio Andreotti, gestiva con voce sottile e segreta. E poi ecco le rughe di Enrico Berlinguer, la sua grisaglia, l'aria gracile che scatenava forza e speranza, l'incarnazione di un sogno: erano in milioni sotto la sua bandiera. Poi le occhiate forastiche di un altro sardo: Francesco Cossiga. E Arnaldo Forlani: un corpo democristiano che sprigionava mitezza e una mente lucida e cinica, che a Giampaolo Pansa ispirò il soprannome di Coniglio Mannaro. Gigantesco, Pansa, principe dei giornalisti politici: la Diccì era per lui la «Balena Bianca», Fausto Bertinotti sarebbe diventato il «Parolaio rosso». E questo è Marco Pannella, il magnifico Pannella, geniale, dolce e iracondo, con la criniera bianca, che arriva tenendo per mano l'onorevole Cicciolina: un precipizio di malizia nello sguardo innocente, le tettine da pornostar strizzate in un abito lungo e luccicante. Un giovane e rampante Claudio Martelli osserva distrattamente e continua a parlare con Rino Formica. È suo il profetico monito al tramonto della Prima repubblica: «La politica è merda e sangue.»

Sì, Formica aveva ragione.

Cannone può testimoniarlo.

Cannone sa tutto, ha visto tutto. Compreso l'arrivo rivoluzionario e micidiale, affascinante e drammatico, di Silvio Berlusconi, e poi, vent'anni più tardi, l'allucinazione di Beppe Grillo, il comico pronto a inoculare il suo virus a cinque stelle nelle vene della politica e della società italiana.

Cannone si ritrova così, spinto e turbato dai ricordi, al bancone della buvette.

Ordina un cappuccino e una bomba alla crema, tanto per comunicare al diabete di andare a farsi fottere. Poi sente un braccio stringergli il collo. Pignataro ha questi modi confidenziali del cazzo, un profumo aspro e penetrante, la voce di uno che sta sempre a mille.

«Grande, Gianfranco! Ma non hai visto le mie chiamate sul cellulare? È da questa mattina presto che ti cerco... Però ero tranquillo, sapevo che ti avrei trovato qui, nel tuo pascolo.»

«Pino, io non pascolo. Io faccio politica. E la politica è qui che si fa. O meglio, si dovrebbe fare. Che ti serve?»

Allora Pignataro lo prende sottobraccio e lo costringe a staccarsi dal bancone. Cannone non può fare altro che trangugiare mezza bomba, la mastica malamente e, con la crema che gli cola dalla bocca, lo segue verso il centro del Transatlantico.

«Gianfranco, perdonami, però qui almeno non ci sente nessuno. Allora, ti dico: quel figlio di puttana del capitano Ginestra, domenica, ha torchiato nuovamente il mio portavoce. Il quale, vabbè, sostiene di essersela cavata egregiamente. Ci credo poco, ma devo fidarmi. Il fatto, comunque, è che io continuo ad avere la forte sensazione di essere intercettato, pedinato, controllato. Non so: magari sono solo suggestionato, mi sto fissando... Ma tu, scusa se te lo chiedo, sei sicuro di averla fatta quella telefonata?»

«Pino: io una telefonata potevo fare, e quella ho fatto. Tu però adesso devi filare diritto. Vedi, Pino: chi fa politica come piace farla a te, è destinato a vivere di culo. O lo fai agli altri, o lo fanno a te. Regolati.»

Pignataro è un formidabile incassatore. Annuisce con convinzione, ringrazia con leggerezza, mette su uno sguardo carico di riconoscenza. Poi dà una pacca sulla spalla di Cannone, si volta e, a passi lunghi, si dirige verso la fine del Transatlantico: gira a sinistra, passa davanti all'ufficio postale, percorre altri dieci metri e apre la terza porta a destra, entrando in uno dei bagni.

Chiude a chiave.

Prende la bustina dalla tasca dei pantaloni e rovescia la polvere bianca sul bordo del lavandino.

Estrae dal portafoglio la Mastercard platino e, tenendola con chirurgica delicatezza tra il pollice e l'indice, inizia a sminuzzare il mucchietto di cristalli.

Questo è il momento migliore. Pregusta la botta di sapore amarognolo che sta per attraversargli le narici e la gola, la botta che sta per farlo fremere come durante un orgasmo, il cuore subito come un tamburo rullante e una sensazione di fuoco che gli arriva fin dentro il cervello.

Tre minuti dopo, in corridoio, la vita gli sembra già di nuovo sua.

Non possono farmi un cazzo.
Non devono rompermi il cazzo.
Faccio il cazzo del comodo mio.

Esce su piazza Montecitorio. Pioggerellina fitta, raffiche di vento, il cielo annuncia tempesta. Si abbottona il cappotto di Etro verde smeraldo e si avvia verso la macchina.

Paraldi lo riconosce da lontano: ha cercato le sue foto sul web.

Primo pensiero: ecco un bell'esemplare di adepto delle lampade abbronzanti.

Secondo pensiero: questo Pignataro ha l'aria incazzata.

Terzo pensiero: se è incazzato, va blandito.

Paraldi ha spiegato al suo nuovo autista che la storia del collega sparito nel nulla è una buona storia, potrebbe lavorarci un po' e poi venderla a qualche giornale. L'autista o l'ha bevuta, o ha fatto finta: di certo Pignataro gli sta già talmente tanto sulle palle, che ha accettato di essere complice; così ha chiuso la Mercedes ed è andato a prendersi un caffè. Il che farà infuriare l'onorevole, ma consentirà a Paraldi di agganciarlo.

Ecco.

Appunto.

Ci siamo.

Contatto.

Pignataro sbircia dentro l'abitacolo, si guarda nervosamente intorno, sbuffa, si tocca il naso, sferra un pugno sul tetto dell'auto. «E no, porca troia! Tutti gli autisti coglioni capitano a me!»

Si volta. E si accorge di Paraldi. Che, rapido, si presenta.

«Buongiorno, onorevole: sono un giornalista. Perdoni il disturbo, non ci conosciamo: mi chiamo Marco Paraldi. So che voi politici andate sempre un po' di fretta... Però mi chiedevo se, gentilmente, mentre aspetta il suo autista, fosse possibile scambiare due parole...»

«Anche no. Grazie.»

«Mi scusi se insisto: giusto un paio di domandine e...»

«Senti, bello mio: oggi ho i testicoli che girano come i

motori di un aliscafo, hai presente? Perciò magari rimandiamo... Tanto, no, dico: essendo quasi Natale, non ci sarà poi niente di così urgente da chiedermi, giusto?»

«A me non interessa l'autista sparito adesso. Mi interessa quello che è sparito tre settimane fa.»

26

«Oggi, all'uscita da scuola, mi ha fermato la maestra di Ginevra.»

«E allora? Sei la madre, le maestre parlano sempre con le madri.»

«Secondo te cosa voleva dirmi?»

«Ma non lo so, che indovinello è? Non me ne frega veramente una ceppa, dai. Poi, guarda: ho certi cazzi per il culo che nemmeno immagini. Alle quattro, in negozio, ho appuntamento con un coglione che dice di non sapere più come pagarmi un anello. Abbiamo scelto la pietra, deciso il disegno, ho mandato tutto in laboratorio e adesso se ne esce che, dopo l'acconto di diecimila euro, non sa dove prendere i rimanenti trentamila. Però, o caga quei soldi, oppure lo gonfio... 'Sto brutto pezzo de merda...»

«Amore... Tutte queste parolacce quando c'è la bambina in casa...»

«Ma non sente, non capisce. Lo sai quello che penso, no? Per me è mezza scema.»

«Sbagli. Io credo che Ginevra sia una bambina sana, sanissima. Forse solo un bel po' triste. Che poi, oh: io sono sempre tanto felice. Avrà mica preso da quello sfigato del padre?»

«Ecco, a proposito: ieri mattina quel coglione s'è rimesso a chiedere l'elemosina dall'altra parte del marciapiede.

Stava là, il barbone, con la sua chitarra e il suo cappottone sudicio, a strimpellare le canzoni di quell'altro coglione di De Gregori... Ho pensato: ora attraverso la strada e lo gonfio, lo butto a terra, il maiale... Possibile non abbia ancora capito che non deve più vedere né te, né la ragazzina? Certa gente, porca mignotta, è veramente di coccio... Che cazzo vieni a vedere tua figlia se non hai nemmeno i soldi per comprarle non dico la cartella con i libri, ma neppure un litro di latte?»

Si sente Carmen, la domestica ecuadoregna, che urla dalla porta d'ingresso: «Signo', io uscire e portare cane parco!»

«Va bene, Carmen. Grazie, a dopo» risponde la donna tornando subito a rivolgersi all'uomo massiccio, seduto di fronte a lei nel salotto. «E tu, amore mio, stai calmo, ti prego... Lo capisco che è seccante ritrovarsi quello scemo del mio ex marito davanti al portone, ma che possiamo farci? Piuttosto: sul serio non sei curioso di sapere cosa voleva dirmi la maestra?»

«No, boh, sì: che voleva?»

«I lividi. Mi ha chiesto: Ginevra cade spesso a casa? Ma aveva una faccia scura e tremendamente allusiva.»

«E certo che cade. È intronata, non la vedi?»

«Sergio, amore, lo sai bene che Ginevra non cade. Ti ho detto mille volte che devi essere più delicato con lei. E poi guardati le mani: hai due pale. Appena la sfiori, le fai male.»

«E a te, invece? Quando queste due pale ti stringono bene i fianchi e ti fai scopare come una troia, ti piace, eh? Anzi, aspetta un attimo... Vieni qua... Senti un po' come l'hai fatto diventare duro al tuo gioielliere di fiducia...»

«Smettila, c'è Ginevra in camera sua con la porta aperta.»

«Ma quella è rincoglionita... Ah, però... Anche tu... Senti come sei bagnata, brutta porcellina...»

«Smettila, ho detto.»

«Ma no che non smetto.»

«Mmm... Dai... mmm... Dai, Sergio, piantala...»

La camera di Ginevra è in fondo al corridoio, oltre il salone. Ma il trambusto ovattato che arriva da là, le sedie spostate e i gemiti, certi rumori sordi, non le piacciono.

Si alza e chiude la porta. Poi infila le cuffie, accende il computer e sprofonda in un'avventura di Masha e Orso. Il cartone animato che guardava da piccola, seduta sulle gambe del suo papà.

27

L'onorevole Pignataro si gratta nervosamente la narice destra, poi prende il fazzoletto e si asciuga le labbra. Ha le pupille che vanno un po' per conto loro. Gli viene fuori una voce in falsetto: «Scusi, signor... come ha detto che si chiama?»

«Paraldi. Marco Paraldi.»

«Scusi, signor Paraldi, ma io non ho idea di dove sia finito quel mio autista. Non è un problema che mi riguarda. Me lo mandava un'agenzia, è sparito, ne ho chiesto un altro. Fine.»

Paraldi con tono pacato, rassicurante, avvolgente, pitonesco: «Posso chiederle se avevate litigato?»

«Senta, io lo so che voi giornalisti lavorate un po' di fantasia, e vi fate sempre dei bei film. Solo che io, per abitudine, non litigo con l'autista. Lui guida, mi porta dove gli ordino di andare, scendo, mi aspetta, risalgo. Nient'altro.»

«Il padre dell'autista è in pena.»

«Può dispiacermi. Sul piano umano, lo capisco. Ma non so cosa farci.»

«Non è normale sparire nel nulla.»

«Non sarà normale, però è un problema di quel Max, non mio. E poi, senta: avrà avuto le sue buone ragioni. Può darsi si sia aperto un chiringuito a Rio de Janeiro e adesso, fregandosene di lei che sta qui tutto preoccupato, magari se la spassa con qualche culona brasiliana» risponde Pignataro cercando di buttarla sull'ironia, mentre comincia ad avvertire un prurito irrefrenabile al naso.

«Scommetteva? Giocava a carte?»

«Una volta, per caso, l'ho sentito parlare al telefono di una partita a poker a cui avrebbe dovuto partecipare. Ma non lo so, non so niente della sua vita privata. Anzi, no, aspetti: era tifoso della Lazio. È grave, sarà grave? Boh. Io tifo Napoli. Lei comunque mi fa domande come se...»

«Sulla sparizione indagano i carabinieri, lo sa?»

«Sì.»

«Sarà stato ascoltato anche lei, immagino.»

«Guardi, credo di essermi dimostrato fin troppo gentile. Tra l'altro, mi scusi: per quale giornale lavora?»

«Sono un freelance» replica pronto Paraldi, che ormai dà per scontate due cose: l'onorevole è gonfio di coca, e risponde con soffocato fastidio.

«Bene, credo di aver aiutato abbastanza un bravo freelance come certo sarà lei. Quindi, ora, abbia pazienza, ma vorrei capire dov'è andato a ficcarsi il mio nuovo autista e...»

«E se Max fosse stato ucciso?»

Pignataro, che aveva allungato il collo verso via dei Prefetti, si gira di colpo, come se avesse ricevuto uno schiaffo sulla nuca: «Non ho capito la domanda.»

«Max è sparito, giusto? Allora penso che potrebbe starsene, come sostiene lei, bello e felice in un chiringuito sulla spiaggia di Rio, ma anche sottoterra. Qual è, secondo lei, l'ipotesi più plausibile?» Adesso Paraldi è incalzante; c'è un momento, nelle interviste, in cui devi improvvisamente cominciare a stringere l'interlocutore.

«Mi sembra che lei stia davvero esagerando.»

«Ha qualche sospetto? Il ragazzo faceva uso di droghe?»

«Perché me lo chiede? Io sono contrarissimo all'uso di qualsiasi sostanza stupefacente! Ho persino presentato un disegno di legge per...»

«Non le ho chiesto se ne fa uso lei: ma se ne faceva uso il suo autista.»

«Ma che ne so!» risponde stizzito Pignataro, con la mente attraversata da un pensiero: questo è uno sveglio, e di sicuro avrà notato le mie narici arrossate.

«Però un'idea, su questo ragazzo che improvvisamente sparisce, se la sarà fatta, sì o no?»

«Veramente, no.»

«Ci pensi bene.»

«Ma che vuole da me, eh? Mi sta parlando come se... come se...»

«Lei conosce Agatha Christie, la celebre giallista?»

«L'ho sentita nominare, ma non ho mai letto niente di suo.»

«Agatha Christie diceva che è bene sospettare di tutti, finché non si riesce a dimostrare che sono innocenti.»

«Il nostro colloquio finisce qui» dice bruscamente Pignataro, girando intorno alla Mercedes e salendo sul marciapiede. Guarda l'orologio, prende il cellulare dalla tasca del cappotto. «Marcello! Ma dove cazzo sei finito?... Ah, ho capito: una colica. In quale bar? Dai, forza, sono qui accanto alla macchina, ti aspetto, sbrigati che ho molta fretta.»

Paraldi è ancora fermo davanti al cofano dell'auto, sotto un nevischio improvviso. Osserva l'onorevole con calma studiata. Poi si infila il berretto e, con ostentata lentezza, comincia a camminare verso via di Campo Marzio.

L'appunto mentale che si prende è: Pignataro, di questa storia, qualcosa sa. Forse molto.

Poi aggiunge un post scriptum: e hai fatto bene a non chiedergli niente su quell'indirizzo di via Crescenzio. A un certo punto sei stato tentato, ma ti sei dominato. Bravo, vecchio mio.

28

Il ventaccio umido, questo presentimento di neve imminente: anche in vineria c'è un'atmosfera natalizia diversa.

Meno spritz e più vino rosso. Un livello etilico maggiore produce una maggiore allegria. E qualche languore in più. Bamba, per rinforzare gli aperitivi, ha deciso di preparare rettangoli di pizza bianca farcita con la porchetta del salumificio Cioli di Ariccia. L'Avvocato ne addenta uno con grandiosa eleganza, atteggiandosi come un divo nel suo giaccone di autentico visone. Arrivano Francesca Fagnani ed Enrico Mentana, unendosi a una tavolata. «Io però resto dieci minuti e poi vado: devo preparare il tigì» dice lui, con molti languidi sguardi addosso. Entrano Emily e Grace, due fotomodelle americane amiche di Paraldi. Una ha i capelli biondi e gli occhi azzurri come quelli dei neonati, indossa un piumino Aspesi e un cappello da cowboy, dalla minigonna spuntano gambe slanciate dentro una calzamaglia di lana che finiscono in un paio di Ugg. L'altra, Grace, ha i capelli castani tagliati corti, stile anni Sessanta prima dei Beatles, una appena venuta via da un comizio di Kennedy o da un film con Steve McQueen: Paraldi adora McQueen, ha visto tutti i suoi film, e li ha visti tutti più di una volta. È anche un po' per questo che un Capodanno di qualche tempo fa, giusto prima del Covid, a Cortina, durante un festone organizzato dall'architetto Chicco Biagini, a mezzanotte la baciò. Finì lì, ma se la sono un po' promessa. In altri momenti, Paraldi l'avrebbe accolta con tutti gli onori: invece adesso si limita a un «ciao» da lontano, il mozzicone di sigaro stretto tra i denti, e quella turbolenza di ansia lì.

«Bamba, sei sicuro: Chicca non si è proprio vista?»

«Capo, già detto: no, Chicca non vista.»

Controlla per l'ennesima volta i WhatsApp sul cellulare: niente. Chicca tace. Dà un'occhiata al suo Omega Moonwatch: sono le 19.15, deve andare a casa per preparare la cena ai suoi amici. Gira intorno al bancone, prende il Filson, lo infila e, uscendo, si avvicina al tavolo del Muto.

Impeccabile anche se fuori minaccia bufera: abito blu, camicia bianca con gemelli d'oro, cravatta blu. Edward Green stringate di camoscio marrone. Una bottiglia di champagne Bollinger nel ghiaccio del secchiello, il bicchiere ancora pieno, un ciotolino di mandorle salate. Certi servitori dello Stato sanno trattarsi bene.

Paraldi, senza fronzoli: «Volevo ringraziarla per l'altra sera.»

«Siamo sempre pronti a fare del bene, magari senza farci troppo vedere, un po' nell'ombra, diciamo così.»

«Di solito, però, lei si interessa di faccende un po' più complesse. Mi spiace aver fatto finire i suoi uomini in uno sfasciacarrozze.»

«Mi era sembrato di capire che il furto della sua automobile fosse per lei una questione della massima importanza.»

«E lo era.»

«Tra l'altro, entrando, ho visto il suo Defender parcheggiato qui fuori: un oggetto di puro antiquariato, ormai.»

«Ci sono affezionato.»

«Sa che al nostro reparto, la scorsa settimana, sono stati assegnati due nuovi Defender? Il ministero dell'Interno, ormai, non bada più a spese. Sono automobili forse un po' troppo vistose ma davvero magnifiche, super accessoriate. Complete di tutto, navigatori satellitari compresi. Potrebbe farci un pensierino anche lei, no?»

«Grazie per il consiglio, ci penserò. Stasera, comunque, la prego di accettare d'essere mio ospite.»

Paraldi esce. Percorre vicolo della Lucertola, volta l'angolo, lambisce piazza Farnese, arriva davanti al portone, sale a casa e accende il fuoco nel camino. Poi si mette ai fornelli.

Prima cosa: il condimento per gli spaghettoni. Toglie subito dal frigorifero la forma di pecorino romano, che grattugerà durante la mantecatura; è fondamentale che il formaggio si ossigeni, ammorbidendosi. Quindi comincia a tagliare i carciofi – già puliti e sfogliati da Fernando – a listarelle sottili. In una grossa padella d'acciaio mette a soffriggere tre spicchi di aglio: quando sono dorati li toglie e cala, con delicatezza, i carciofi. Aggiunge il sale, un po' di pepe, abbassa la fiamma, poi copre la padella con un foglio di carta da forno, per evitare che l'intingolo si annerisca.

Sente il bisogno di un gin. Prende la bottiglia di Sabatini e se ne versa un quantitativo generoso. Ma è teso, e per vuotare il bicchiere gli bastano due lunghi sorsi. Ne serve un'altra dose.

Ecco, così: più il gin va in circolo, più comincia ad avvertire un senso di calma.

I pensieri sono meno aggrovigliati.

Prova a dargli un ordine.

Uno. È quasi sicuro che stasera Chicca non verrà, possibile ma improbabile che abbia un altro. È invece praticamente certo che il suo essere sparita faccia parte di una strategia, siamo insomma dentro un grande classico: sta solo facendo un po' la stronza, e ne ha tutte le ragioni, forse. In qualche modo bisognerebbe avviarci sopra una riflessione, però non è il momento.

Due. Devo preparare la pappa a Brancaleone.

Tre. Dovrei finalmente cominciare scrivere il mio romanzo giallo, senza farmi troppe seghe mentali su cosa stia producendo Don Winslow. Tanto quello, già da vivo, sta lassù con gli altri dèi, Raymond Chandler ed Elmore Leonard: tutti irraggiungibili.

Quattro. Nella storia di quel Max c'è qualcosa che non riesco ad afferrare, come un indizio recente, qualcosa che mi è sfilato sotto il naso, una traccia da poter seguire che non vedo, non metto a fuoco.

Cinque. Dio benedica l'inventore del gin.

Sei. Occhio, perché il fuoco sotto la padella con i carciofi è troppo alto. L'odore, però, è strepitoso. E fa molto Natale.

A perseguitarci, spesso, più dei ricordi sono gli odori, i profumi.

Paraldi pensa che i suoi Natali da bambino, nella grande casa di Testaccio, non sono mai stati felici: troppi incastri di parentela sbagliati, estenuanti botte di ipocrisia collettiva, frecciate feroci dall'antipasto al dolce, le terrificanti sedute di tombola, il padre che se ne stava tutto il tempo in poltrona a leggere un libro, il cugino tirchio che portava un panettonaccio da supermercato, quell'altro che sentiva regolarmente sapore di tappo nello spumante. Però, ecco: c'era sua madre.

Sa che se inizia a pensarci, poi deve vuotare l'intera bottiglia di gin. Ma per fortuna suonano al citofono.

Li sente salire a piedi.

La banda entra in casa festeggiata da Brancaleone. Bombardino ha portato una Magnum di Valpolicella Masi. Franchino, un millefoglie della pasticceria Cavalletti. Cocchiere, il dvd del derby Roma-Lazio, stagione 1999/2000, vittoria dei giallorossi per quattro a uno.

Paraldi sta per chiudere la porta.

«Mi lasci fuori?»

È Chicca.

«Oh... sei venuta?» Lui non è prontissimo, gli uomini

non sono quasi mai prontissimi. «Eri sparita e... Allora... io... Dai, entra.»

«Io entro, ma tu sei un grandissimo stronzo, lo sai, sì?» È un incanto: i capelli stretti sotto uno zuccotto color panna e un cappotto da uomo grigio ferro con maniche raglan.

«Sai cosa dice Lucy van Pelt?» Paraldi prova a buttarla sulla simpatia.

«Ho sempre preferito Dickens alle strisce disegnate da Charles Schulz. Che dice questa Peanuts?»

«"Ho un lato ironico, un lato insopportabile, un lato amabile. Ognuno ha il mio lato che si merita."»

«Stai dicendo che io mi merito il tuo lato insopportabile?»

«Al contrario: che tu hai diritto al mio lato amabile.»

«Paraldi?»

«Sì?»

«Vaffanculo... Non ti è venuta bene. Dammi subito qualcosa da bere.»

29

Paraldi sa bene come ci si sveglia quando la sera prima hai bevuto troppo. Non si può nemmeno parlare di risveglio. Apri gli occhi e, di colpo, hai l'urgenza di fare solo due cose: vuotare una bustina di Oki sotto la lingua e promettere a te stesso che non toccherai più alcol per almeno un giorno intero.

Poi hai bisogno di un'intera macchinetta di caffè bollente.

Va in cucina, la prepara e la mette sul fuoco. Prende la scatola dei biscotti Gentilini e la posa sul tavolo. Si siede. E comincia ad aspettare il fischio della moka e il rientro dell'anima nel corpo.

È un ritorno inatteso.

Che si porta dietro due parole: navigatore satellitare.

Un lampo.

Sul serio: Paraldi ha proprio la sensazione di un lampo.

Porca zozza, ecco la traccia.

Ne aveva parlato il Muto, a proposito dei nuovi modelli di Defender. Ci sarà sicuramente un navigatore anche sulla Mercedes di Pignataro. Ora la guida Marcello, il nuovo autista: ma, prima, c'era Max, al volante.

Con una tazza di caffè e cinque biscotti, Paraldi si mette davanti al suo Mac. Deve capire come funzionano questi navigatori. Cosa consentono di fare. E, soprattutto, cosa conservano in memoria.

Perché adesso gli è venuta in mente un'ideuzza scema, piccola, storta. Ma sa che i giornalisti si dividono in due categorie: quelli che vanno a vedere, e verificare, e quelli che restano alla scrivania a immaginare, e pontificare. Robert Capa, del resto, diceva che questo valeva anche per le foto: «Non esistono foto belle o brutte. Esistono foto scattate da vicino o da lontano.»

È passato in vineria: rimanda indietro due casse di un pessimo Nebbiolo che il fornitore cercava di rifilargli. Scarta soddisfatto una busta con dentro un vecchio e bellissimo libro di Lawrence Block, *I ladri non uccidono*, scovato su eBay. Poi chiede ad Antonia perché Bamba sia così di buonumore.

«Lascia stare, si è fidanzato di nuovo» risponde lei. «Stavolta con un barista di Campo de' Fiori.»

Controlla la macchina del ghiaccio, esce e va dal fioraio di corso Vittorio. Ordina cento rose rosse olandesi a stelo alto, pregando l'anziano Ignazio – una pancia enorme e gelatinosa dentro il grembiule a righe bianche e blu, ma con i fiori ha la delicatezza di Tino Buazzelli quando interpretava Nero Wolfe – di inventarsi una confezione voluminosa, spettacolare. Le spedisce a casa di Chicca. Con un biglietto: «Con te.»

È quasi l'una: decide di vedere se è fortunato e va a cercare l'autista di Pignataro in piazza del Parlamento.

Non è fortunato.

Niente, oggi Marcello non s'è visto. Allora si ferma a bere un caffè alla Tazza d'Oro e telefona a Nazareno Balani, per farsi dare il nome e l'indirizzo dell'agenzia di noleggio. Marcello andrà ad aspettarlo lì.

Il garage si trova in via Quintilio Varo, al Tuscolano, semiperiferia Sud. Palazzi che nascondono il cielo e marciapiedi ordinati, ogni negozio con le sue lucine natalizie, torroni già in offerta, paghi due e prendi tre, finti zampognari di origini rom che accompagnandosi con la fisarmonica cantano *Astro del ciel* e un Babbo Natale barcollante – la giubba rossa corta sulle braccia – che lancia zaffate di alcol e i regali li chiede, invece di darli.

Paraldi è entrato a domandare notizie di Max. Gli forniscono un identikit scarno. Soprattutto, non hanno idea di dove possa essersi cacciato. «Comunque» ha aggiunto, nella penombra, un uomo calvo, dondolandosi su una sedia, gli occhi socchiusi e le mani sporche di grasso pacificamente intrecciate sulla pancia, «se il ragazzo si ripresenta, gli diamo la liquidazione e lo cacciamo a calci in culo.»

Paraldi ha preso nota e ha chiesto a che ora sarebbe tornato Marcello.

«Dovrebbe rientrare verso le venti.»

Decide di aspettarlo a bordo del Defender. Prima, però, compra un vassoio di pizzette rosse in un forno che lo ispira, sul marciapiede opposto. Poi controlla i WhatsApp.

Ne trova due. Agnese: «Domani sera, aperitivo da me.» Annabelle: «Ti vedo, domani, da Agnese?»

È come se gli avessero improvvisamente messo addosso una coperta pelosa di fastidio.

Cancella, non risponde.

In realtà, non risponde nemmeno Chicca all'invio delle rose. Silenzio assoluto. Telefona al fioraio: «Consegna effettuata alle quindici, dotto'. Non per dire: ma era un mazzo spettacolare.»

Mette in moto, il Defender è pieno di spifferi, deve riscaldarsi. *Inquinerò un po': ma sticazzi di Greta.*

Accende la radio: su Dimensione Suono Due passano *Cara* di Lucio Dalla. È una cartolina musicale dal passato.

Sta scivolando giù nel buco nero dei ricordi, ma arriva la Mercedes con Marcello al volante. Paraldi gli lampeggia: quello rallenta, accosta, abbassa il finestrino con uno sguardo interrogativo.

«Ciao, Marcello: perdonami, ma dovrei chiederti una cortesia.»

Un minuto dopo, l'autista avvia il navigatore. Paraldi è sul sedile di pelle accanto a lui.

«Che devo fare, adesso?» chiede l'autista.

«Vai su "cronologia": e scorri lentamente verso il basso.»

Viale Bruno Buozzi... via Bertoloni... piazza del Parlamento... viale Parioli... piazza del Parlamento... via Due Ponti... piazza del Parlamento... via Bertoloni... via Savoia... piazza del Parlamento... via Valle dell'Aniene... Via Bertoloni...

«Perché vai sempre in via Bertoloni?» domanda Paraldi.

«C'è la scuola dei figli di Pignataro. Li accompagno ogni mattina.»

«E in via Valle dell'Aniene, cosa c'è?»

«Il circolo dove gioca a golf... Gioca, poi, per modo di dire.»

«E in viale Parioli?»

«C'è la parrucchiera della moglie.»

«Via Due Ponti?»

«Ci abita l'amante.»

«Ah... e come si chiama?»

«Lory Gentilezza.»

«E che fa nella vita?»

«Lui le ha promesso di farla entrare in Rai: nell'attesa, la fa entrare a letto.»

«In via Savoia?»

«C'è la sede della fondazione gestita dall'onorevole.»

«Hai capito Pignataro... Scorri ancora un po' più giù.»

Sul display: viale Bruno Buozzi... via Bertoloni... viale Parioli... via Savoia... piazza del Parlamento...

«Però da questa data in poi, al volante, c'era il mio collega» dice l'autista, continuando a spingere sul tasto.

Via Savoia... piazza del Parlamento... viale Bruno Buozzi...

«Forza, scendi giù, prosegui» lo incalza Paraldi, mordendo impaziente il sigaro spento.

Via Savoia... piazza del Parlamento... viale Marconi... viale Europa... via Crescenzio...

«Preso, cazzo!»

«Cosa?»

«Sei un grande, Marcelli'! Aspetta: fammi solo vedere la data... Okay, grazie. Ecco: questi sono cento euro per il disturbo.»

«Ma non credo che...»

«Sai come diceva mia nonna? Non te li gioca' a carte, comprate 'na cosa che te resta.»

30

L'onorevole Pignataro apre la porta di casa, mentre sta urlando al cellulare con tono rabbioso: «Non mi devono rompere il cazzo!» Con il dito indice tremante chiude la telefonata, continua a borbottare imprecazioni e poi tira su con il naso, stropicciandoselo con le dita. Quindi, spara due starnuti.

Lancia le chiavi nella ciotola d'argento. Solerte, la cameriera filippina – che sembra uscita da una scena di *Downton Abbey*: abito nero, grembiulino candido e raviolo in testa – lo aiuta a sfilarsi il cappotto.

I figli, Leopoldo e Flaminia, sbucano gridando in fondo al corridoio e gli corrono incontro felici: «Papiii!» Lui si lascia travolgere in un veloce abbraccio. Poi li gela: «Ora però papà lo dovete lasciare in pace, perché ha tanti pensieri. Tornate a giocare nelle vostre camere, eh... La mamma dov'è?»

Leopoldo indica la zona notte dell'appartamento. Poi prende per mano la sorellina e insieme, a testa china, si riavviano nella penombra del lungo corridoio, scomparendo dietro l'angolo.

Chiusa a chiave nel bagno della camera da letto, seduta sul pavimento della doccia, Costanza Carnesecchi sta parlando rannicchiata nel suo pigiama di seta celeste, con voce soffiata, al cellulare.

«Amore... Sì... Solo che non ce la faccio più. La verità è che con gli uomini sono sfortunata. Sono passata da mio padre, che conosci bene, a lui... Un altro ossessionato dal potere, e dai soldi. Poverino, va pure un po' capito... A Napoli, da bambino, faceva la fame... Però, ecco, dovrebbe esserci un limite all'arrivismo, alla scalata sociale... Ma hai capito che è voluto venire a vivere qui, in viale Bruno Buozzi, per abitare di fronte a Mario Draghi? Sì, Draghi abita nel palazzo di fronte. Solo che, nonostante gli appostamenti anche giù al bar, la domenica mattina, una roba patetica, lascia stare, quello non l'ha mai degnato di mezzo sguardo. E poi, senti... mio marito è un puttaniere. Mi fa schifo dormirci insieme. Certe sere s'infila a letto con un odore dolciastro addosso che mi viene da vomitare. Ma devo tenere duro per i bambini, sono ancora troppo piccoli... Sì, amore... Certo che ci sei tu, lo so... Aspetta... Aspet... E niente: il cretino è tornato. Bacio bacio, ci sentiamo domani.»

Costanza esce dalla camera da letto e va a cercare il marito nel suo studio. La porta è chiusa. Origlia. Sente la sua voce: «Sì, dai... Sono io: chi pensavi che fosse, Amadeus? Ho comprato una scheda nuova, così per qualche giorno s'attaccano al cazzo e non possono intercettarmi. Piuttosto, siamo sicuri che il tuo telefono fisso sia pulito? Bene. Allora, stammi a sentire: dobbiamo mantenere la calma. Io penso che dovremmo...»

Costanza si allontana sulle punte delle sue ciabattine di pelo rosa. Non vuole sentire, non vuole sapere. Però qualcosa di torbido e feroce le ronza sotto la chioma bionda. Si abbottona la giacca del pigiama e pensa: posso almeno augurare la morte al padre dei miei figli?

31

Paraldi telefona a Gianni Scanziani. È un suo ex collega degli Spettacoli. Personaggione: agenda telefonica spaventosa, ventitré *Sanremo* di seguito, ventuno Mostre del cinema di Venezia, grandioso giocatore di poker, formidabile bevitore di whisky, quattro mogli, sei figli ufficiali più, gira voce, un settimo nel grembo di un'autrice Mediaset.

«Marcolino, caro! Che succede?»

«Gianni, ascolta: se ti dico Lory Gentilezza, tu che mi dici?»

«Gran troione. Credo sia cresciuta in un circo. Una delle tante che s'è messa in testa di fare la televisione. Nella speranza di una raccomandazione, si fa scopare da un deputato di Italiani uniti, tale Pignataro. Un mascalzone, a quanto ne so.»

«Okay, grazie. Auguri per Natale e per la creatura in arrivo.»

«Ahó, non ti ci mettere pure tu. Quel bambino mica è mio...»

«Dici sempre così: poi, regolarmente, li riconosci.»

«È che sono generoso... Mentre questo, ormai, è diventato un paese dall'animo taccagno.»

Anche Paraldi ne è convinto.

Si volta e osserva la lavagna appesa dietro il bancone

della vineria con i dieci punti, in ordine crescente, sulle cose e le persone che lo mandano in bestia.

L'altro giorno aveva smesso di aggiornarla. Rilegge:

Al punto 10: QUELLI CON IL SUBMARINER AL POLSO.

Punto 9: LE DONNE CON I SANDALI BIRKENSTOCK.

8: GLI UOMINI CHE NON INDOSSANO I CALZINI (SIA D'ESTATE CHE D'INVERNO). E, PEGGIO, GLI UOMINI CON I FANTASMINI.

Lascia il 7, sempre attuale: QUELLI CHE VANNO IN VACANZA SULLE ANDE, RISALGONO IL MEKONG, CONOSCONO TUTTI I FIORDI DELLA NORVEGIA, MA NON SONO MAI STATI A PONZA, A SALINA, E NON CONOSCONO NEMMENO IL PANORAMA DEL LAGAZUOI.

6: GLI INVIDIOSI.

Sottolinea bene il punto 5: I FURBI E I TACCAGNI.

4: QUELLI CHE DENTRO CASA SANNO RIPARARSI DA SOLI LE PRESE DELLA CORRENTE.

3: GLI JUVENTINI, SPECIE SE NON SONO NATI A TORINO MA IN QUALCHE ALTRA CITTÀ D'ITALIA, E ANCOR PEGGIO SE A ROMA.

2: I RISTORANTI ETNICI.

1: QUELLI CHE NON PAGANO LE TASSE.

Sta pensando che c'è stato un periodo in cui gli stavano tremendamente sul cazzo i No Vax. Poi sente la voce di Bamba: «Capo... ti presento Daniel, mio nuovo *boyfriend*.»

«Oh, che bella sorpresa. Ciao, Daniel, piacere di conoscerti...» Paraldi è tremendo nel fingere entusiasmo. «Sentiamo un po': di cosa ti occupi nella vita?»

«Faccio il barista. Ma in realtà il mio vero lavoro sarebbe un altro.»

«E quale?»

«Imito. Faccio l'imitatore. Vuol sentire Bonolis?»

Con un certo tempismo, Fidel esce dalla gabbietta e urla: «Sticazzi!»

Rapido sguardo alle lancette: sono le 13.00. «Mi spiace» dice Paraldi allargando le braccia, «ma devo proprio andare.»

È sulla porta, gli arriva un WhatsApp: «Rose meravigliose (ma resti un coglione).» Lui risponde con tre cuoricini, camminando verso il Defender, che ha parcheggiato in vicolo della Lucertola. Si sente ridicolo. La chiama.

«A Chi', disturbo?»

«Sono appena salita in macchina e sto uscendo dal parcheggio del maneggio. Che vuoi?»

«Vederti.»

«Ci siamo visti martedì sera: forse puoi fartelo bastare. Anche per escludere il dubbio di essere il mio fidanzato.»

Lui, con voce piacionesca: «Non dire sciocchezze.»

«Paraldi, sai che c'è? C'è che amare significa rischiare. Tu hai mai rischiato in vita tua? Sì, ma solo per lavoro. Sei stato in zone di guerra, Balcani, Afghanistan, Golfo... E poi attentati, terremoti e tutte le grandiose avventure che mi hai raccontato. Okay. Però erano rischi fisici, mettevi in gioco la pelle. Invece, ti chiedo: rischi intimi, personali, diciamo pure di stampo sentimentale, te ne sei mai presi?»

«Una volta, forse.»

«Quando?»

«Quando sulla schedina misi 2 per Roma-Spal.»

«Tu non stai bene. Lo sai, vero?»

Paraldi arriva davanti al portone di via Crescenzio proprio mentre il portiere – uno di quei portieri con la divisa grigia da tranviere e il cappello da ufficiale, come non se ne trovano ormai quasi più – sta chiudendo il portone.

Molla il Defender in doppia fila.

Accende il sigaro, stringe meglio la sciarpa, e si avvicina a passo veloce.

«Buongiorno, permette...»

«No. Non permetto. Sto andando a pranzo. Riapro alle quattro.»

Paraldi, più che la solita burrasca, sente salirgli dallo stomaco uno tsunami. Ma non può permettersi di attaccarlo al muro. Si limita a osservarlo meglio: è un sessantenne con le occhiaie e qualcosa di indisponente nella smorfia del volto, perfettamente ovale e liscio.

«Sono un giornalista» dice un bel po' trattenuto, la voce quasi a scatti, «dovrei solo chiederle se qui, ogni tanto, capita l'onorevole...»

«Sa qual è la prima regola di un portiere? La riservatezza.»

«Mi permetta di insistere: ha mai notato una Mercedes nera con l'autista fermarsi e...»

«Senta: ho fame. Sbrighiamoci. Al primo piano, abitano un generale in pensione e la vedova di un ambasciatore. Al quarto, un imprenditore che l'inverno, però, parte e se ne va al caldo, in Thailandia. Bella la Thailandia, eh? Ma secondo me lui ci va per le thailandesi... Quanto al resto: uffici e uffici e ancora uffici. Gente che va, gente che viene. Una folla. Che ne so se c'è pure un onorevole? Adesso, se non le dispiace...» sbuffa il portiere chiudendosi dietro il portone.

Paraldi si guarda intorno.

Dall'altra parte del marciapiede, sotto un albero, gli sembra di vedere De Gregori.

Anzi, no: è proprio De Gregori.

E sta cantando.

32

Uffici del reparto operativo, rumore di tappi, profumo di panettone.

Il capitano Ginestra ricorda i racconti di suo zio, che aveva lavorato con il generale Carlo Alberto Dalla Chiesa, nel primo reparto antiterrorismo dell'Arma, a metà degli anni Settanta. «Regola numero uno: fare squadra, nelle indagini si procede con fratellanza.»

Il brindisi natalizio è però breve. Il brigadiere Cecinelli racconta di quando la sua bisnonna Concettina, a Mercogliano, nell'avellinese, sotto il santuario di Montevergine, assaggiò per la prima volta il panettone che le aveva portato un nipote sceso da Milano, dove faceva il poliziotto nel reparto Celere: «Ne addentò perplessa una fetta, masticò lentamente, poi si alzò, uscì sull'aia e sputò. Rientrò, aprì la credenza, tirò fuori un enorme vassoio di struffoli coperti di miele e disse: "Ecco, con questi adesso è davvero Natale."»

Il capitano Ginestra, ironico e un po' stronzo: «Bello, commovente. Adesso, però, fine della festicciola. Facciamo il punto. Maresciallo Carrera, comincia tu.»

«Allora: Biancaneve, lunedì, nel tardo pomeriggio, è andato a rifornirsi a San Basilio. È entrato nel villino di Cane Malato, uno che smercia coca come se gestisse un supermercato, e c'è rimasto dieci minuti: poi è uscito ed è andato diritto in via Savoia, dove c'è la sede della fondazione di Pignataro. Cecinelli, di notte, è salito a vedere com'è la serratura dell'ufficio. Ma siamo sfortunati: porta blindata e serratura seria. Quindi, niente cimici. Ci siamo dovuti accontentare di metterne qualcuna sullo stipite esterno.»

«L'onorevole era in ufficio quando è arrivato il pusher?» chiede il capitano.

«No» interviene l'appuntato Coppola. «Gli sto addosso: ma in fondazione non va. La mattina accompagna i figli a scuola con la macchina guidata dall'autista.»

«A spese nostre» aggiunge, polemico, il maresciallo Carrera.

«Comunque credo che ieri sia stato l'ultimo giorno di lezioni, prima delle vacanze natalizie: almeno, ho letto così sul giornale. Tornando all'onorevole: dopo la scuola, si fa portare a Montecitorio, anche se i parlamentari, di fatto, hanno già chiuso baracca e burattini la settimana scorsa» prosegue l'appuntato nel suo resoconto. «Martedì c'è stato un episodio curioso, ma per fortuna mi aveva accompagnato il brigadiere. Perché Pignataro è uscito dalla Camera verso le tredici e trenta. Vicino alla Mercedes, però, non ha trovato l'autista, che si era allontanato, ma un tizio, con cui ha parlato brevemente. Poi si è fatto portare al circolo del golf, che sta in via Valle dell'Aniene. E da lì, a casa, in viale Bruno Buozzi: abita nel palazzo di fronte a quello dell'ex premier Mario Draghi. Dopo un'ora è uscito di nuovo, è risalito in macchina e l'autista ha fatto tappa in via Due Ponti. Da un condominio di casette a schiera è scesa una principessa minigonnata con due tacchi da zoccola e insieme sono andati all'Eur, in una gioielleria. Verso le venti, l'autista ha riaccompagnato a casa prima lei, e poi lui.»

«Con che mezzo li segui?» domanda il capitano.

«Uso la mia moto privata.»

«Okay, vai avanti.»

«Forse è meglio che adesso continui a raccontare il brigadiere Cecinelli.»

«Ecco, sì» attacca Cecinelli, «perché mi sono voluto togliere un capriccio: mentre Coppola andava dietro all'onorevole, ho voluto seguire il tizio che l'aveva aspettato accanto alla macchina.»

Il capitano Ginestra: «Mi stavo proprio chiedendo chi cazzo fosse.»

«Si è mosso a piedi. È entrato alla Feltrinelli di largo Argentina. Da lì, ha proseguito fino a via dei Banchi Vecchi, alle spalle di Campo de' Fiori, infilandosi in una vineria. Siccome l'ho visto andare diritto dietro il bancone, mi sono informato: è sua. Si chiama Marco Paraldi, faceva il giornalista, ma poi, un giorno, ha preso a sberle il ministro dell'Interno scatenando il casino che potete immaginarvi. Così ha lasciato il giornale e il giornalismo, cambiando lavoro.»

«Spiegati meglio: ha picchiato il ministro?»

«Esatto. E proprio dentro Montecitorio. Sembra perché il ministro aveva offeso sua madre.»

«Cazzo, un grande» commenta il capitano, con un sorriso divertito. «Comunque, questo Pignataro non si fa mancare niente: coca, amante, fondazione... Certo non si capisce che cazzo c'entri adesso il vinaio. Vabbè, vedremo.»

«Capitano, un dubbio» interviene il brigadiere Cecinelli, le gambe incrociate sul tavolo. «Ma siamo proprio sicuri che non sia il caso di fare due chiacchiere anche con quel Cannone? Ho fatto una ricerchina su Google: è un vecchio pesciaccio di Montecitorio ed è considerato il padre politico di Pignataro.»

«Può essere un'idea. Noi una preda abbiamo. E a una preda dobbiamo dare la caccia. In tutti i modi. Sempre ricordandoci che stiamo facendo una cosa mooolto sgradita ai capoccioni... Perciò, ve lo ripeto: massima prudenza. Chi vuole un'altra fetta di panettone?»

33

Sembra proprio Francesco De Gregori.

Ha la sua stessa fisicità: alto, asciutto, con la barba rossiccia, i riccioli che spuntano da sotto il basco.

E ha pure il suo stesso timbro di voce.

E poi il cappottone scuro.

E la chitarra a tracolla.

Solo che non è De Gregori.

Perché De Gregori non è strabico.

Paraldi se ne accorge quando il tipo si volta verso di lui ringraziandolo, con un inchino teatrale, per i due euro depositati nella custodia dello strumento.

Si accende il sigaro: «Complimenti, è davvero molto bravo. Quasi come l'originale.»

«Esprima un desiderio: tipo jukebox. Cosa vuole che le canti?» risponde il barbone, l'aria riconoscente.

«Vorrei chiederle di cantarmi *Caterina*...»

«Le piace?»

«È la più bella canzone di De Gregori. Quando la sento, regolarmente, mi commuovo.»

«Lei è uno di quelli che si commuovono sentendo la musica?»

«No: mi capita solo con due canzoni.»

«*Caterina* e?...»

«*Grazie Roma*.»

«Aspetti, però, che forse mi si è un po' scordata» dice De Gregori, cominciando a stringere una chiavetta della chitarra.

Paraldi inizia a fare il pitone. «Forse devo presentarmi: mi chiamo Marco... Marco Paraldi, sono un giornalista.»

Slang slong slang... «Per quale giornale lavora?»

«Sono un freelance. Trovo storie, le scrivo, le vendo.»

Slang slang slang... «E ha qualcosa di interessante tra le mani?»

«Ecco, appunto: posso farle una domanda?»

«Certo.»

«Lei suona spesso su questo marciapiede?»

Slang slang slang... «Be', diciamo che capita.»

«Quindi, anche senza volerlo, controllerà il viavai che c'è nel portone del palazzo di fronte, giusto?»

«Giusto.»

«Bene, la domanda è questa: ha mai notato una Mercedes nera guidata da un autista fermarsi lì davanti?»

«Sì. Però negli ultimi tempi la vedo sempre più raramente.»

Paraldi avverte quel brivido speciale che prova un cronista quando sente di camminare sul sentiero giusto. «Saprebbe riconoscere l'autista, se le mostrassi una sua foto?»

«No, direi proprio di no. Anche perché l'auto che dico io ha i vetri azzurrati.»

«Chi scende, di solito, dal sedile posteriore?»

«Un tipo elegantone, bell'uomo, aitante, vestito di scuro... E poi non sempre, ma quasi, con lui c'è anche una bionda... piuttosto vistosa, diciamo così.»

«Continui, per favore.»

«Scendono ed entrano subito. Qualche volta l'autista li aspetta, altre volte va via e poi torna a riprenderli.»

«Ricorda in che giorni vengono?»

«Di certo non li ho mai visti né il sabato né la domenica. Il fine settimana è inutile che io stia qui. Le scuole sono chiuse.»

«Non la seguo.»

«Vengo a suonare qui per vedere mia figlia quando torna da scuola.»

«Aspetti, mi faccia capire: lei viene qui perché sua figlia abita in quel palazzo?»

«Esatto. Sono separato, mi impediscono di incontrarla e allora... Anzi, guardi, eccola laggiù! Mi scusi: ma *Caterina* gliela faccio dopo. Adesso devo cantare la canzone di mia figlia... "*Buonanotte, buonanotte, amore mio / Buonanotte tra il telefono e il cielo...*"»

Lo sguardo di Paraldi scorre sull'altro lato della strada: dietro le macchine parcheggiate e gli alberi, vede arrivare un tipo corpacciuto con il cappello a falde e un loden blu che tiene per mano una bambina con le treccine bionde e una cartella azzurra a tracolla. Dopo qualche istante, nota che l'uomo non le ha preso esattamente la mano, ma il polso. E quasi la trascina.

Sì, la bambina gli cammina accanto forzatamente.

E forse piange.

Anzi, meglio togliere il forse: *piange*.

Scossa dai singhiozzi, la piccola volge lo sguardo verso Paraldi e De Gregori. Che, automaticamente, canta con un tono di voce più alto, provando così a sovrastare il rumore del traffico.

La bambina e l'uomo spariscono per un istante dietro un cartellone pubblicitario: ricompaiono proprio mentre il bestione colpisce con uno schiaffo dietro la nuca la piccola, che compie una torsione innaturale, urlando.

Di colpo, la voce del cantante si affievolisce, diventa tremante.

Lacrime veloci bagnano la sua barba.

La bambina e l'uomo cattivo vengono inghiottiti dalla penombra del portone.

De Gregori, adesso, si asciuga gli occhi con la sciarpa. Si soffia il naso. È profondamente turbato. «Capisce con chi vive mia figlia?»

Paraldi: «Sappiamo qualcosa di quell'uomo?» Parla piano, con un filo di voce, perché stavolta non gli è montata la solita burrasca, ma qualcosa di peggio: è dentro una storia che nemmeno conosce, però prova rabbia, cattiveria, odio, e ha il progetto concreto di fare del male a quel mascalzone.

34

Sa che non sarebbe prudente uscire con questo freddo. Così ha deciso di trascorrere la pausa pranzo nel magazzino del negozio: Marika si siede su uno sgabello, prende il cellulare dalla tasca della felpa arancione e va su Yoox. Vuole regalarsi uno zainetto di Polo Ralph Lauren.

Ha appena cominciato a navigare, ma sul display le compare un numero che non conosce.

Sarà una promozione, lascia squillare.

Il numero torna a lampeggiare.

Decide di rispondere.

«Sì?»

«Marika...»

«Chi è?»

«Marika, sono Nazareno, il padre di Max.»

Quel vecchio rincoglionito, pensa lei. Che palle. Ma proprio che palle.

«Pronto, Marika, mi senti?» insiste lui davanti al silenzio prolungato.

«Sì, mi scusi. Sono al lavoro e...»

«Scusami tu, non voglio disturbarti... Ma non te lo sei registrato il mio numero?»

«È che...» Sta per impapocchiare una scusa, lui però ha un'altra urgenza.

«Non importa. Ti ho chiamato solo per sapere se sei

riuscita ad avere qualche notizia di Max. L'altro giorno ho telefonato ai carabinieri e, purtroppo, dicono che niente, non hanno novità. Allora mi sono chiesto se magari tu...»

«No, mi spiace: zero notizie pure io.» Lei risponde un po' meccanicamente, ma Balani non se ne accorge.

«Perdonami... Io sto impazzendo e... Ecco, volevo anche domandarti: i suoi amici che dicono? Tipo... tipo quello che chiamano Dobermann, l'istruttore. Quello che dice?»

«Ah, boh. Quello sarà più di un mese che non lo vedo e non lo sento.»

«Ma tu che idea ti sei fatta? No, perché io...»

«Senta, signor Balani: deve perdonarmi, ho una fila di clienti, davanti. Sa com'è: è quasi Natale, e allora...»

«Certo, cocca mia. Scusami ancora tanto. Però se dovessi avere qualche novità, ti prego, avvertimi subito.»

«Certo, chiaro, regolare. Arrivederci, signor Balani.»

Poi, dentro di sé: ma vaffanculo, va'.

35

Paraldi entra in cucina.

«Allora: il tipo che è arrivato con me mangia poco e male da almeno un paio d'anni» dice a Bamba, che lo guarda con stupore. «Perciò adesso gli prepari un bel tagliere doppio di salumi e formaggi. Aggiungi un cestino di focaccia e portagli pure una bottiglia di Chianti. Quando ha finito, chiedigli se ha ancora fame. Se non è sazio, attacca con l'elenco dei dolci.»

Picasso, seduto nel solito angolo, sorseggia un bicchiere di collio Villa Russiz e chiede all'Avvocato: «Ti eri mai accorto che De Gregori fosse strabico? Ora capisco il motivo per cui, spesso, porta quegli occhialini tondi e scuri...»

L'Avvocato annuisce tossendo, ha una brutta bronchite. «Il medico mi ha ordinato di prendere l'antibiotico: Augmentin, mattina e sera, per cinque giorni. Dice che non sono più un ragazzino. E che, con questo gelo, il rischio di una polmonite è concreto.»

Picasso, l'aria saggia: «Caro mio, la scienza ci ha allungato la vita.»

«No» risponde secco l'Avvocato dentro la sua pelliccia, con una voce cavernosa. «Ci ha allungato la vecchiaia. Una stagione diventata tremenda: lentissima, faticosa, e che però porta sempre allo stesso capolinea. Perché poi la medicina può molto, non tutto: così i vecchi sai quand'è che muoiono? Quando capiscono che sì, certo, va bene le pillole... però nessuno, alla fine, ha più voglia di accarezzarli.»

Picasso brontola e scuote la testa, poi infila la mano sotto il tavolo toccandosi, platealmente, la patta dei pantaloni. Due turisti giapponesi ridono senza capire l'arcano gesto apotropaico. Tre ragazzi, seduti al tavolo davanti al bancone, indicano invece De Gregori: il quale, intanto, ha cominciato a mangiare. La custodia con la chitarra appoggiata al muro conferma la sua identità: è una prova più forte di quell'inedito strabismo.

Fidel esce dalla sua gabbietta e grida: «Sticazzi!» Molti ridono, sono le sette di sera: entra un gruppetto rumoroso, sono vecchi amici di Paraldi. Tra loro ci sono Pierluigi Pardo, Tommaso Labate e Ciro Serracane. Bamba gli organizza un tavolo. Serracane va diretto al bancone: «Marco... ti ricordi di me?»

Paraldi si sta preparando la sua bevanda preferita: alza lo sguardo per un istante, poi continua a versare nel bicchiere, già mezzo pieno di ghiaccio ed Engine, una giusta dose di J. Gasco Dry Bitter Tonic. «Come potrei essermi dimenticato di Ciruzzo? Ti leggo sempre, sei diventato bravissimo.»

«Be', detto da te... Ero un ragazzino, quando arrivai al giornale: mentre tu già...»

«Io, niente. Sono un vinaio, adesso. Che vi porto?»

«Oh... Sempre bello ruvido, eh?»

«Conosci il detto romano, no? Chi nasce tondo non muore quadrato. Chiedi a Pardo cosa devo portarvi da bere.»

Una ragazza si è avvicinata a De Gregori e gli propone un selfie. De Gregori, sorridendo, acconsente: è cresciuto nella consapevolezza di questa somiglianza pazzesca con il vero cantautore ed è abituato a comportarsi, esattamente, come lui. Anche perché nel frattempo ha vuotato la bottiglia di Chianti. E da Bamba s'è fatto portare pure il rinforzo di una sambuca Sarandrea.

Così apre la custodia ed estrae la chitarra.

La ragazza gli si siede di fronte. Coppia di catanesi basita. Lei dice a lui: «Capisci perché Roma, nonostante tutto, resta meravigliosa? Ieri abbiamo incontrato la Venier in quel negozio, e adesso ci becchiamo un'esibizione live di De Gregori. E poi, scusa: quello che sta entrando non è Tiberio Timperi?» Altri clienti si alzano, fanno capannello.

De Gregori, le gambe accavallate, dice: «Questa la dedico al mio nuovo amico Marco... È la sua canzone preferita. "*E poi arrivò il mattino / E col mattino un angelo / E quell'angelo eri tu...*"»

Paraldi entra furtivamente in cucina. Bamba e Antonia l'osservano prima stupiti, poi piuttosto divertiti: è la prima volta che vedono l'oste con gli occhi pieni di lacrime. Anzi, a dirla tutta: erano convinti che i suoi occhi fossero letteralmente incapaci di produrre lacrime.

Parte un applauso lungo e affettuoso. De Gregori finisce *Caterina* e poi prosegue con *Rimmel*, con *La donna cannone*, *La leva calcistica della classe '68*. Sulle note di *Generale* si alza un coro intenso, caldo, pieno di passione.

Anche gli amici di Paraldi fingono di credere che sia davvero il Principe a cantare.

È una serata abbastanza indimenticabile.

A Paraldi gira un po' la testa, perché ha vuotato un bicchierone di gin tonic praticamente a stomaco vuoto. Quando controlla i WhatsApp, fatica un po', ma poi li mette a fuoco.

Balani: «Novità? Ti prego, aiutami, sto impazzendo», e mentre legge avverte la solita mano che si diverte ad afferrargli l'ombelico da dentro, strizzandoglielo forte.

Chicca: «L'architetto Biagini organizza un Mercante in fiera a casa sua, domani sera. Andiamo insieme?» Ora sente invece partirgli quel certo, preoccupante batticuore.

Forse, pensa, sono innamorato.
Forse.
Può darsi.
Ma anche no.
Probabilmente no.
Anzi: sicuramente no.

36

I lavori parlamentari sono sospesi per le vacanze natalizie. Ma Gianfranco Cannone, a mezzogiorno, ha un appuntamento a Montecitorio.

Transatlantico deserto: entra alla buvette, va al bancone, chiede un caffè e la solita bomba alla crema. Poi dà un'occhiata all'orologio, una padella di Panerai, il regalo che Pignataro gli fece in segno di ringraziamento per l'elezione a deputato.

Cannone ha appena preso la tazzina in mano, si sente toccare sulla spalla.

È il collega Ugo Santalmassi, di Sinistra unitaria, membro della commissione Ambiente, territorio e lavori pubblici. Un ex sindacalista palermitano di cinquantadue anni noto per le sue stucchevoli e lunghe interviste farcite di parole come «solidarietà», «accoglienza», «inclusione», ma in realtà furbissimo, etica e morale sconosciute, sposato con la regista televisiva Maria Antonietta Panza, figlia di Piero, leggendario tecnico delle luci di Federico Fellini.

«Gianfranco bello, dimmi tutto in cinque minuti, perché ho una stanza al Plaza con dentro il regalino di Natale che mi sono fatto: un'ucraina di diciott'anni che m'aspetta a gambe spalancate.» Santalmassi parte sobrio, elegante.

«Mi basta un minuto» risponde Cannone posando la tazzina. «Dobbiamo fare un piacere all'amico di un amico.

C'è un grosso imprenditore, ramo distribuzione frutta e verdura, che vuole costruire uno stabilimento dalle parti di Rieti. Solo che non riesce ad avere le autorizzazioni necessarie, perché lì la zona è ad alto rischio sismico. Ma noi questo rischio, su quei suoi pochi ettari di terreno, dobbiamo farlo sparire. Il terreno, tra l'altro, è a un chilometro dal confine con la provincia di Roma, dove finisce la zona rossa. Tutto qui. Quanto ci ho messo a spiegarti la faccenda?» dice Cannone, finendo di bere il suo caffè.

Santalmassi: «È complicato. Molto, moltissimo. Su queste cose non si scherza. Ricordati di Amatrice: una botta di terremoto, ed è sparito un paese intero.»

Cannone, leccando goloso la crema della bomba: «Perdonami... ma se lo stabilimento poi gli crolla, sono cazzi suoi. Noi dobbiamo solo farglielo costruire.»

«Io che ci guadagno?»

«Una villa ad Ansedonia: valore settecentomila euro. Ma tu la comprerai, trovandola... diciamo casualmente... in un'agenzia immobiliare che poi ti indico io... al prezzo stracciato di duecentomila. È chiaro che dopo con la villa ci fai quello che stracazzo ti pare. Ci vai a scopare con le tue zoccole, la rivendi, la doni alla Comunità di Sant'Egidio...»

«Va bene, ci sto. In commissione dovrò lavorarmi Bandettini e Ragoli, che sono amici. Liberati, invece, sarà un osso duro. Gli altri non capiscono, letteralmente, niente. Stupidi e pure ciucci. Figurati che la compagna Zambrotta, l'altro giorno, se n'è uscita dicendo che Craxi stava antipatico a Togliatti... Comunque, se ne parla dopo la Befana.»

«Il dramma di questo paese, sai qual è?» dice Cannone lisciandosi soddisfatto i capelli sulle tempie. «È che non ci sono più i sindacalisti di una volta.»

Santalmassi lo saluta ridendo sguaiato, un buffetto sulla guancia e vola via.

Cannone resta immobile al bancone: non si piace. Anzi,

peggio: si sente una vera merda. Ma il suo partito è piccolo e per continuare a esistere ha bisogno anche dei soldi che Pignataro gli ha promesso per questa cortesia da fare all'amico del suocero.

Che poi Pignataro spunta all'improvviso sulla porta della buvette.

Tonico, profumato, abbronzato.

«Gianfrancone! Ho visto Santalmassi da lontano: allora, com'è andata?» chiede toccandosi il naso arrossato e umido, prendendo sottobraccio il suo capo e accompagnandolo verso il centro del Transatlantico.

«Bene, è andata bene. Piuttosto, sia chiaro: questo imprenditore amico di quel gentiluomo di tuo suocero deve cacciare fuori i soldi un'ora dopo l'arrivo dei permessi. E te lo ricordo: deve darmi trecentomila euro in contanti.»

«Tranquillo. A quello i soldi gli escono dalle orecchie. Vabbè, senti: vado che devo passare da Cartier per comprare un regalino a mia moglie. Sai com'è: è il santo Natale, l'amorino mio se l'aspetta...»

Cannone l'osserva allontanarsi e si vergogna, pentendosi tremendamente di averlo portato qui, in Parlamento. Quel pomeriggio avrebbe dovuto lasciarlo a Napoli, seduto fuori dai cessi dello stadio San Paolo.

Giornata impegnativa per Biancaneve.

Controlla l'agendina con gli appuntamenti:

Ore 9.00, Marco (attore) casa; ore 10.00, negozio abbigliamento (viale Trastevere); ore 11.00, Gianni (medico), stazione Trastevere; ore 12.30 X, bar Tacchia; ore 15.00, avvocato D, piazza Cavour; ore 17.30, psicologa, piazza della Balduina.

Metodico, riservato, affidabile. E con prezzi onesti. Vendere cocaina è un lavoro per persone serie. Anche perché a Roma pippano a migliaia. È un attimo, fai una cazzata e ti sputtani su tutta la piazza.

Il cocainomane devi coccolarlo, assecondarlo, rassicurarlo.

Sei quello che lo fa volare.

Dopo aver provato, nessuno rinuncia più a volare.

Per questo deve sapere che tu, per lui, ci sei sempre.

Gianni, il medico, gli ha dato buca: un intervento urgente; ma per fortuna – ha scritto con una metafora via WhatsApp – aveva ancora un paio di bustine di tè nell'armadietto in clinica. Poi si è fatto giurare che entro domattina avrebbero comunque trovato il modo di incontrarsi.

Così adesso Biancaneve è un po' in anticipo sull'appuntamento delle 12.30. Si siede nell'affollato dehors del bar Tacchia, in piazza delle Coppelle: nonostante i funghi accesi, il freddo è pungente. Confusione, turisti che divorano carbonare precotte e riscaldate nel microonde. Lui ordina un cappuccino bollente. Non fa caso ai due che entrano e vanno a sedersi all'angolo, al posto di una coppia di giapponesi.

«Brigadie', io mi prenderei un bel caffettino...» dice l'appuntato Coppola.

«Io invece vado con un succo di frutta» risponde il brigadiere Cecinelli.

«Tu pensi che Biancaneve...»

«Abbassa la voce. Siamo obbligati a stargli addosso. Pignataro forse ha annusato il pericolo: è diventato improvvisamente abitudinario e circospetto. Da qualche giorno, ormai, non mette più piede nemmeno nella sede della sua fondazione. Luogo per altro a noi ostile, visto che è impossibile piazzarci cimici. Ma siccome dobbiamo comunque avere una cazzo di prova, un'intercettazione ambientale, una foto, per incastrare il nostro onorevole... Ecco, se fosse proprio Biancaneve a portarci da lui...»

«E questo bar, così vicino a Montecitorio» aggiunge l'appuntato, «ha tutta l'aria di essere il posto giusto. Sarà che io sono ottimista per natura.»

«Lascia stare l'ottimismo: tra l'altro, quei teli plastificati ci complicano un bel po' la vita. L'appuntato La Macchia, con lo zoom, da fuori, può fare poco. Potremmo provare ad arrangiarci noi con i cellulari, ma è rischioso.»

L'appuntato dice che il caffè è potabile. Il brigadiere non risponde e sorseggia il suo succo di frutta alla pera.

«Brigadie', ci hai mai pensato? Il mondo si divide in due categorie: quelli a cui piace il succo di frutta alla pera, e quelli che non lo possono neanche sentire nominare.»

«Coppola, certe volte sei troppo profondo per me... Però fai bene a essere ottimista.»

È comparso l'onorevole Pignataro.

Si aggiusta il nodo della cravatta, guardandosi intorno.

Biancaneve l'ha visto e lo sta fissando.

Pignataro, con un gesto lieve della testa, gli fa un segno come per dire: seguimi.

Poi si rivolge alla cassiera: «Per cortesia, posso usare la toilette?»

La signora con i capelli rossicci e le lentiggini, gli occhi puntati sul telefonino, annuisce e gli allunga una chiave. «In fondo, a destra: mi raccomando, lasci pulito.»

Tre secondi dopo, davanti alla cassiera arriva Biancaneve: «Signo', il bagno?»

«È occupato.»

«Vabbè, intanto mi dica dov'è, aspetto fuori.»

Lei, meccanicamente: «In fondo, a destra. Ma quando finisce chiuda, e mi riporti la chiave.»

Il brigadiere e l'appuntato hanno seguito la scena dal dehors.

Il brigadiere dice solo: «Che grandissimi figli di puttana.»

37

«Ciao, teso'.» Marika manda un bacio con la mano al collega che sta seduto dietro alla cassa.

Mirko detto Pinocchio a causa del naso appuntito, in testa il cappello da Babbo Natale che il proprietario del negozio fa indossare a tutto il personale, esibisce una smorfia da sporcaccione e sospira minaccioso: «Te darei 'na stretta... Ma lo sai che sei 'na fagottata de roba bbbona?»

Marika esce sculettando.

Raffiche di tramontana: abbassa lo zuccotto sulla fronte, manda un messaggio con il cellulare e s'avvia alla fermata degli autobus.

Paraldi la osserva da dietro il parabrezza del Defender e ringrazia tutto il mestiere che si porta addosso per avergli fatto decidere di arrivare davanti al negozio un'ora prima della chiusura.

Questa esce in anticipo, pensa.

Curioso.

O ha un orario concordato, o ha un appuntamento.

Per scoprirlo, basta seguirla.

Ecco, appunto: pedinare Marika.

I pedinamenti non gli sono mai piaciuti troppo. Ma spesso, in certe indagini, sono indispensabili. Come ripeteva Gianni Marziani, il suo primo capocronista, la gente certe volte ti fa vedere quello che non vuole dire.

Certo, ci vuole pazienza. Soprattutto se devi seguire una che aspetta l'autobus a Roma: le attese possono trasformarsi in autentici atti di fede. La gente legge libri, osserva il vuoto, parla al telefono, bestemmia contro il mondo, si rassegna. Non esistendo pensiline, se piove ti inzuppi, e l'estate rischi l'insolazione. Se poi c'è il gelo di un tardo pomeriggio di dicembre, rischi proprio di lasciarci la pelle.

Paraldi evita di dare fuoco al sigaro, perché deve tenere i finestrini chiusi. Però accende la radio.

Notiziario di Dimensione Suono Due: «Apriamo con una notizia appena arrivata in redazione: un altro senzatetto è stato trovato morto a Roma. Il cadavere, in parte carbonizzato, è stato rinvenuto, oggi pomeriggio, in un sottopasso nei pressi di via Marsala, vicino alla stazione Termini. Il decesso risalirebbe alla notte scorsa. È il secondo senzatetto che muore bruciato negli ultimi dodici giorni. La prima vittima fu uccisa a Colle Oppio, alla Domus Aurea: rivendicazione firmata, su un muretto, con una scritta a vernice, da un gruppo di estrema destra. Passiamo agli esteri...»

Paraldi spegne.

Sa tutto, De Gregori gli ha raccontato tutto.

Se l'è preso un po' a cuore il barbone che suona e canta come il Principe. Ieri sera, alla fine dell'improvvisato concerto live, quando ha tirato giù la saracinesca, si è persino offerto di pagargli, per un mese, una stanza in un bed&breakfast che sta sopra la vineria. Ma quello ha risposto che preferiva tornare a rintanarsi sotto il porticato della sala stampa vaticana.

Paraldi pensa di avere la calamita per certe storie struggenti. Allo psicologo vorrebbe chiedere proprio questo: sono storie realmente struggenti, o sono io a essere troppo sensibile?

Se solo quel coglione dello psicologo smettesse di osservarlo in silenzio, con l'aria interrogativa. *Ma dai, cazzo: se sono venuto qui è per dirti qualcosa, no? Fammi mezza do-*

manda, che io poi magari mi sciolgo. Invece, niente: devo cominciare io. Solo che io non comincio.

Vabbè.

Intanto il bus della linea 714 è arrivato. Marika sale e si siede. Paraldi, dietro.

Traffico impazzito, a passo d'uomo praticamente fino alla stazione Termini.

Marika scende e inizia a camminare verso via Gioberti. Paraldi è costretto a una manovra azzardata: inversione a U, per pochi centimetri evita un frontale con un taxi, si prende gli insulti di un prete tedesco con la giacca a vento nera sopra la tonaca piena di bottoni – «Romano sempre guida da brutto porco!» – e parcheggia il Defender accanto a tre cassonetti colmi di rifiuti su cui stanno cenando alcuni gabbiani grandi come aquile. Deve continuare il pedinamento a piedi. Ma non ha perso d'occhio la ragazza. Che, laggiù, ha appena voltato l'angolo.

Marciapiede in penombra, infestato da un penetrante odore di kebab: Marika si ferma davanti a un portone a vetri e suona al pulsante singolo che sta sotto la placca dei citofoni. Le aprono, lei si chiude velocemente il portone alle spalle.

Paraldi la vede entrare nell'appartamento del piano rialzato. Sbircia cosa c'è scritto sulla targhetta del campanello. E legge: STUDIO MEDICO SALUZZO.

«Ma porca zozza!» Paraldi impreca ad alta voce. Poi, dentro di sé: questa aveva solo una visita. Buco nell'acqua, tre ore buttate.

Capita, ma se capita poi ti girano.

Tra l'altro: non può neanche aspettare che esca. Deve passare a casa per farsi una doccia bollente.

Serata con giro di Mercante in fiera.

Poppante, Pagoda, Bersagliere.

Gli tocca. Chicca adora le giocate a carte natalizie.

Sacrificio sanguinante.

38

Ascensore.

Chicca, guardandosi allo specchio. «Capelli sciolti o legati?»

Paraldi: «Lo sai, li preferisco legati.»

«Allora me li lego. Però...» dice Chicca con tono ironico, osservandolo nell'immagine riflessa. «Quel muso lungo e triste potresti anche togliertelo. Andiamo a una festa, mica a un'esecuzione.»

«Non sono triste.»

«No, infatti: sei pesante» replica lei ridendo, mentre cambia acconciatura.

«Qualche volta sì, lo ammetto. Però, come sai, mi viene riconosciuta anche una certa simpatia.»

«Nessuna donna, fidati, sa farsi bastare solo la simpatia.»

Quarto e ultimo piano.

Le porte dell'ascensore si aprono direttamente nell'antisalone dell'attico di Ludovico Biagini, architetto, sessantacinque anni portati magnificamente grazie anche a una ragnatela di fili sottocutanei che gli tirano la pelle del collo e delle guance. Studi a Milano, Madrid e Stoccolma; proprietario di una delle due più belle case di Cortina (l'altra, di solito, sostiene di possederla il presidente della Lazio, Claudio Lotito) e di un panfilo con cui, l'estate, solca il Mediterraneo. Vezzi: si tinge i capelli, neri come il carbone, e racconta in giro che l'attuale compagna, almeno una volta al mese, lo tradisce. Che poi sembra sia pure vero. Lei, del resto, ha tutta l'aria di essere una che non fa prigionieri: Stella Parisi, della dinastia Parisi. Il padre Osvaldo e il nonno Pierino le hanno lasciato cinque supermercati, più un patrimonio immobiliare da togliere il fiato consentendole di fare la quarantenne con i capelli a caschetto biondo platino e il fisico tonico di chi trascorre spensierata molte ore in palestra e a farsi massaggiare, appunto, ovunque.

È lei ad accogliere Chicca e Paraldi. «Ecco la più bella coppia del centro storico!»

Chicca, alzando gli occhi al cielo: «Lascia stare. Io sono fortunata al gioco, non in amore.»

Paraldi, sintetico: «Se volete, tolgo il disturbo.» Poi con lo sguardo perlustra il salone arredato un po' in vecchio stile Sunset Boulevard anni Settanta, moquette zebrate e pareti a rigoni bianchi e neri orizzontali tipo il duomo di Siena, e un po' con il gusto tipico del generone romano: divani di velluto blu grandi come barche, candelabri dorati su tavolini moreschi, un fuoco scoppiettante dentro un camino foderato di ferro spazzolato lucido, sublimi vasi pieni di tulipani fuori stagione.

In fondo, un finestrone con dentro il Portico d'Ottavia come in cartolina e un albero di Natale con rami d'acciaio e palle di vetro trasparente.

Camerieri filippini in livrea bianca volteggiano distribuendo calici di champagne a una sessantina di invitati.

Facce conosciute: il sottosegretario alla Giustizia Dino Messa in compagnia della sua assistente Paola, piuttosto euforica per essere stata promossa, da alcuni mesi, al ruolo di amante; ci sono anche l'avvocato penalista Carmelo Barzagli, corteggiatore seriale, e Giulio Sestigiani, dentista dei vip, insieme alla moglie Michela, famosa alcolizzata; è appena arrivato Tony, il parrucchiere gay di vicolo della Lupa, luogo di culto per decine di deputate e senatrici, dove taglio e messa in piega costano come mezzo stipendio mensile di un'insegnante precaria; poi ecco lì, seduta sul divano, Simona Dallara, soubrette rampante strizzata in un pezzo di stoffa cucito tipo baby-doll, che parla con monsignor Bruno Salvati, solito mocassino rosso di Prada e abito nero della stessa sartoria che serve mezza Santa Sede, tra cui il cardinale Ugo Waffer, suo intimo sodale, noto per un'intervista rilasciata alla tivù tedesca in cui sosteneva che «l'omosessualità non è un peccato, ma una malattia: e come tale andrebbe curata». Gira voce che stia per passare Laetitia Casta, a Roma per promuovere il suo ultimo film, e amica del padrone di casa. Il quale, adesso, attira l'attenzione a voce alta: «Signore e signori, un momento di silenzio... Allora, poiché siamo troppi, dovrete formare tanti gruppi da tre: ogni gruppo avrà una carta di partenza. Ogni carta costa novanta euro, significa che sgancerete trenta euro a persona. Il resto delle carte verranno vendute all'asta. Il mercante, stasera, sarà uno che il commercio ce l'ha nel sangue... vale a dire il nostro spumeggiante amico Paolone!»

Paolo Giacometti, il finanziere noto per l'abilità con cui, mentre ci bevi un caffè al bar Parnaso, è capace di trasferirti una fortuna dal conto corrente della tua filiale dei Parioli alle Isole Cayman. Fisicamente assomiglia a un Briatore da giovane, ma con un micidiale accento romanesco.

Chicca chiede ad Agnese di condividere la carta con lei e Paraldi. Agnese è arrivata poco fa – una nuvola di allegria e sensualità – soffiando all'orecchio di Paraldi: «Annabelle mi ha incaricato di dirti che sei un grandissimo stronzo.» Lui: sensazione di nausea, botta di profondo rimorso nei confronti di Chicca, voglia di essere al Polo Nord. Chicca ha afferrato solo l'ultima parola. Si è voltata di colpo, un'occhiata perplessa: «Scusa, Agnese: e chi sarebbe questo stronzo?» L'amica, velocissima, senza tentennare: «Ma Paraldi, no? Questo pazzo scatenato che si ostina a non volersi fidanzare con te. Però è fiato sprecato. Cara Chicca, la sai una cosa? Io penso che gli uomini si dividano in due categorie: bravi ragazzi e stronzi. Solo che gli stronzi sono, all'incirca, il novantacinque per cento. Quindi è inutile intestardirsi a cercare quella minoranza che ci farebbe faticare di meno. Conviene abituarsi al peggio. E goderselo.»

Paraldi vuota due calici di bollicine. Poi paga novanta euro per ritrovarsi in mano il Bersagliere, una delle carte più sfigate nella storia del Mercante in fiera.

Paolone il finanziere, scuotendo una scatola rossa: «Cominciamo! Vi avverto: io vendo al buio. Quindi nessuno saprà quante carte sta comprando. Posso dirvi solo che si va da un minimo di una a un massimo di tre. Bene, si parte: e subito... vi dico... sento che qui dentro c'è nascosto un affarone... base d'asta: centoventi euro!»

Qualche mugugno, un paio di signore battono le mani, quel coglione del sottosegretario Messa urla: «Centotrenta!»

La padrona di casa: «Centoquaranta!»

Il dentista Sestigiani: «Centosessanta!»

Si sente la voce sottile di monsignor Salvati: «Centosessantacinque...»

«Chi ha detto centosessantacinque?» chiede il mercante allungando il collo.

«Lui!» grida tutta eccitata la soubrette, indicando con l'indice smaltato di verde l'alto prelato, che annuisce ridacchiando.

Mercante: «Centosessantacinque e uno... e due... e tre! Il nostro futuro papa si aggiudica una sola carta, ma che di solito arriva ai premi: la Giraffa!»

Chicca chiede sottovoce a Paraldi: «No, scusa: ma con quali soldi la paga?»

Risposta: «Con le donazioni dell'otto per mille.»

Poi Paraldi si allontana, imbocca il corridoio di destra e sbuca in una cucina magnifica, tutta in acciaio, spaziosa e attrezzata come quella di un ristorante stellato. «Si può avere un po' di gin?»

Un cameriere premuroso: «Viene con me, signo', prego.» Ripercorrendo il corridoio, lo conduce in una stanza dove c'è un barman che ha giusto finito di preparare un mojito e un margarita a una coppia di signore piene d'oro, le labbra come gommoni d'altura.

Paraldi, adesso, sorseggia piano una doppia dose di Hendrick's, augurandosi che l'alcol vada rapidamente in circolo per sciogliergli via il groviglio di pensieri rumorosi. Che sono: faccio veramente schifo, Chicca non se lo merita, Agnese è zoccola e cretina, certi preti andrebbero appesi a testa in giù, questa casa è arredata malissimo, vorrei accendermi il sigaro, devo cominciare a scrivere il mio cazzo di giallo, prima di Capodanno devo far vaccinare Brancaleone, domani devo pedinare nuovamente quella ragazzina, stasera l'ho davvero mollata troppo presto, errore blu.

Si fa riempire nuovamente il bicchiere di gin, ma va già meglio: torna nel salone, c'è uno che ha appena comprato due carte a trecentocinquanta euro, strizza un occhietto d'intesa a Chicca, ma – in quel preciso momento – sente un pizzicotto sul braccio.

«*Hi...*»

È Grace, la fotomodella americana che, l'altro pomeriggio, ha visto in vineria.

Incantevole.

Anzi, no: strepitosa.

Sfoggia una camicia nera attillata con i tre bottoni superiori aperti e una collana di perle che attira lo sguardo sul décolleté.

Lei lo guarda con la bocca tumida.

Lui farfuglia un «Ciao, come stai?» e lancia un'occhiata furtiva alle tette.

Lei ora gli sta chiedendo con le pupille: noi ci siamo già baciati a Cortina, ricordi?

Lui risponde con una smorfia che dice: mi ricordo benissimo.

Lei aggiunge: però stasera sei venuto con quella tipa, giusto?

La tipa, cioè Chicca, avverte una certa elettricità nell'aria. Si avvicina a Paraldi: «Vuoi per caso presentarmi alla tua amica?»

39

Il ring è stato allestito al centro del teatro Luxor, in via Sardegna. Una bomboniera di velluto rosso, platea a forma di quadrilatero, duecento posti a sedere già quasi tutti occupati da un pubblico che freme di eccitazione: tra poco arriverà il rumore dei colpi, la puzza di sudore, qualche schizzo di sangue è possibile e probabile.

Dobermann è in un camerino insieme a Crocchetta, il suo atleta, che gli saltella intorno irrequieto, accaldato, scalzo. Questo Crocchetta è un fascio di muscoli tesi e tatuati, la testa di un cobra sulla fronte, quella di una tigre sul collo: ha ventiquattro anni, il taglio di capelli da mohicano, occhi spiritati. Lavora in una rosticceria di Centocelle, lo spunto per dargli il soprannome. È già stato tre volte in carcere per tentata rapina e rissa aggravata. Durante l'ultimo periodo di detenzione trascorso a Rebibbia, gli è esplosa la passione per le arti marziali miste. Gli altri andavano a fare due chiacchiere nell'ora d'aria, lui restava in palestra ad allenarsi. Ha continuato come un forsennato anche quando è uscito. Quello di stasera è il suo primo combattimento ufficiale. Indossa un accappatoio di raso blu, calzoncini gialli, ha le mani già fasciate. All'inizio del match mancano quaranta minuti.

«Guardate, Crocche': sei un Dio» gli dice Dobermann, con lo sguardo che brilla di esaltazione.

«Sì sì... Mo' vado e lo sfonno, a quella merda de Poggibonsi.»

Dobermann, definitivo: «Nun lo devi sfonna': lo devi ammazza', è diverso.»

Poi sente vibrare il cellulare nella tasca della felpa. Guarda il numero sul display.

Mette la testa fuori dal camerino. E urla: «Giorgiooo!» Dalle scalette sale su una specie di comodino con due braccia e due gambe. La testa di un putto. Età imprecisata. «Te lo lascio cinque minuti» gli dice. «Daje un po' de biberon. Io faccio una telefonata al volo, torno subito.»

Quello annuisce e lui si apparta in un corridoio buio. Telefona.

«So' Dobermann, scusame, nun te potevo risponne'. Dimme tutto.»

«Ho sentito quel mio amico: il prezzo migliore che può farti per la macchina è ottantaduemila euro tutto compreso, pure la vernice grigio metallizzata... Perché in pronta consegna ne hanno solo una di quel colore.»

«Mortacci, me la stanno a regala'...»

«Le cose belle costano.»

«Ahó, ma sul modello se semo capiti, sì? Porsche Cayman Gts 4.0...»

«Ci siamo capiti, certo. Piuttosto: guarda che il prezzo è vincolato al tipo di pagamento.»

«Tranquillo. Pago in contanti. Cinquemila all'ordine, il resto alla consegna.»

«Be', non proprio alla consegna... Il mio amico vuole prima controllare che i soldi, visto che sono tanti, non siano carta straccia.»

«Ahó, e così m'offendi!»

«Non fare il permaloso. Lo sai pure tu che a Roma, in contanti, non paga più nessuno dai tempi di Enrico De Pedis. E quella vagonata di bigliettoni... boh... insomma... vabbè, sono cazzi tuoi.»

«Ecco, appunto.»

Nel camerino, intanto, Crocchetta ha finito di bere il suo biberon. «Ma che m'avete dato? Me sento tutto strano... Ah ah ah! Pure l'uccello m'è diventato de marmo.» Ha il cuore fuori giri, le vene delle tempie pulsano in modo spaventoso.

Entra Dobermann: «Mo' che sali sul ring, ricordate quello che t'ho detto in allenamento: cerca de staccaje subito un orecchio. L'orecchio fa male. E tu je devi fa' tanto, tanto male.»

40

Paraldi ha dormito profondamente, accucciato sotto il piumone, in quel luogo buio, caldo e ovattato dove la psiche trova, finalmente, pace. L'ha svegliato Brancaleone, mordicchiandogli l'alluce.

Doccia bollente, una Brooks Brothers bianca ben stirata sotto il cardigan grigio antracite, un pantalone di fustagno marrone scuro, le Tobacco. Certo che se nevica con le Tobacco sarà dura, pensa mentre immerge il primo biscotto Osvego nel caffè. Il secondo pensiero è: visto che devo aspettare stasera per seguire nuovamente l'ex fidanzata di Max, questo ha tutta l'aria di essere il giorno buono per iniziare a buttare giù qualcosa del mio romanzo giallo.

Va alla libreria del corridoio, dove conserva gli autori più amati, e prende tre volumi: *Addio mia amata* di Raymond Chandler, *Il grande salto* di Elmore Leonard e *Corruzione* di Don Winslow.

Tenerli vicino.

Toccarli.

Anche solo sfogliarli.

Speranza di contagio.

Sistema i libri sulla scrivania, si siede, accende prima il sigaro e poi il Mac e resta, immobile, davanti allo schermo bianco.

Più che immobile, bloccato.

Sente i neuroni attaccare con il loro sporco lavoro.
Che cazzo fai.
Chi cazzo ti obbliga.
Te lo ricordi, no, quell'incipit stratosferico di Winslow? «Nessuno sa come ha fatto lo scimpanzé a prendere la pistola.»
E lo usò per cominciare un racconto, nemmeno un romanzo.
Dammi retta, lascia stare.
Accontentati di essere stato un bravo giornalista.

I minuti scorrono. Sono tanti. Troppi. Niente: non va. Si alza, va in cucina e prepara un espresso con la macchina a cialde della Illy, lo beve, guarda fuori: la pioggia sottile sta diventando nevischio.

Il cellulare squilla mentre Brancaleone e Fernando tornano dalla passeggiata: è sua sorella Caterina.

«Marcolino, buongiorno! Allora? Che fai a Natale? Vieni qui in Maremma, sì o no?»

«Cateri', perdonami, sto un po' incasinato, ti chiamo dopo.»

Sensazione di oppressione alla bocca dello stomaco. Ansia. Non può domarla certo con il gin. Non a quest'ora. Se non si dà una calmata, invece che dallo psicologo rischia di finire a una riunione degli alcolisti anonimi. Comunque è chiaro che nemmeno oggi comincerà a scrivere. Spegne il computer, ripone i libri, si siede sul divano e accende la televisione: Amazon Prime. Ha bisogno di un po' di Alberto Sordi. Sceglie *I magliari*. Paraldi è convinto che sia un sottovalutato capolavoro di stampo neorealista.

Dieci minuti di visione. Poi squilla di nuovo il cellulare.

La voce di Chicca, piccolo tonfo al cuore.

Certi uomini si assolvono in un amen, altri faticano a perdonarsi: nelle vicende sentimentali per loro non c'è atto di dolore che funzioni. Restano invischiati dentro il ricordo del peccato. Una sabbia mobile permanente, che li risucchia. Paraldi risponde con la voce di uno che ha appena commesso qualcosa di sbagliato.

«Ehm... ti disturbo?» chiede, sospettosa, lei.

«No... no... è che stavo guardando un film e...»

«Vabbè, allora richiamo.»

«L'ho messo in pausa. Che fai?»

«Volevo sapere a che ora scatta il pedinamento.»

«Per curiosità: cosa ne sai di questo pedinamento?»

«Paraldi, ma quanto avevi bevuto ieri sera? Me l'hai raccontato tu!»

«Ah, sì, certo, giusto... E comunque, appunto: dovrei stare davanti al negozio della ragazza verso le diciannove. Poi però stavolta non la lascio finché non scopro dove abita. Perché?»

«Boh, niente: pensavo mi potessi portare a cena.»

Paraldi fa un ragionamento rapido. La sua regola è sempre stata: mai fidanzate durante il lavoro. Poi si convince che le regole sono fatte per essere infrante. E, soprattutto, che il suo ormai non è nemmeno più un lavoro. Ma una specie di hobby.

Chicca, ironia graffiante, spezzando il silenzio prolungato: «Paraldi, ci sei? Ho detto cena, non altare.»

«Stavo pensando una cosa e... dai, sì: ti va di accompagnarmi? T'avverto, però: potremmo finire tardi.»

«Wow! Che fico! Okay, ci sto. Li porti tu i baffi finti per me?»

«Però... amore... lo sai... Io vorrei fare la televisione, non il cinema» mugugna Lory Gentilezza guardando fuori dal finestrino, la testa appoggiata sulla spalla dell'onorevole Pino Pignataro, mentre la Mercedes guidata dall'autista Marcello imbocca il vialetto ghiacciato che conduce allo studio numero 4 di Cinecittà.

Pignataro: «Ma questa per te è un'ottima opportunità, tesoro. Vedrai, il regista sarà gentile. Il produttore del film mi è riconoscente perché sono riuscito a fargli avere un bel po' di finanziamenti dal ministero della Cultura. Perciò non fare troppo la capricciosa. Stai serena, andrà tutto bene.»

Dieci minuti dopo.

Il regista Alessandro Furlan – veneziano, sui quaranta, paffuto, occhiali tondi spessi come fondi di bottiglia, un documentario premiato a Berlino, adesso il salto con un lungometraggio, il tentativo di girare una commedia all'italiana, titolo provvisorio: *Amori impazziti* – accoglie Lory con legittimo scetticismo. «È questa la Magnani?» domanda sottovoce al suo aiuto, magrissimo e con i capelli corti ossigenati, vestito come un impresario di pompe funebri, appena diplomato al Centro sperimentale. «Si sieda pure. Possiamo darci del tu?» chiede il regista, battendo la mano sul tavolo.

«E certo, maestro» risponde lei avvolta in una pelliccia sintetica di leopardo, tacco sedici, un vestitino di raso rosa come se dovesse fare un provino con Rocco Siffredi.

«Non sono un maestro. Marco Bellocchio come l'avresti chiamato: santità? Vabbè, andiamo al dunque: come saprai stiamo cercando un'attrice che dovrebbe interpretare il ruolo di una moglie nevrotica... Anzi, la dico meglio: una moglie infedele circondata da amanti, ma che sostanzialmente è una donna nevrotica. Ecco... Me la fai vedere una bella espressione nevrotica?»

«Ne-vro-ti-ca... Cioè, in che senso? Una incazzata?»

«No. Nevrotica.»

Lory non sa cosa significhi quel termine. Ma sa, perché di Pino Pignataro si fida, che questo provino è davvero una buona occasione. E qualcosa deve farglielo vedere, al regista. Così decide di seguire il proprio intuito. Mette su un'espressione indefinibile, accigliata, il naso arricciato, gli occhioni azzurri spalancati, e – contemporaneamente, con lentezza – scavalla e accavalla le gambe.

Non ha mai visto *9 settimane e ½*.

Non sa chi sia Sharon Stone.

Ma l'ultima volta che ha indossato un paio di mutandine è stato il giorno degli esami di terza media.

Il regista, adesso, ha gli occhiali appannati, il respiro leggermente affannato, le guance avvampate. Morde la matita, tossisce, si volta verso il suo assistente: «Luigino, che dobbiamo fare, eh? Direi che va bene. Poi, in qualche modo, una particina gliela troveremo a questa nostra attrice esordiente...»

Lory si alza barcollante, con tre passi è davanti al tavolo e – sfoggiando un sorriso pieno di allusioni – s'inchina schioccando un bacio sulla mascella carnosa del regista. Poi gli sussurra: «Grazie, capo.»

Paraldi, una mano sul volante, l'altra con il sigaro spento sul cambio, racconta a Chicca gli ultimi sviluppi delle indagini. Poca roba, a essere onesti.

«Il padre di Max, Nazareno Balani, ha trovato un foglietto nella tasca di un giubbotto del figlio. Sopra c'era scritto un indirizzo: via Crescenzio 169/C. Allora ho pensato di controllare il navigatore della Mercedes dell'onorevole Pignataro, visto che è la stessa auto che guidava anche Max. Poiché l'onorevole sembra sia proprio una rara testa di cazzo, l'autista attuale non ha avuto problemi ad aiutarmi. Così ho scoperto che l'onorevole, guarda caso, entra frequentemente proprio in un palazzo al 169/C di via Crescenzio. Spesso con l'amante, una certa Lory Gentilezza, altre volte con donne diverse. Tutti dettagli che mi ha raccontato quel barbone che assomiglia a De Gregori.»

Chicca si limita a chiedere: «Hai parlato con questo Pignataro?»

«Sì. Come ti dicevo: molto scontroso. E sfuggente.»

«La fidanzata di Max? Non ti era piaciuta e...»

«Ci ho parlato nel negozio dove stiamo andando ad aspettarla. Strafottente, coatta, senza un briciolo di pena per il suo Max. Detto questo: avrei potuto scoprirla sensibile e in lacrime, ma la sua posizione non sarebbe comunque cambiata. La fidanzata di uno scomparso resta, per principio, una persona da sospettare.»

«Però non ho capito perché la vuoi pedinare una seconda volta.»

«Perché ieri sera ho dovuto mollarla quando s'è infilata in uno studio medico. Sai, non potevo perdermi un giro di Mercante in fiera...»

«Che palle! Ora me lo rinfaccerai per i prossimi vent'anni.»

Paraldi osserva Chicca con la coda dell'occhio: è rannicchiata sul sedile, ha le braccia strette intorno alle ginocchia, uno sciarpone blu le copre la bocca carnosa. Sente il suo profumo. È rilassata e serena, complice, rassicurante e di una bellezza francamente notevole, e lui si sente addosso tutta quella gamma di sensazioni che, con inesorabile precisione, colpiscono i maschi adulti quando sono innamorati.

Ma questo è uno stato di grazia dentro cui Paraldi non vuole stare.

Anni fa, nel suk di Hammamet, dove il giornale l'aveva spedito a seguire l'agonia di Bettino Craxi, un vecchio venditore di oppio gli disse, con un francese stentato, che per trovare un po' di gioia occorre collezionare prima grandi disastri. È una profezia in cui Paraldi si sente incastrato e che gli impedisce di accogliere le cose belle della vita.

Chicca, che ormai lo conosce bene: «Pensieroso, eh?»

«Siamo arrivati: il negozio è quello. Adesso, non ci resta che aspettare la ragazza.»

Inizia l'attesa. Chicca gli dice che a Capodanno ci sarebbe un festone organizzato a Bali da una sua coppia di amici.

Lui non sembra troppo affascinato dall'idea: «Ho sempre pensato che solo gli stronzi vanno a Bali per Capodanno.»

Lei gli dà un colpetto sulla nuca: «Okay... Allora troverò uno stronzo che mi accompagni al posto tuo.»

«E io» replica lui stringendole il polso, «magari ti spezzo un braccio. Così poi a Bali, con un braccetto ingessato, che cazzo ci vai a fare, eh?»

Marika esce all'improvviso. Le luci del negozio sono ancora accese. Ha uno zuccotto nero, come il piumino. Attraversa con passo deciso viale Marconi, con il telecomando apre una Fiat Cinquecento color panna, sale e parte.

Il Defender, dietro.

Lentamente.

Districandosi dentro ingorghi folli.

La Cinquecento percorre quello che i romani chiamano Ponte di Ferro, arriva in via Marco Polo, imbocca via Cilicia e prende la tangenziale. Mezz'ora di coda, poi esce su via Nomentana. Dopo duecento metri, al semaforo, gira in via di Pietralata.

Chicca abbassa la radio. «Non mi dire che...»

«Già. Va da Dobermann. A me ha detto che non lo sentiva da parecchio tempo. Vediamo...»

La Cinquecento accosta davanti alla palestra Fight City.

Paraldi rallenta e si ferma a una distanza di circa cento metri. Da lontano non è un'aquila: «Riesci a vedere cosa fa?»

«Mi sembra stia telefonando» risponde Chicca.

Dopo un minuto, Marika scende dall'auto. Le quattro frecce della Cinquecento lampeggiano, lei ha come un'incertezza dopo un paio di scalini, poi spinge la porta del Fight City, e se la chiude alle spalle.

Paraldi: «Aspettami qua. Vado a vedere se la palestra ha qualche finestra sul retro.»

Torna poco dopo, rabbrividendo.

«Mai sentito tanto freddo a Roma, mai. Però, niente: ci sono quattro finestroni, ma hanno i vetri smerigliati. Non abbiamo scelta: dobbiamo aspettare e vedere cosa succede.»

Devono aspettare poco.

Il primo a uscire è Dobermann, in tuta. Poi ecco Marika, che con un gesto premuroso gli alza il cappuccio della felpa sulla testa rasata.

Lei fa per risalire gli scalini.
Lui l'afferra per un braccio.
Lei allora si volta e lo abbraccia e lo bacia.
Il bacio diventa una vera pomiciata.
Il commento di Paraldi è: «Porca zozza.»
Chicca: «Bella troietta, eh.»
«Oh, principessa...»
«Paraldi... Quanno ce vo', ce vo'.»

41

«Tutto quell'aglio... Ma sei sicuro?» chiede Chicca.

Paraldi è chino sul tagliere di legno della cucina e sta affettando il terzo spicchio con la perizia di un chirurgo. «Il segreto» risponde con il tono di uno che sta per rivelare il terzo segreto di Fatima, «sarà toglierlo quando vedremo che è appena dorato. Non un secondo prima, non mezzo secondo dopo.»

«Sarà.»

«A Chi'... E comunque: se abbiamo deciso di farci due spaghi all'aglio, olio e peperoncino, l'aglio è inevitabile, direi.»

Dopo l'aglio, taglia a listarelle un peperoncino e poi mette a soffriggere tutto in una padella, dove ha già versato olio in abbondanza.

Mentre si lava le mani, domanda a Chicca cosa voglia bere.

«Bollicine?» fa lei.

L'acqua è pronta, Paraldi cala due etti e mezzo di spaghettoni Cavalieri: chiedono circa sedici minuti di cottura, li toglierà un minuto prima, per poi poterli mantecare. Intanto prende dal frigorifero una bottiglia di champagne Ruinart e l'apre, controllando con la mano l'esplosione del tappo. Poi taglia un po' di Pata Negra, uno squisito Don Agustin che si è regalato un paio di settimane fa.

«A cosa brindiamo?» chiede lui, un filo imprudente, alzando il calice.

«All'amore» risponde lei, allusiva. «Ci può essere qualcosa di più grande dell'amore?»

«Sì, la sua perdita.»

«No, guarda, sei pessimo...» replica lei, facendo gli occhioni tristi. «Brancaleoneee! Vieni qui, dai... Vieni tu a brindare con Chicca.»

Paraldi sorride. «Non hai capito. Volevo dire...»

«Lascia stare» lo zittisce lei mentre addenta, con una sensualità assassina, una fetta di prosciutto. «Dimmi invece cosa pensi di fare, dopo aver visto Dobermann baciare la fidanzata di Max.»

«Non lo so. Ammetto di essere spiazzato. L'ideale sarebbe parlare con entrambi, e farsi spiegare che gioco stanno facendo. Un carabiniere potrebbe convocarli al comando e torchiarli per bene. Un cronista, invece, deve farsi sempre venire un'idea alternativa.»

«Paraldi...»

«Sì?»

«Ma perché non ti fai riassumere dal tuo giornale, eh? Certe volte penso che tu sia rimasto lì, con il corpo e con la mente.»

A questo punto, la seduta di psicoanalisi è interrotta dal sibilo del timer.

Paraldi prende gli spaghettoni con il mestolo e, delicatamente, ancora grondanti, li depone nella padella. Poi alza il fuoco. E inizia a mantecarli. «Chicca, senti: una cosa importante. Io, concettualmente, sono contrario al prezzemolo... ma favorevole a una spolverata di pecorino. Tu come ti poni davanti a questo bivio filosofico?»

«Dico che ho fame. Sbrigati.»

Paraldi impiatta, gratta un po' di pecorino, riempie di nuovo i due calici, si siede. Mangiano sul tavolo di marmo.

«Devo regalarti qualche tovaglietta, Paraldi. Sembra di cenare in un obitorio.»

«Stai dicendo che questa casa avrebbe bisogno di un tocco femminile?»

«Santo cielo, sei ossessionato... Cottura perfetta, comunque.»

«E il sapore? No, dico: il sapore?» chiede lui con ironia. «Aggiungo che le bollicine, su uno spago così, secondo me, sono assolutamente obbligatorie.»

«Torniamo alla ragazza. Dicevi che dovresti farti venire un'idea alternativa...»

«Be', sì. Però, forse, una mezza idea mi sarebbe pure già venuta.»

«Tipo?»

42

Telefono fisso, luce rossa intermittente.

L'alto ufficiale dell'Arma è immerso nella lettura di un rapporto sul gioco d'azzardo clandestino gestito dai cinesi a piazza Vittorio. Legge e sgranocchia un pezzo di torrone al cioccolato. Risponde stancamente: «Sì, che c'è?»

«Comandante, via Venti Settembre in linea» annuncia il carabiniere del centralino.

«Chi di preciso?»

«Lui, in persona.»

«Porc... Okay, passamelo» risponde l'ufficiale, posando sulla scrivania il pezzo di torrone e leccandosi il pollice e l'indice della mano sinistra.

Cinque secondi dopo.

«Buon pomeriggio, comandante Spingardi.»

«Comandi, eccellenza!» L'ufficiale utilizza il classico tono squillante.

«Lasci stare l'eccellenza: qui fatichiamo tutti a essere appena decenti... Piuttosto, come sta?»

«Bene, grazie. E lei?»

«Solite rotture di coglioni. La chiamo proprio per una di queste. Cosa mi dice del capitano Ginestra?»

«Ottimo elemento. Un passato nel reggimento Tuscania, nipote del generale Sestino Magnani...»

«Prosegua.»

«Un ufficiale giovane, ma già animato dai più antichi valori dell'Arma, un appassionato, un entusiasta che...»

«Ecco, si fermi: è l'entusiasmo che, certe volte, va non dico frenato, ma un po' limato. So che sul soggetto in questione qualcosina dovrebbe averle già accennato il mio capo di gabinetto...»

«Sì, certo, eccellenza. E io infatti le garantisco che, prontamente, ho segnalato al capitano la necessità di...»

«Ma quello, comandante, è un entusiasta. Me l'ha detto lei, no? Vede, io penso che con certe tipologie umane, talvolta, occorra essere un filo più categorici...»

Segue silenzio pesantissimo.

«Ricevuto, eccellenza.»

«Buon Natale, comandante.»

«A lei e alla sua bella famiglia», e mentre risponde così, al colonnello di botto viene in mente il pettegolezzo che a Roma rotola dentro i palazzi che contano: il ministro della Difesa Diego Sassoforte, sposato e con tre figli, tutta una carriera costruita su un'immagine di politico integerrimo, ruvido, cattolico e fieramente destrorso, ha una relazione con il suo giovane capo ufficio stampa, Filippo Amabile, detto Fifì, assiduo frequentatore delle scatenate feste organizzate da Muccassassina.

43

«Buongiorno. Vorrei vedere un iPhone 15 Pro... Verde militare, se c'è.» Signora in tiro, una biondona sui cinquanta, l'aria di avere una certa fretta.

«Sono rimasti solo neri.» Marika risponde senza alzare la testa, sta finendo di confezionare un pacchetto.

«Io invece vorrei solo chiederle se, gentilmente, mi aiuta a collegare questo iPad alle cuffie AirPods che mio marito ha comprato qui due giorni fa...» Dalla coda, la voce di un'altra donna, bassina, età incerta, con un cappotto marrone e un colbacco di visone.

Marika, alzando gli occhi al cielo: «Signo', ma ha visto che inferno? Mo' io me dovrei mette'... E andiamo, su. Gentilmente, ripassi dopo le feste, che le cuffie gliele collego co' tutto.»

Altre voci sparse: «Può consigliarmi un telefonino Samsung non troppo costoso per un ragazzo?», «Un carica batteria per cellulari Apple, grazie», «Guardi un po' questo iPhone: da ieri non ha quasi mai campo».

«Ciao, vedo che sei nei casini... Però devo proprio pregarti di una cortesia: mi hanno chiesto di comprare un adattatore multiporta per un MacBook Air, ma io sono completamente digiuna. Giuro che non so nemmeno riconoscerlo: puoi venire ad aiutarmi allo scaffale?» Chicca sfodera il suo sorriso così pieno di complicità ed eleganza, stordente tra tante facce grigie, arroganti, nervose, incazzate con il Natale, i parenti e i pastorelli del presepe.

Marika decide che, per questa tipa di buone maniere con il parka verde e lo zuccotto blu, un po' esotica per il target della zona, tutta clientela popolare o piccolo borghese, può uscire dal bancone quadrato.

Molla la gente in fila e passa accanto a Chicca: «Vie' co' me.»

Gli altri s'infuriano, borbottano imprecazioni, guardano l'orologio, scuotono la testa. Paraldi fa un passo di lato, gira intorno al bancone e getta lo sguardo sulla zona desk. E vede: una bottiglietta d'acqua naturale, un mazzo di chiavi, una sigaretta elettronica, una scatoletta di Daygum e un telefonino.

Sa, per esperienza, che se sei rapido e disinvolto diventi trasparente: puoi salire su un autobus al capolinea, metterti al volante e portartelo via.

Così, con un gesto velocissimo, allunga la mano e afferra il telefonino di Marika, lo infila nella tasca del Filson e si allontana, con passo normale, tra gli scaffali del negozio.

Marika ha trovato l'adattatore multiporta e torna al desk. Batte la bolla di accompagnamento della merce e dice a Chicca che la cassa è al piano terra, sulla sinistra, prima dell'uscita.

Chicca fa dieci minuti di coda per pagare, poi esce su viale Marconi, percorre cento metri e svolta dentro la prima traversa a destra, un budello stretto e buio, senza illuminazione, pieno di pozzanghere.

Paraldi è già a bordo del Defender, parcheggiato sul marciapiede.

«Preso?» chiede lei.

Lui non le risponde, limitandosi a sollevare il trofeo.

«Ha il codice di blocco?»

Paraldi annuisce cupo. E aggiunge: «Come temevo, bisogna portarlo da BlackBerry. L'ho chiamato. Ci aspetta.»

BlackBerry è il soprannome del miglior hacker di Roma. Lavora per chiunque riesca a sostenere le sue tariffe: servizi segreti, avvocati matrimonialisti, faccendieri, giornalisti. Ha trasformato la sala hobby della sua villetta alle spalle dell'ippodromo delle Capannelle in un ufficio coperto che compete con quelli della Cia.

Nell'ufficio c'è un intenso profumo di Amuchina, che fa molto corsia d'ospedale. «Prego, entrate» dice sussiegoso l'hacker.

Ha un viso liscio come una porcellana di Capodimonte e potrebbe avere trent'anni come cinquanta, con disinvoltura in testa porta un cespuglio di capelli tipo Ivano dei Cugini di Campagna. Anzi: somiglia proprio a Ivano, pensa Chicca. Anche se questo indossa jeans e All Star bianche, invece che la classica tuta argentata con gli zatteroni.

«Paraldi, che ti serve di preciso?» chiede adesso BlackBerry, seduto dietro una scrivania, mezzo nascosto da tre schermi di computer, più una misteriosa pila di scatole piene di pulsanti.

«Quello che ti accennavo prima: devi sbloccarmi questo cellulare facendo in modo di non danneggiare la memoria degli sms, dei WhatsApp e delle mail, ammesso che ci sia una qualche applicazione per il servizio di posta elettronica» risponde Paraldi, rimasto in piedi mentre Chicca è scivolata su una poltrona di velluto rosso.

«Non c'è problema. Prima, però, devo finire un paio di lavoretti. Va bene se te lo vieni a prendere domattina?»

«È perfetto. Quanto mi costi?»

«Niente. Per me è una cavolata. E poi io so essere riconoscente.»

Escono, risalgono sul Defender. Chicca gli chiede a cosa sia dovuta la riconoscenza dell'hacker.

«Una storia di qualche anno fa. Il Muto aveva bisogno di qualcuno che entrasse dentro i due cellulari, quello ufficiale e quello privato, del ministro degli Esteri che c'era all'epoca, ma ovviamente per questioni di opportunità non poteva certo rivolgersi ai suoi tecnici, quelli dell'Aisi. Mi chiese se conoscessi "un privato", diciamo così... BlackBerry faceva già qualche lavoretto per quelli della Giudiziaria del mio giornale, mi sembrava la persona giusta, così glielo presentai. Da allora, il Muto è diventato suo cliente fisso. E con i servizi, come immagini, si guadagnano un mucchio di soldi.»

«Ma dai! Quindi quell'elegantone solitario del Muto è dei...» Chicca gira la testa con una smorfia piena di stupore.

«Dimentica quello che ti ho detto.»

«Allora sono vere le cose che si leggono: e cioè che i servizi fanno il doppio e il triplo gioco, e che tutti lavorano contro tutti e per conto di tutti.»

Paraldi, categorico: «Forse non mi sono spiegato: devi dimenticare quello che ti ho detto.»

44

Paraldi, il lunedì mattina, precipita nello stesso umore di quando frequentava la prima media: sente di avere davanti cinque nuovi giorni del cazzo. Non di studio, certo, ma pur sempre di fatica. *La vita è fatica.*

Per lo stesso meccanismo, il sabato continua a sembrargli un giorno positivo. Ovviamente non è che esca prima da scuola, e alle 13.00, tra l'altro, su Rai 1 non danno nemmeno più il programma *Oggi le comiche*, con Charlie Chaplin, Buster Keaton e gli adorati Stanlio e Ollio. Ma il riflesso condizionato della sua psiche è lo stesso di quella stagione in bianco e nero. E pensa: ho davanti due fichissimi giorni di libertà assoluta.

Rimugina tutto questo mentre, nella cabina armadio, riempie un bustone con alcuni maglioni e due sciarpe scozzesi, comprate da Harrods, a Londra, sul finire degli anni Ottanta. Poi va al computer, completa un ordine di prosecco e di Campari, chiede a Fernando di mettere a mollo i ceci e di portare fuori Brancaleone, entra in dispensa, prende una bottiglia di ciliegiolo dell'azienda Capoccia, la infila nel bustone ed esce.

Cielo smaltato color ferro, vento polare, pochi raggelati passanti su via Giulia, dove ha parcheggiato il Defender.

Dieci minuti dopo è in via Crescenzio.

Scorge De Gregori con la chitarra a tracolla e il cappottone sotto il solito albero, nel solito quadrato di marciapiede. Sperava di trovarlo lì, al suo posto, anche se è lunedì, le scuole sono chiuse per le vacanze e sua figlia potrebbe entrare o uscire a qualsiasi ora.

«Ciao, Paraldi.»

L'oste nota che anche il barbone lo chiama per cognome. «Come stai, cantautore?»

«Un po' di mal di testa, ma è colpa del freddo, la notte scorsa ha picchiato davvero duro.»

«Sei riuscito a vedere tua figlia?»

«No. Sono qui dalle dieci di questa mattina, però niente, zero. Non vorrei che la bella famigliola fosse partita. So che quel mascalzone del signor Ottaviani ha una villa a Sabaudia, una di quelle ville pazzesche che affacciano sulla spiaggia. Di solito, a Natale e a Pasqua, si trasferiscono lì: insomma, rischio di rivedere Ginevra dopo Capodanno, porcaccia miseria.»

«Ecco qui, amico mio...» Paraldi, cercando di non avere modi caritatevoli, gli allunga il bustone. «Ho pensato di portarti qualche maglione, ci sono anche un paio di sciarponi... È tutta roba che credo possa esserti utile, con questo tempaccio.»

«Grazie. Hai un animo gentile, Paraldi. Quasi non sembra che tu abbia un passato da giornalista.» De Gregori appoggia la chitarra al tronco dell'albero e sbircia con curiosità dentro il bustone.

Paraldi finge di non aver sentito, si accende il mozzicone di sigaro. «È per caso ricapitata qui quell'auto blu di cui ti parlavo l'altro giorno?»

«No.»

«Senti, se la rivedi e poi magari ti affacci ad avvertirmi in vineria, mi fai un piacere... Anzi, no, guarda: vieni comunque quando vuoi a bere un bicchiere. Dentro la busta, comunque, c'è già una bottiglia di rosso niente male...»

«Grazie, sei proprio forte... Cosa vuoi che ti canti?»

«Fammi *Generale*, dai.»

Mentre De Gregori inizia a suonare e a cantare, Paraldi nota che la gente passa e osserva il barbone in un intruglio di brutti sentimenti. Nello sguardo di alcuni c'è autentico fastidio. Il Natale imminente non addolcisce gli animi dei romani. Che sono sempre stati cinici, ma anche aperti, accoglienti, generosi. La mutazione antropologica è stata lenta e inesorabile. Sono diventati un popolo chiuso, sospettoso, avaro, gonfio di rancore.

Nella custodia della chitarra, aperta sul marciapiede, ci sono poche decine di centesimi. Paraldi se ne accorge, cala un biglietto da dieci euro e, mentre lo mette giù, spera di non risultare offensivo nei confronti di De Gregori.

Un dubbio che però gli vola subito via: il barbone lo ringrazia con un sorriso, mentre il cellulare inizia a vibrargli nella tasca posteriore dei vecchissimi Levi's 501. Guarda il display: Nazareno Balani.

E porca zozza, però. Che cazzo gli racconto, adesso, a questo povero disgraziato?

Risponde, lo sente singhiozzare.

«Oh, Nazareno...»

«Scusa, Para'... è che certe volte la testa mi esplode, mi sembra di impazzire. I carabinieri, poi...», ma non finisce la frase perché ricomincia a piangere come un bambino, anzi peggio di un bambino, perché adesso emette una specie di ululato, un mugugno lungo e acuto, animalesco, che a Paraldi mette i brividi.

«Calmati, vecchio mio. Sto qui. Spiegami bene cosa ti hanno detto i carabinieri.»

«Be'» comincia a raccontare Balani con voce tremante, dopo essersi soffiato il naso, «gli ho telefonato per sapere se avessero qualche novità su Max. Ma quello, il maresciallo, prima di tutto mi dice un po' scocciato che li chiamo in continuazione, e poi mi ripete che, in caso di novità, sarebbero ovviamente loro ad avvertirmi. “Vabbè” rispondo io, “forse potreste anche cercare di capire lo stato d’animo di un padre, no?” Il maresciallo allora mi chiede scusa, e poi però aggiunge, piuttosto allusivo, che ogni anno, in Italia, ci sono quasi venticinquemila denunce di persone scomparse. E che di queste solo la metà viene ritrovata... Tu lo capisci, no? M’avesse dato un mattone sulla capoccia, mannaggia a me, m’avrebbe fatto meno male.»

«Hai ragione, è stato indelicato. Tu, però, devi capire che per un certo genere di indagini serve un po’ di tempo e...» Paraldi cerca di essere rassicurante, misura le parole, ma Balani lo interrompe.

«Sì, ma la tua di indagine? Come procede?»

«Nazareno, io non sono un carabiniere del reparto operativo. Ma un oste con un passato da cronista. Non devi riporre troppe aspettative su di me. Io cerco di darti una mano, una speranza in più. Però sono i carabinieri quelli che devono riportarti Max. E io, al posto tuo, sarei fiducioso, continuerei a tenere viva la fiammella della speranza» dice Paraldi sentendosi subito pessimo ad aver usato la formula retorica della fiammella. La fiammella non si usa mai, pensa: ma come ti è venuta, porca zozza.

«Farò come dici: del resto, la speranza è l’unica cosa a cui posso aggrapparmi» sospira il vecchio tipografo. «Tra l’altro, ti dico questa e poi ti lascio, la settimana scorsa ho pure chiamato Marika, la fidanzata di Max... Però quella... boh... m’è sembrata freddissima... Non lo so... Ti è sparito il fidanzato e tu... Vabbè, dai: se hai notizie, fammi sapere. Sono nelle tue mani, Para’.»

Paraldi lo saluta a mezza bocca, il pensiero che lo travolge è chiuso in un fotogramma: dentro c’è Marika che bacia Dobermann.

Infila il cellulare in tasca. Con un cenno della testa saluta De Gregori che ha iniziato, un po’ profeticamente, a cantare *Niente da capire*, e si avvia verso il Defender.

Sale, mette in moto, guarda l'orologio: è arrivata l'ora di andare da BlackBerry a riprendere il telefonino della ragazza.

Chicca entra in vineria e va al bancone. «Bamba, hai preparato qualche frittata delle tue?»

«Sì, signorina... Con patate e cipolle... buona buona...» risponde lui, riempiendo un ciotolino di mandorle tostate.

«Allora ne prendo una fetta. Aggiungici della focaccia e un po' di quelle mandorle.»

«Vino?»

«Buona idea, oggi ci vuole proprio: vada per un bicchiere di rosso, sceglilo tu e portami tutto fuori.» Poi Chicca attraversa il locale pieno di clienti, saluta da lontano le sorelle Bruschini, l'Avvocato si alza sfoderando un sorriso d'altri tempi completo di inchino, lei gli manda un bacio con la mano, esce in giardino e si siede accanto a Paraldi, sotto il fungo acceso. «Hai già letto?»

«No, aspettavo te.»

«Certo che quel BlackBerry è un vero mago.»

«Un genio» risponde Paraldi. «Da cosa cominciamo: sms o WhatsApp?»

«Oggi chiunque sia sotto i quarant'anni usa solo WhatsApp.»

Paraldi sbuffa, mette su una faccia mortificata da incompreso, posa il cellulare sul tavolino e apre l'applicazione.

Scorre con il dito indice.

Il terzo messaggio della chat è per «Dobby». La foto del profilo non lascia dubbi che si tratti di Dobermann.

Iniziano a leggere.

E restano in silenzio, assorti.

Finché Chicca si porta le mani tra i capelli ed esclama: «Oh, Dio mio...»

45

Lello Colombo, senza saperlo, somiglia a un *Naucrates ductor*, conosciuto comunemente come «pesce pilota», un pesce d'acqua salata che vive seguendo gli squali: ogni «pesce pilota» segue il suo. Il rapporto tra i due viene descritto come simbiotico: è infatti estremamente raro che un «pesce pilota» diventi cibo per squali. È invece frequente notarlo mentre nuota nella bocca del predatore per nutrirsi dei residui di cibo rimasti tra i suoi denti.

Lello Colombo – diploma da ragioniere e intelligenza rapace, ma un bel po' di vita portata male addosso, con la forfora sulla giacca, i piedi piatti, la cravatta sempre allentata, da bambino a Pomigliano d'Arco lo chiamavano 'O munnezzaro – fa questo: vive sperando che Pino Pignataro gli lasci qualche briciola dei suoi sporchi affari.

Ormai da tre anni è perciò costretto a interpretare il ruolo del portavoce in modo piuttosto elastico: deve parlare con i giornalisti in Transatlantico e con gli autori dei talk televisivi che invitano il suo onorevole, ma poi, se occorre, deve anche sapersi tramutare in contabile, cassiere e addetto alla riscossione crediti.

Pignataro, oggi, gli ha dato appuntamento al bar della Rinascente di via del Tritone, ultimo piano, vista sui tetti del Collegio Nazareno, la sede del Pd.

Al telefono è stato circospetto: «Ci vediamo, alle quattordici, al solito posto.» L'ufficio segreto. La voce era tesa. Lo conosce troppo bene, c'è qualche altro casino in corso.

Non sbagliava.

Pignataro arriva con il suo cappottino di cachemire blu e la faccia di un puma a cui hanno appena applicato due mollette di ferro sui testicoli.

Si siede, chiede un caffè al cameriere. Poi, a bassa voce, attacca: «Questa mattina ho controllato il conto corrente della fondazione: i nostri amichetti della Golden Yellow hanno accreditato solo diecimila euro, un trentesimo di quanto ci avevano promesso. Lello caro, secondo te perché? Mi sono perso qualche passaggio? Sei tu, la settimana scorsa, ad aver preso gli ultimi accordi e...»

«Pino, quelli la donazione hanno deciso di farla, ma non sono fessi: la tua parola non gli basta più. L'hanno detto a te. E l'hanno ripetuto pure a me. Vogliono i fatti. D'altra parte, erano stati chiari: il primo segnale speravano che gli arrivasse dal "milleproroghe", tu ti eri impegnato a infilarci quell'emendamento che gli stava tanto a cuore... Poi, purtroppo, sappiamo com'è finita. Io però suggerirei di dare all'arrivo di quei primi diecimila euro una lettura positiva: perché a me sembra comunque un segnale di fiducia, ecco.»

«Non lo so. È come se mi sfuggisse qualcosa» borbotta aspro Pignataro. «Speriamo sia come dici. Ora, comunque, è chiaro che non devo farla passare liscia a quel coglione di Cassetta. Devo incularmelo per bene. M'aveva assicurato che fosse tutto a posto. E invece sono stati proprio i suoi Popolari democratici a mettersi di traverso sull'emendamento. La verità, però, sai qual è? A Montecitorio, ormai, tutti annusano la sostanziale debolezza di Cannone. Il guaio è che gioca con schemi troppo vecchi. Ci mette dentro sempre un tocco di galateo politico. Non ha capito che oggi, se vuoi esistere, devi girare con il cazzo dritto e sbatterlo in faccia a chiunque.»

«Hai proprio ragione, Pino.»

«E non darmi sempre ragione, porcaccia la tua troia! Piuttosto, si è più fatto sentire quel capitano Ginestra?»

«No. Però...»

«Però che?»

«È da qualche giorno che mi sembra di essere seguito... Non lo so, è come se... Boh, no, niente, lascia stare. Sarà una suggestione.»

«Invece è come dici: siamo pedinati e intercettati. Temo che abbiano piazzato cimici ovunque. Cannone mi ha assicurato di aver telefonato a quel cretino del ministro della Difesa. Il quale ha con lui un vecchio debito...»

«Tipo?»

«Gli salvò il culo ai tempi della commissione d'inchiesta Mitrokhin... Comunque, niente: dovrò tornare alla carica con Cannone, dicendo che quei cagacazzi dei caramba continuano a starci sul collo. Anche se ho il fortissimo timore che Cannone, ormai, non sia più in grado nemmeno di incassare una cambiale» dice Pignataro buttando un'occhiata al Patek Philippe. «Vabbè, Lello, io vado. Oggi pomeriggio ho un programmino un po' speciale.»

«Tipo?»

«Una certa Flaminia. Sedici anni. Ma ne dimostra venti. Abita ai Parioli con i genitori, sembra che il padre sia un ambasciatore. Chiede mille euro per due ore. Che poi spende in borse di Gucci e stronzate varie. Mi ha detto un amico che dopo averla incontrata ti convinci che il Paradiso esiste e non è un'invenzione dei preti.»

«La porti in via Crescenzio?»

«No. Via Crescenzio, per un po', me la devo dimenticare. La porto sull'Aurelia. C'è un albergo a ore dove non fanno troppe storie con i documenti.»

«Hai tutto? Ti serve qualcosa?» chiede il portavoce allusivo.

«Ho incontrato Biancaneve l'altro giorno» risponde Pignataro. «Ci siamo dovuti chiudere nel bagno di un bar come due froci, che il Padreterno stramaledica ogni fottuto carabiniere.»

46

Marika: «Pigna che dice?»
Dobby: «Ha fatto pippa.»
M: «Ha accettato?»
D: «Per forza. Max fatto vedere film. Pigna tremava, la merdaccia.»
M: «Te credo. La moglie lo sfonda.»
D: «Un film porno. Se esce a Montecitorio è morto. Tuo fidanzato vera mandrakata.»
M: «Fidanzato per poco. Però una cosa giusta l'ha fatta. Quindi, mezzo testone?»
D: «Yes.»
M: «Cash?»
D: «Yes.»
M: «Stasera esco dal negozio alle sette. Passi?»
D: «Allenamento. Chiamami, racconto meglio.»
M: «Ok. Love you.»
D: «Io pure.»

Paraldi sta copiando sulla Moleskine il contenuto della chat tra Dobermann e Marika, la fidanzata di Max. È partito dallo scambio di messaggi avvenuto il 4 novembre.

Chicca mangia in silenzio, pensierosa. Poi richiama l'attenzione di Antonia, dietro la vetrata, all'interno della vineria: le indica il bicchiere vuoto. «È una storia pazzesca» dice, scuotendo la testa.

«“Pazzesca” è il termine esatto» risponde Paraldi, continuando a scrivere.

Dobby: «Amo', ma è sicuro?»
Marika: «Eh sì.»
D: «Fatto test due volte.»
M: «Ok, dajeee! Non posso parla'... Te chiamo appena finisco. So' troppo felice.»
D: «Sì, ma c'ho ansia per Max.»
M: «Non è problema. Famo i conti e poi diciamo tutto... Dajeee!»

Antonia arriva con una bottiglia di Valpolicella Allegrini e riempie il bicchiere di Chicca. Che dice a Paraldi: «Scusa, ma non riesco a mettere a fuoco la situazione. Allora: Dobermann e Marika avevano una storia all'insaputa di Max. Poi si sono...»

Lui è assorto, come se non la sentisse.

«Oh, sto parlando con te!»

«Parliamo appena finisco» risponde l'oste, lo sguardo puntato sul display del cellulare. «Se mi distraggo, perdo il filo della storia.»

«Scusa, ma non fai prima a fotografare tutto?»

«Preferisco prendere appunti, le cose mi restano impresse meglio. Non guardarmi così. Lo so: sono antico.»

«Antico? Giurassico!»

Marika: «Proprio un coglione, ve'?»
Dobby: «Faccia da buono, animo da testa de cazzo. Stasera ce parlo bene. O capisce, o lo stendo.»
M: «Ma te pare? Dovevate stecca' a metà, no? Era stato deciso così.»
D: «Ora vuole 75%. Dice che l'idea del ricatto è stata sua.

Con Pigna ce lavora lui... Conosceva lo scortico de via Crescenzio... Dovevi sentirlo. Faceva pure er coatto.»
M: «Dagliela 'na pizza.»
D: «Mortacci tua... Ahó! Guarda che sei ancora la fidanzata...»
M: «Nun fa' lo stronzo... So' la madre di tua figlia.»
D: «Aspe'... come "figlia"? Ma che hai fatto l'amanocentesi?»
M: «Macché... Quella se fa dal quarto, quinto mese. Amo', è che io me sento che è femmina.»
D: «Ahó, io voglio er maschio. Ce devo anda' a vede' la Lazio insieme...»

Paraldi chiude la Moleskine, si accende il sigaro, sorseggia un po' di gin Hendrick's liscio.

Si rivolge a Chicca parlando lentamente: «Cercando di mettere in fila tutte le informazioni che abbiamo, un pezzo della storia potrebbe essere, più o meno, questo: Marika e Dobermann hanno una tresca, Max è un bonaccione, e non si accorge di niente. Però è a lui che viene l'idea di ricattare Pignataro. Conosce, ovviamente, la sua amante, Lory Gentilezza. E sa che l'onorevole la porta nell'appartamento di via Crescenzio. Che, a questo punto, possiamo immaginare sia una vera e propria garçonnière. Dove, probabilmente, accoglie anche altre donne...»

«Poi Marika scopre di essere rimasta incinta.»

«Esatto» prosegue Paraldi. «La faccenda non mi sembra desti particolare stupore nella coppia, segno che: o un figlio lo stavano cercando, o comunque non usavano troppe precauzioni. Comunque, decidono che a Max racconteranno tutto insieme: della loro relazione e anche della maternità.»

«Quindi c'è da immaginare che la loro relazione andasse avanti da tempo: ma perché tenerla segreta? perché Marika non ha lasciato Max?» s'interroga Chicca.

«Non lo so. Ma è sempre difficile capire gli amori degli altri.»

«Sì, infatti, Paraldi: non dirlo a me... Piuttosto, spiegami bene i termini del ricatto» chiede Chicca infilandosi i guanti di lana, che Brancaleone inizia subito a leccare.

«Parlano di film porno» risponde Paraldi, mezzo nascosto da una nuvoletta di fumo. «Quindi è presumibile abbiano filmato l'onorevole in piena scopata.»

«Già: ma come?»

Paraldi ha un guizzo nello sguardo. «Eh, questo poi te lo dico, ci pensavo mentre copiavo i messaggi. Devo prima verificare una cosa...»

«Cosa?»

«Tra poco, se vuoi, mi accompagni dal vecchio Balani: roba di cinque minuti e poi, molto probabilmente, potrò spiegarti tutto. Comunque, ricapitolando: Max, che dev'essere un po' tontolone con le donne, ma piuttosto spregiudicato negli affari loschi, mostra a Pignataro il filmino delle sue scopate e, con una bella faccia tosta, gli chiede cinquecentomila euro.»

«Come fai a dire che si trattasse proprio di quella cifra?»

«Nella chat scrivono mezzo "testone": e un "testone", in romanesco, equivale a un milione di euro» spiega Paraldi. «O Pignataro paga, o loro diffondono le immagini. Pignataro, ovviamente, accetta. E sgancia il denaro. Solo che, a questo punto, davanti a un simile bottino, Max si lascia prendere dall'ingordigia: e ne rivendica il settantacinque per cento invece del cinquanta pattuito.»

«E a quel punto?»

«S'intuisce un litigio violento tra Dobermann e Max. Ma l'esito resta vago. Senti qui che scrive Dobermann... Aspetta che trovo il punto esatto.» Paraldi, adesso, sfoglia freneticamente le pagine piene di appunti della sua Moleskine.

«Rientriamo, ho freddo» suggerisce Chicca.

«Aspetta, ascolta: ecco qui i messaggi di Dobermann...»

Marika: «Però io nun ce posso pensa'. Poraccio.»
Dobby: «Se faceva il bravo, non succedeva niente.»
M: «E mo' Pigna?»
D: «Pigna ha pagato, s'è preso il filmato, è fuori. Non sono più cazzi suoi.»
M: «Diciamo che la creatura mo' c'ha 'na bella dote.»
D: «Devo solo capi' se dentro al Porsche ce posso mette' il seggiolino.»
M: «Guarda, te l'ho detto: a me er Porsche giallo che c'hai in testa nun me piace manco un po', capito?»

Chicca rabbrividisce, a braccia incrociate. «Hai ragione: il tono dei messaggi lascia supporre che la discussione tra Dobermann e Max abbia avuto un epilogo tragico. Ma a Max non fanno proprio mai nemmeno mezza allusione in nessun'altra conversazione?»

«No, niente. Anzi, ti dico: di colpo, subito dopo essere stati ascoltati dai carabinieri sulla scomparsa di Max, prima Marika, nel ruolo di fidanzata, e poi Dobermann, come suo miglior amico, iniziano a scambiarsi dei WhatsApp criptici, solo per darsi appuntamento. Al massimo lei gli dice come si sente, se ha vomitato...»

Chicca: «La domanda, a questo punto, è una sola: giusto?»

Paraldi: «È la stessa che mi farà il padre, tra poco.»

47

«Abbiamo un problema, ragazzi.» La faccia del capitano Ginestra è nera come il maglione che indossa.

Il maresciallo Carrera, sarcastico: «Un problema solo?»

Coppola e Cecinelli, muti. Coppola capisce che la faccenda dev'essere seria e, con una mossa veloce del cursore sul computer, chiude la pagina di XHamster.

«Questa mattina mi ha telefonato il colonnello Celentano» prosegue il capitano. «Vuole che ci buttiamo sulla storia dei nazistelli... Quelli che bruciano i barboni. Finora sta indagando, come saprete, la Mobile. E a lui piacerebbe dargli in culo, se possibile. Mi ha chiesto, ufficialmente, di mollare il caso Pignataro. Tanto, dice, non verremo mai a capo di niente.»

«Lei che idea si è fatto?» domanda il maresciallo.

«Intendiamoci: non sarebbe la prima volta che carabinieri e polizia provano a darsi fastidio. Ma salire in corsa su un caso senza avere uno straccio di indizio... I rilievi li hanno fatti tutti loro, i cagnacci della Omicidi si saranno pure già ascoltati tutti i barboni di Roma e qualche nazistello sospetto... No, non mi convince l'ordine del comandante. Ha tutta l'aria di essere una scusa per far trascorrere un Natale tranquillo a Pignataro e farlo pippare in santa pace.»

Coppola: «Quindi, adesso, che facciamo?»

Il capitano: «Me lo dovete dire voi.»

«Io sono per continuare a cagare il cazzo a quella merda di onorevole» dice il maresciallo Carrera.

Coppola: «Io pure.»

Cecinelli: «A me non va di buttare nel cesso tutto il lavoro fatto finora. Sabato scorso, prima ho seguito Pignataro e quella zoccola dell'amante fino a Cinecittà, dove la signorina ha sostenuto un provino. Poi mi sono messo dietro a Biancaneve, che ha trascorso l'intera serata seduto sugli scalini di piazza Trilussa, a Trastevere... Dove, tra l'altro, ho capito che l'unico a non fare uso di stupefacenti ero io.»

Il capitano: «Va bene. Continuiamo. Chiaro che però qualche straccio di pista sui nazi-barbecue, nei prossimi giorni, dovremo tirarla fuori. Comunque, al colonnello ci penso io. La fantasia non mi manca e dei nazistelli credo gli importi meno di niente. Sta soltanto eseguendo un ordine.»

«Vabbè, allora io andrei: La Macchia mi ha mandato un WhatsApp» dice l'appuntato Coppola, «Pignataro è arrivato al circolo del golf. Voi che ne pensate del golf? Io dico che è uno sport inutile, sono prati sottratti al calcio.»

Annuiscono tutti.

48

Paraldi ha suonato al campanello di casa Balani.

Chicca annusa l'aria del pianerottolo: «C'è puzza di cavolo bollito.»

Nessuno apre.

Paraldi risuona.

Ma niente.

«Scusa» dice Chicca, mimando il gesto di turarsi il naso, «prima non hai parlato con la sorella?»

«Sì, mi ha detto di essere venuta a fare un po' di compagnia al fratello. Ha aggiunto che stava rispondendo lei, al cellulare, perché lui era a letto.»

Adesso: rumore di passi improvviso dietro la porta. Che si apre, lentamente, con un cigolio.

Donna anziana dallo sguardo neutro, capelli bianchi raccolti, occhiali spessi e un corpo molliccio dentro una vestaglia a fiori lunga fino alle caviglie. «Scusate, ero in bagno. Prego, accomodatevi: sono Lucia, la sorella di Nazareno.»

Evita di stringere le mani agli ospiti, un'abitudine rimasta a molti, dopo il Covid, e fa strada verso il soggiorno. «Gradite un bicchierino di liquore?»

«No, grazie» risponde Chicca.

«Nazareno è ancora a letto?» domanda Paraldi, guardandosi intorno.

«Sì, ora vi porto da lui. Ma v'avverto: lo troverete molto

debilitato. È stremato dall'ansia e, purtroppo, anche dall'alcol. Io sono venuta per questo. Negli ultimi giorni era sempre ubriaco. Vivo da sola ad Ariccia, la nostra famiglia è originaria dei Castelli Romani: sono un'insegnante di lettere in pensione, non mi sono mai sposata e Max è il mio unico nipote… Ho pensato che la mia presenza qui potesse essere piuttosto utile… e, in effetti, appena messo piede dentro quest'appartamento ho subito provveduto a chiamare il medico di base: il quale è venuto e… Be', insomma: mio fratello aveva già un bel po' di grossi guai fisici dovuti all'età. Questo dispiacere così intenso certo non gli fa bene, ecco.»

Paraldi la lascia parlare, osservandola attentamente.

Lei coglie quel lampo di curiosità. «Mi scusi se mi permetto queste confidenze, dottor Paraldi, ma Nazareno mi ha parlato tanto di lei, spiegandomi che vi conoscete da una vita e che sta facendo molto per noi, per Max. A proposito: notizie?»

«Non ne ho, signora. E quindi non sono buone notizie» risponde Paraldi a bassa voce, lanciando un'occhiata che spera possa comunicare un messaggio luttuoso.

«Allora volevate solo salutare Nazareno?»

«In realtà no: dovrei chiederle se posso dare uno sguardo nell'armadio di Max. Prima, però, andiamo pure da suo fratello.»

La donna, con una camminata un po' ciondolante, conduce Paraldi e Chicca alla fine del breve corridoio. Delicatamente apre la porta della camera da letto ed entra nella stanza buia. «Nazareno… Nazareno… c'è il tuo amico…»

Paraldi è fermo sulla porta, Chicca un passo dietro.

La donna accende una lampada rosa a forma di conchiglia, sul comodino: una luce fioca illumina il volto smagrito di Balani, tutto storto sotto un piumone scuro e con la schiena appoggiata a una coppia di cuscini. Ha la barba lunga e rughe profonde, occhiaie che sembrano disegnate con una matita nera e i radi capelli arruffati, appiccicati alla fronte. Indossa un pigiama a righe blu. Paraldi nota che le mani tremanti stringono il rosario.

Si sforza di tenere su le palpebre.

Parla a monosillabi.

«Bello... amico mio... vero che me lo riporti... Max... sì... vero... che...» Poi inizia a tossire: è un catarro grasso e denso. Il fiato gli va via. Il respiro, di colpo, diventa affannato.

Paraldi: «Sono passato solo a salutarti, Nazareno. Appena ho qualche novità, ti avverto. Tu, adesso, cerca di non pensare troppo. Riposati», e dicendo questo si ritrae, avverte un senso di nausea, la salivazione azzerata, il sopraggiungere impetuoso d'un crescente senso di sgomento.

La sorella del tipografo spegne la lampada sul comodino, esce e chiude lentamente la porta. Poi apre quella della stanza di fronte.

Il lampadario emana una luce forte e bianca, quasi accecante per chi viene dalla penombra.

Paraldi entra, va diritto all'armadio. Rovista velocemente nel primo cassetto, quindi apre il secondo. Lo sguardo cade su ciò che ricordava di avere già visto.

Si volta tenendo in mano una scatola vuota di microtelecamere. «Ecco, signora: cercavo questa. Posso tenerla?»

La donna annuisce. «Certo. Ha bisogno di altro, dottor Paraldi?»

A questo punto, si sente un botto fortissimo.

Chicca fa, letteralmente, un salto.

Paraldi si gira verso l'angolo buio del corridoio, da dove proveniva il rumore.

Secondo colpo.

E poi anche un terzo.

È come se qualcuno stesse cercando di sfondare una porta chiusa.

Quella porta.

«Signora, ma che succede?» chiede Paraldi alla sorella di Balani.

«È Osvaldo. Scusatemi, avrei dovuto avvertirvi.»

«E chi è Osvaldo?» domanda Chicca, rimanendo attaccata al muro.

«È il mio cane. Prima, appunto, lo stavo chiudendo in bagno.»

«Immagino non sia un barboncino» dice Paraldi.

«No, infatti: è un pitbull. Io, in realtà, cercavo un cane da compagnia. A Osvaldo sono arrivata tramite un'associazione che si occupa di cani abbandonati. Mi hanno detto che sarebbe stata una futura taglia medio-piccola, senza specificare bene che tipo di razza fosse.»

«Cane impegnativo» sospira Chicca.

«Geloso, ragazza mia. Gelosissimo. Spero che il dottor Paraldi non sia così.»

«Lasciamo stare, signora.»

«Oh, che tono... Si ricordi sempre che non esiste l'amore, esistono *le prove* d'amore» ammonisce, con tono saggio, la signora Balani.

«Jean Cocteau, giusto?» ribatte, subito, Chicca.

«Giusto. Le piace la poesia?»

«Direi di andare» taglia corto Paraldi, mentre Osvaldo continua a dare craniate terrificanti sulla porta del bagno.

A metà corridoio, si rivolge alla zia di Max: «Ha un pezzo di carta e una penna, signora?»

L'anziana, senza rispondere, va in cucina e torna, porgendo a Paraldi un blocchetto a righe e un pennarello nero.

Lui ci scrive sopra il suo numero di cellulare. «Nazareno mi sembra molto giù. La prego, mi tenga informato.»

L'anziana risponde dicendo «Che Dio la benedica», ma loro sono già alla porta d'ingresso: Paraldi saluta chinando la testa, Chicca mormora un «Buonasera» di circostanza, e si ritrovano fuori, sul pianerottolo, nel tanfo di cavolo, e poi volano giù per le scale, senza nemmeno prendere l'ascensore.

Arrivati al portone, Paraldi lo spalanca e respira a pieni

polmoni l'aria sporca di nevischio. Mostra a Chicca la scatola vuota: «Ecco qui: l'onorevole Pignataro è stato filmato con delle microtelecamere. Che, molto probabilmente, deve aver comprato Max. Però a montarle scommetto che ha provveduto Dobermann. Essendo elettricista, sapeva dove mettere le mani. Ricorderai che quando andammo ad ascoltarlo in palestra ci raccontò di aver lavorato nella ditta del cognato, prima di diventare istruttore di arti marziali.»

Chicca infila lo zuccotto, rabbrividisce. «Scusa, non mi torna una cosa: ma come sono riusciti a entrare nell'appartamento?»

«Pignataro può aver dimenticato il mazzo di chiavi in macchina, e Max può averlo duplicato. Oppure, banalmente, possono essere entrati come ladri: la porta di via Crescenzio ha una serratura vecchia. Un modello che, per chiunque sappia appena maneggiare uno spadino, si apre in un minuto.»

«Uno... spadino? Cos'è?»

«Un pezzo di metallo piatto, con un gancio alla fine. Nell'ambiente della mala ci sono dei fenomeni che ci aprono tutto: dalle portiere delle macchine alle casseforti.»

Chicca, adesso, si stringe al braccio di Paraldi. «Che ti è successo, quando sei entrato nella stanza del tuo amico tipografo? Sei uscito come se avessi visto un fantasma.»

«Ho rivisto mio padre. La sera prima che morisse.»

49

Pessimo martedì mattina per Marco Paraldi.

Se lo dice da solo: cerca di dominarti.

Si è appena svegliato. Alza il viso verso lo spruzzo e lascia che l'acqua bollente gli punga la pelle fino a fargli male.

Non capisce se è più un massaggio, o una punizione.

Crede di meritare entrambe le cose.

Ma forse più una punizione.

Mentre il getto caldo gli martella le spalle e il collo, sente di avere un mucchio di robaccia nel frullatore dell'animo.

Innanzitutto, c'è la pena per il vecchio Balani. L'ha visto messo davvero male. E questo aumenta il rammarico per non essere riuscito ancora a capire, dopo due settimane di indagini, che fine abbia fatto suo figlio Max. Ma non basta. Perché c'è pure la vocina che gli sale da dentro e gli ripete: lo sai bene, Marcolino caro, che il problema ormai non è nemmeno più ritrovare Max, ma *il corpo* di Max. Infine, la domanda delle domande: se davvero è morto, è stato Dobermann a ucciderlo durante il litigio per la spartizione del denaro ricavato dal ricatto a Pignataro?

Esce dalla doccia, si asciuga, resta con l'accappatoio slacciato. Di solito, passando davanti allo specchio, uno sguardo lo butta sempre. Ha un fisico asciutto e senza tatuaggi, ma sa che deve tenerlo d'occhio: l'alcol è perfido, capace che una mattina ti svegli e ti ritrovi con un paio di maniglie sui fianchi.

Oggi però evita di specchiarsi: non si piacerebbe comunque.

Paraldi è arrabbiato, deluso, disorientato.

Che cazzo devo fare? Quale dovrebbe essere la prossima mossa?

Torna in camera da letto per vestirsi.

Sceglie un pantalone di velluto e un vecchio gilet Alan Paine. Poi, ovvio: le Tobacco, almeno finché non nevicherà sul serio.

Ma forse davvero quasi ci siamo.

Entra in cucina e deve accendere la luce: fuori il cielo è bianco, le nuvole così basse che sembra di poterle toccare. Decide che per rilassarsi può preparare la minestra per la cena. Bombardino gli ha scritto che stavolta ha voglia di rivedersi Juventus-Roma del 10 maggio 1981, la partita del gol annullato a Ramon Turone. Quel gol è una vera ossessione per i tifosi romanisti. Per molti di loro, appena adolescenti, rappresentò la perdita dell'innocenza. Le regole non sono uguali per tutti. Si vince e si perde per un centimetro. Solo che quel centimetro non se lo prende il più bravo, il più forte tecnicamente. Ma il più potente. Per questo non chiedete mai a un romanista cosa gli provochi maggior turbamento calcistico, tra un laziale o uno juventino. È una domanda stupida. In tutte le famiglie romane c'è sempre uno zio o un cugino laziale: ci convivi, ci parli, ti capitano di fronte la domenica a pranzo, e alla fine ne scopri gli aspetti umani più profondi, il senso di solitudine che avvertono, quel loro essere minoranza in una città che vive nella perenne attesa di poter riempiere il Circo Massimo con Antonello Venditti, sabba religioso, di pallone e di popolo.

Con gli juventini è diverso. Non gli è bastato finire in serie B con sentenze schiaccianti, lugubri, definitive. Più sono inseguiti dalle inchieste della giustizia sportiva e non, più si esaltano guardandoti arroganti dritto negli occhi: noi siamo la Juve.

Così, per non dimenticare, i padri romanisti raccontano ai figli e alle figlie di quel gol regolare che fu annullato a Turone. E, ogni volta, avvertono la stessa identica rabbia, lo stesso struggente senso di ingiustizia.

Anche stasera, prevista visione della partita con polemiche feroci. Meglio farle a pancia piena, pensa Paraldi.

Prende una pentola larga e alta, versa un dito di olio d'oliva e ci grattugia dentro due spicchi di aglio. Poi aggiunge un peperoncino secco, un rametto di rosmarino e una fetta di guanciale. Fuoco basso.

Mentre aspetta che l'olio raggiunga la temperatura giusta, squilla il cellulare: è sua sorella Caterina. Ma non le risponde. Sente i neuroni che gli sfrigolano in testa alla ricerca di una soluzione e vuole evitare di distrarli. Non saluta neppure Fernando e Brancaleone che rientrano dalla passeggiata: pensieroso, invece, cala i ceci nella pentola. Li lascia rosolare per qualche minuto. Poi aggiunge due bricchi di acqua tiepida, un po' di sale fino, alza il fuoco, manda in ebollizione. A questo punto, apre un pacco di maltagliati della Cocco e li versa dolcemente. Abbassa la fiamma e inizia a girare con un cucchiaio di legno.

Un gesto lento.

Antico.

Rasserenante.

Ayurvedico.

Dieci minuti dopo, i neuroni rallentano, si fermano, tornano al loro posto.

Sì, okay, va bene: adesso tutto comincia a sembrargli più chiaro.

Accarezza Brancaleone, che ha deciso di scucirgli l'orlo dei pantaloni. Chiede a Fernando di apparecchiare il tavolo del salone per cinque e di mettere in frigo due bottiglie di Dom. Poi toglie dal fornello la pentola fumante con la pasta e ceci e la lascia riposare sul tavolo di marmo. Per l'ora di cena sarà stretta, densa, perfettamente «azzeccata», come diceva sua nonna Rosa, ramo paterno e partenopeo.

Si annoda la sciarpa al collo, infila il Filson e, mentre apre la porta di casa, il pensiero che gli rimbomba dentro è: la verità presuppone che si sia onesti e instancabili nel cercarla. Sono le parole del suo vecchio caporedattore, Walter Paranza, un maestro giusto e cinico, con un occhio di vetro e una passione sfrenata per le prostitute più anziane, che paragonava il buon cronista a Sisifo.

Puoi essere sfinito, amareggiato, deluso, ma torni sempre a riprendere il sasso e a spingerlo verso l'alto. «La tua fatica» gli ripeteva in piedi nello stanzone fumoso della cronaca, «è la tua dignità.» E questo, come sostiene Camus, ci rende felici.

Max: vivo o morto, voglio trovarti.

Quel goloso del brigadiere Cecinelli ha ordinato una cioccolata calda con la panna. Del resto, qualcosa doveva pur ordinare. L'onorevole Pignataro, che pedinava dal mattino, è venuto a sedersi a un tavolino del bar Ciampini: sta sorseggiando un caffè americano e controlla nervosamente il cellulare. Sembra che aspetti qualcuno. Cecinelli con un occhio segue la traiettoria del suo cucchiaino gocciolante, dalla tazza alla bocca, mentre con l'altro controlla il suo uomo.

Al centro di piazza San Lorenzo in Lucina, i negozianti hanno allestito un grande abete con le palle fosforescenti gialle e, in cima, sulla punta, una stella cometa luccicante. Sotto, un angolo di presepe vivente pieno di sfruttamento minorile: cinque bambini di origine rom – travestiti da angioletti – cantano *Tu scendi dalle stelle* accompagnati dalle note di una fisarmonica suonata da un vecchio ceffo con i molari d'oro e un abito gessato, il cravattino rosso e i baffi neri come i capelli lunghi e unti, pettinati all'indietro. Il bassotto a pelo liscio di un'anziana signora avvolta in una mantella di visone, probabilmente disturbato dal casino, cerca di mordere uno dei bambini alla caviglia: ma quello, un moretto che non arriverà a dieci anni, si volta e, con un ghigno perfido, molla un calcio terribile sul muso del cane. Crisi isterica della vecchia ingioiellata, urla, minacce, e così la folla dello shopping ondeggia, sbanda: due grasse turiste americane piene di pacchi perdono l'equilibrio e travolgono un venditore bangladese di caldarroste, che inizia a bestemmiare in un italiano perfetto.

Gianfranco Cannone emerge dalla bolgia, indossando un cappotto doppiopetto blu. Pignataro lo vede e ne attira l'attenzione con un cenno della mano.

Cecinelli registra con lo sguardo: riunione di partito natalizia. Prende il cellulare e, fingendo di controllare il display, scatta qualche foto. Ma non può sentire quello che Cannone e Pignataro si stanno dicendo.

«Guaglio', allora: io, per farti passare un Natale nella grazia di Dio, ho fatto fare un'altra telefonata ai carabinieri» dice Cannone, sorseggiando il tè verde bollente che gli hanno appena servito. «E se un po' conosco la persona che ha telefonato, direi che adesso la vicenda è da ritenersi definitivamente chiusa. Tu, però, mi devi promettere di rigare dritto. Mi sono spiegato?»

Pignataro cerca di non grattarsi il naso, anche se sa di avere le due narici in fiamme. Tossisce, si schiarisce la voce, annuisce, ringrazia mellifluo. «Gianfra', sei come un padre, per me.»

«Guarda che io salvo il tuo culo solo ed esclusivamente per salvare il mio. Tu sei il mio fallimento. Sei un uomo privo di morale e di etica. Non conosci la riconoscenza. Pensi solo ai soldi e alla fica. Anzi, no: pensi pure a una terza cosa bianca che, se non ti dai una calmata, rischia d'essere la tua rovina...»

«Gianfrancone, io però...»

«No, aspetta: fammi finire. Perché voglio dirti che, oltre alle debolezze appena elencate, di te c'è poi un aspetto caratteriale che mi fa incazzare tremendamente: ti senti il più furbo. Ma me lo vuoi raccontare che il tuo autista è sparito nel nulla? L'ho dovuto apprendere da quel capitano dei carabinieri, e meno male che sono stato pronto e ho fatto finta di sapere tutto. Però, visto che ora siamo di nuovo in argomento, forse me lo puoi finalmente dire: che minchia di fine ha fatto?»

«Gianfrancone, dai, sei ingiusto: non puoi trattarmi così... Io ti voglio un bene dell'anima, nutro per te un sentimento di profonda riconoscenza... E quanto ai soldi: è tutto trasparente. Ho una fondazione e non vedo dove sia il peccato se poi ci sono persone che, siccome mi stimano e credono in me, ogni tanto decidono di effettuare qualche donazione... Detto questo... ecco, scusa se mi permetto: però mi sembra che anche tu, se capita, lo fai qualche piccolo favore in cambio di un po' di spiccioli, o no?»

«Vedi che non capisci un benamato cazzo? Dopo una vita passata insieme, ancora non mi conosci. Pinuccio bello... io, se mi sporco le mani, è solo ed esclusivamente per non far crollare la baracca del partito che ho fondato e per poter continuare a fare politica, il mio mestiere. Non maneggio denaro per comprarmi, come hai fatto tu, un catamarano da crociera che nemmeno un emiro, porca puttana... Comunque, Pino: ti avevo chiesto dell'autista...»

«Gianfrancone, e che ne so? Come ti ho già spiegato: un giorno sono uscito da Montecitorio e non l'ho trovato. Così ho telefonato alla segreteria del partito e me ne sono fatto spedire un altro. Fine. Punto. Ma perché, scusa, che ti ha detto il tuo amico ministro? C'è qualche novità?» Pignataro ha una scossa di improvvisa, cupa apprensione.

«Il suo capo di gabinetto gli aveva riferito che i carabinieri, ufficialmente, ti stavano addosso anche per indagare su questa storia dell'autista. Comunque: io, dopo averti preservato le chiappe, domani parto e vado a rintanarmi nella mia casa di Sorrento, dove al presepe aggiungerò la statuetta di un magnifico Berlusconi comprato da un vecchio amico di via San Gregorio Armeno. Tu fai un bel Natale, e quando vedi tuo suocero ricordagli la faccenda del capannone che il suo amico costruirà a Terni grazie a me.»

Il brigadiere Cecinelli sarebbe tentato di ordinare una seconda cioccolata con la panna, ma è una provocazione che la sua colite non sopporterebbe. E poi, comunque, non c'è tempo. Vede Cannone alzarsi. Gli sembra abbia un'aria un bel po' scocciata. Pignataro, sorridente e come al solito pieno di sé, resta seduto. Il brigadiere segue Cannone con lo sguardo: l'anziano politico – per evitare la folla – s'incammina lentamente rasentando il muro. Ma dopo pochi passi è costretto a fermarsi: accanto alla cancellata della chiesa, c'è Francesco De Gregori che, dentro un pastrano scuro, suona la chitarra e canta *Rimmel*, o almeno così sembra da lontano. La custodia dello strumento è spalancata a terra. Il brigadiere immagina sia una trovata pubblicitaria per il lancio di un nuovo disco. Poi osserva Cannone che estrae il portafogli dalla tasca interna del cappotto e tira fuori un biglietto da dieci euro.

Per fare offerte così sostanziose, pensa il carabiniere, chissà quanti soldi maneggiano quei mascalzoni di politici.

È il suo ultimo pensiero lucido. Poi sente il corpo percorso da un lungo brivido. Ma il freddo non c'entra. Perché avverte anche una fitta tremenda al fianco sinistro.

Di cioccolata bollente ne è bastata una tazza.

Sta per cagarsi addosso.

Paraldi ha trascorso il pomeriggio in vineria. Si è accorto che Bamba fa un po' lo svenevole con un certo Jan, un giovane sacerdote svizzero assistente di un cardinale americano che ogni pomeriggio passa a prendere un bicchiere di vin brulé. Chicca ha scritto per dire che al dolce della cena penserà lei, annunciando un panettone magnum del forno Roscioli.

Poi Paraldi è uscito, ha preso il Defender ed è andato in viale Marconi.

Traffico da matti.

Marciapiedi ridotti a suk.

Ambulanti abusivi e fachiri, giocolieri e borseggiatrici.

Roma, una città fuori controllo.

Se Dante la vedesse, penserebbe: cazzo, forse devo aggiungere un canto all'*Inferno*.

Paraldi è riuscito a parcheggiare in una stradina laterale e ha cominciato a cercare la Fiat Cinquecento di Marika. Ricordava le prime due lettere della targa: GB. L'ha trovata a un centinaio di metri dal negozio, sotto un platano, di fronte alla libreria Feltrinelli, dove la gente è in coda per entrare. Perché i libri, in questo disgraziato paese, si comprano soprattutto a Natale: costano meno di un completino di Intimissimi e, sotto l'albero, tutti fanno la loro porca figura.

A Paraldi è improvvisamente venuta voglia di una stecca di zucchero filato. Quel sapore antico, le labbra appiccicose. Mentre mangiava, un po' sottovoce e un po' dentro la propria testa, ha cantato la sigla di *Happy Days*, il programma televisivo preferito di quand'era bambino. Poi ha telefonato a sua sorella Caterina, spiegandole che andrà a trovarla per il Capodanno. Di colpo gli sono venute pure un paio di idee per il romanzo, e se le è appuntate sul cellulare, mandandosi un messaggio.

È già da un'ora che aspetta. Ma sono gli ultimi giorni di shopping sfrenato: Marika, riflette, è improbabile che esca prima dell'orario di chiusura.

Previsione azzeccata.

La ragazza compare sulla porta del negozio alle 20.10. Attraversa la strada sulle strisce e, arrivata a una decina di passi dalla Cinquecento, l'apre con il telecomando. Le quattro frecce illuminano come un lampo arancione il suo viso: pallido, stanco, accigliato.

Paraldi non ha preparato alcun discorso. Non c'è niente di prevedibile in ciò che sta per accadere.

Lei, ormai, è accanto alla portiera, ha messo la mano sulla maniglia. Lui fa un passo di lato, spuntando da dietro il tronco dell'albero: Marika si blocca, l'aria spaventata, gli occhi spalancati.

Paraldi non le lascia il tempo di dire niente. Le allunga, subito, il telefonino: «Tieni. Riprenditelo. È tuo. Ho letto quello che dovevo leggere.»

La ragazza deglutisce, riconosce il suo cellulare dalla custodia rosa confetto con l'immagine di Minni e istintivamente lo afferra. Indietreggia. Osserva attentamente l'uomo che ha davanti: impiega solo alcuni secondi a riconoscerlo.

Sì, è lui: il giornalista che cercava Max.

Marika, di botto aggressiva: «A mmmerda! A ladro! Io te faccio rompe' er culo, capito?»

Paraldi rimane immobile.

Un po' perché è incinta, un po' perché deve lasciarla sfogare, per poi provare a farle qualche domanda.

Marika continua: «Che cazzo dovevi legge', eh? A mmmerda... mo' che cazzo vòi... daje... dimmelo, no?»

Paraldi, la voce piatta: «Voglio solo sapere dov'è il corpo di Max. Dove l'avete messo.» Ha deciso d'istinto: dare per scontato che Max sia stato ucciso dall'istruttore di arti marziali.

«Ma de che cazzo stai a parla'? Sei matto? Er corpo de Max? Ma io è più d'un mese che nun lo vedo... Ma vaffanculo, va'!»

«Dimmi dov'è il corpo, e la chiudiamo qua.»

«Io nun te dico proprio un cazzo, perché...» La voce le diventa leggermente increspata. «Perché nun so' un cazzo... Ma de che stai a parla'? Sei solo un ladro pezzo de mmmerda, ecco che sei... Io te faccio sfonna'... Guarda, cammina preoccupato, damme retta.»

Poi sale a bordo dell'auto, sbatte lo sportello, mette in moto e ingrana la retromarcia. Sgomma a scatti.

Un pulmino Ford è costretto a inchiodare, per evitare un tamponamento. Dal finestrino s'affaccia un energumeno: «Tu, brutta stronza... sempre guida male... donna al volante...»

La Cinquecento, con una manovra azzardata, s'infila tra due auto, lambisce un bus e un paio di scooteroni. Poi, zigzagando sotto lo sguardo distratto di un vigile urbano intento a fumare, salta sulla corsia preferenziale e scompare.

L'uomo al finestrino del pulmino si rivolge a Paraldi: «Tua fidanzata crande puttana, capito? Fatto bene a liticare.»

Ci sono piatti che devono riposare. Non è una fissazione: è una regola.

La parmigiana, addirittura, è molto più buona il giorno dopo. Comunque certe minestre devi obbligatoriamente prepararle qualche ora prima di servirle a tavola. Fa eccezione la pasta e patate, se ci aggiungi la provola affumicata: perché, per sciogliersi, ha bisogno che la pentola sia ancora ben calda.

Questa pasta e ceci, in ogni caso, è perfetta così: Paraldi fa il proprio ingresso nel salone con la zuppiera, la posa sul tavolo e comincia a distribuire le porzioni. Suggerisce di aggiungere un filo d'olio a crudo.

Bombardino, Cocchiere e Franchino accettano il consiglio. Chicca, invece, declina un po' lagnosa: «Grazie, ma già così mi sembra piuttosto calorica...»

Bombardino: «Ma sei secca come un'alice!»

E lei: «Sai cosa diceva Coco Chanel? Una donna non è mai troppo ricca, né troppo magra. E io pensavo di esserlo abbastanza: magra, non ricca. Poi però, l'altro giorno, al circolo, al corso di nuoto, ho avuto una brutta delusione.»

«Perché, scusa» interviene Paraldi, mentre stappa una bottiglia di Dom, «hai cominciato ad andare in piscina?»

«Sì» risponde lei. «Secondo l'ortopedico un po' di massaggio idrico fa comunque bene alla mia gamba malandata.»

«Ma l'acqua della piscina è piena dei batteri e delle schifezze che lascia la gente!» dice Paraldi, però non si capisce se stia parlando sul serio o per scherzo.

«Ma dai? Vuoi invitarmi nella tua piscina privata?»

Risate. Cocchiere: «Posso avere un altro po' di questa pasta commovente?» Bombardino racconta che la crisi economica ha costretto molti dei suoi pazienti a tagliare la spesa per la pulizia dei denti. Paraldi si alza e va a prendere un tagliere con un salame di Varzi e una forma di pecorino. Poi la butta lì: «Ragazzi, prima di Natale dovremmo andare a fare gli auguri a una persona...»

I tre amici annuiscono. Chicca sospira, prevedendo guai imminenti.

50

Un cazzo di freddo.

Quel freddo di quando vedi il fiato uscire dalla bocca e vorresti avere un phon acceso sulla testa.

L'appuntato dei carabinieri Saverio La Macchia è in piedi dietro la recinzione del golf club Valle dell'Aniene e ripensa con nostalgia a certe giornate natalizie di quand'era ragazzo, ad Amalfi.

Un anno la temperatura era così mite che lui e suo fratello Antonio se ne andarono sulla spiaggia e fecero un bagno bellissimo. Uscirono dall'acqua tra gli applausi di una comitiva di turiste tedesche che si avvicinarono allegre, offrendosi. Avevano un bel fisico, entrambi. Lavoravano duro nella pescheria del padre Michele, detto Sarago, un uomo che tutti definivano ruvido e malinconico, senza capire che era solo depresso. Il paese se ne accorse il giorno che andò alla stazione per buttarsi sotto il treno locale diretto a Salerno. Morì sul colpo, la testa non fu mai trovata. Questo dettaglio turbò profondamente Saverio, più ancora del suicidio. Un padre può uccidersi, e già questo non è che vada molto bene a un figlio. Ma almeno deve uccidersi in modo da farsi poi ritrovare. La sera del funerale – osservando la madre Concetta mentre si rivolgeva all'immagine della Madonna di Pompei appesa sopra il letto matrimoniale, supplicandola di farle ritrovare almeno gli occhi del marito –

Saverio decise che non avrebbe più messo piede in pescheria. Si era convinto che se il padre aveva preso quella decisione, un po' c'entrava anche la pescheria: quella terrificante routine quotidiana, quel caricare e scaricare casse di alici e polpi, triglie e gamberi. Con il perenne puzzo del pesce addosso, che non svaniva neppure dopo due docce e mezzo barattolo di bagnoschiuma Vidal. E poi la sveglia all'alba, per andare ad aspettare i pescatori che tornavano. E le estenuanti trattative al molo, davanti alla bilancia.

Una vita di merda. Che il destino gli avrebbe riproposto in fotocopia.

Però Saverio aveva un asso nella manica: il diploma da perito tecnico che si era preso, con molta fatica, alle scuole serali. Il famoso pezzo di carta: con quello avrebbe provato a entrare nell'Arma.

Sembra ieri.

È finito al reparto operativo perché, nei pedinamenti, c'è sempre bisogno di uno che sappia scattare qualche foto. E la fotografia era, e continua a essere, la sua passione. È anche riuscito a convincere il comando dell'opportunità di acquistare una Nikon D7500 completa di cannone. Adesso la tiene sotto il giaccone. Così può restare con le mani infilate nelle tasche. Tanto c'è poco da fotografare: il suo uomo è laggiù, dentro la foschia e sul prato gelato, con una giacca a vento blu e un cappello con il pompon bianco, immobile accanto a una sacca piena di bastoni. Sembra pensieroso, incerto sul da farsi.

L'onorevole Pignataro sta aspettando una telefonata che non arriva. Lello, il suo portavoce, è andato a parlare con i tipi della donazione. Ha pensato fosse più prudente mandare lui: se i carabinieri insistono a stargli sul collo, è improbabile che abbiano uomini sufficienti per pedinare anche il suo sgherro.

Pensieri più neri delle nuvole. Avrebbe bisogno di una

bella botta di bamba per affrontare la giornata con un po' più di ottimismo. Controlla l'ora sul suo Patek Philippe Nautilus. Rialza lo sguardo e vede un uomo che risale, lentamente, la collinetta. Non ha la faccia di un socio. Non è vestito da golfista. Il suo fiuto da scugnizzo gli fa percepire una disgrazia in avvicinamento.

Pinuccio, stai a mazza dritta.

«Amo', c'ho tanta paura.»

«A Marika, mo' nun ricomincia' a rompe' er cazzo, eh! Te lo ripeto: me so' riletto le conversazioni sul cellulare, semo stati bravi a nun di' troppe cose. Quel bastardo de giornalista pò solo ave' intuito qualcosa.»

«Dobby... Amo', me senti? No, niente... Qui ar negozio nun c'ho campo... Pronto? Pronto? Me senti?»

«Te sento, te sento...»

«Stavo a di': quello, er giornalista, mannaggia a lui, sa tutto.»

«*Immagina*, casomai, tutto. E sticazzi, se immagina.»

«Amo', e se su 'sta storia ce scrive un articolo?»

«Nun scrive un cazzo, damme retta. Primo: er telefonino è 'na cosa privata e lui te l'ha rubato. Guarda che manco un caramba te lo potrebbe prenne' senza l'autorizzazione del giudice. Secondo: tu, prima de accusa' du' persone de qualcosa, devi da avere le prove. Mica poi di': "Me sembra, potrebbe esse', secondo me..." Quindi, stai calma, che nun ce stanno problemi.»

«Vabbè: ma tu nun lo poi anna' a prenne' da qualche parte? Lo gonfi de botte bene bene e...»

«E 'ndo lo becco? Quando è venuto qui, in palestra, s'è presentato come giornalista. Nun m'ha detto né er nome, né er cognome. Ma lì so' stato io scemo a nun famme di' co' chi stavo a parla'... S'era fatto accompagna' da una: ma te dico che forse nun saprei manco riconosce' le facce che c'hanno. Me ricordo solo che lei era 'na bella fica.»

«Amo', lo vedi che sei stronzo? Mo' che c'ho 'sta creatura in pancia, devi fila' dritto, capito?»

«E vabbè, Marika, daje...»

«Daje un cazzo. Se fai lo scemo in giro, te mangio le palle a mozzichi e sputo i peli uno a uno... Passi stasera?»

«No. So' panato, voglio anna' a dormi' presto. S'annamo a magna' 'na pizza domani, te va?»

«Me va de scopa'.»

«Cor pancione?»

«Embè, perché, nun se pò?»

«Marika mia, quanto m'attizzi... Ma te ricordi quando te scopavo mentre parlavi al telefono co' quel cojone de Max?»

Pignataro è fermo sotto una pioggerellina di aghi ghiacciati.

Ha la netta sensazione di aver già visto l'uomo con il giaccone grigio scuro, il berretto e la sciarpa stretta al collo, che si è fermato a un paio di metri e gli ha detto: «Buongiorno, onorevole.»

Con una voce del cazzo.

Con uno sguardo del cazzo.

Gli basta rovistare pochi istanti nella memoria: è il giornalista con cui ha parlato nel parcheggio davanti a Montecitorio e che cerca Max, l'autista.

Pignataro decide di rispondere piatto: «Buongiorno. Desidera?»

«Voglio raccontarle una storia. Ha un minuto?»

«No, mi spiace. Sto cominciando a giocare. E, tra l'altro, siamo a Natale. Ed è Natale per tutti, sono vacanze per tutti, no?»

Paraldi sente salirgli dentro un tornado, più che una bufera. Avverte un irrefrenabile desiderio primordiale di centrargli il naso con un gancio. Glielo spaccherebbe di certo, e sarebbe fichissimo veder piagnucolare questo schifo di onorevole mentre ingoia saliva e sangue. E poi ha già preso a schiaffi un ministro: farlo con un deputato – francamente – sarebbe molto meno grave.

Ma è venuto per un'altra ragione.

Deve far spianare il mare.

Darsi una bella calmata.

Fare un respiro profondo.

E dirgli: «Guardi, onorevole, che il protagonista della storia è lei.»

Pignataro si ritrova di colpo con la scimmia del panico a cavalcioni sul collo. Ora è come se volesse dire qualcosa ma non sapesse dirlo in modo cortese.

Che minchia vuoi?

Che hai scoperto, brutto figlio di puttana?

Che sai?

Paraldi continua a osservarlo diritto negli occhi.

Pignataro sente il sapore della bile nella bocca. Però riesce a dire: «Va bene, sentiamo questa storia.»

Paraldi intuisce che deve far salire ancora un po' la temperatura emotiva dell'onorevole. Così lascia scorrere un'altra manciata di secondi: prende il Ronson dalla tasca e inizia ad accendersi il mozzicone di toscano, operazione resa complicata dal vento bagnato. Tira un paio di boccate piene, poi comincia.

«Cercando di capire che fine abbia fatto Max, il figlio del mio amico Nazareno Balani, senta un po' qui che storia ho scoperto... Allora: Max è uno che sa tutto di lei, perché è il suo autista. Conosce le sue abitudini, le sue passioni, le sue debolezze. Compresa quella per le donne. L'accompagna infatti regolarmente in via Crescenzio, dove lei ha un appartamento, nel quale, diciamo così, *riceve*. Max è un ragazzo mite. Ma un guizzo di perfidia viene pure a lui. Sa che in quell'appartamento lei non organizza solo dei seminari su don Sturzo. Così decide che potrebbe filmare i suoi incontri, per poi ricattarla. Ne parla con il suo migliore amico, un ceffo che chiamano Dobermann, un istruttore di Mma, le arti marziali miste. Questo Dobermann ha una relazione segreta con la fidanzata di Max, una certa Marika, che fa la commessa ed è pure rimasta incinta. Ma Max non si accorge di niente. Del resto, quando capisci di avere le corna, di solito, è troppo tardi. Comunque il piano va avanti, e i due, Max e Doberman, il quale ha un passato da elettricista, piazzano le telecamere nell'appartamento. Lei, ignaro, va, procede con il suo dibattito su don Sturzo, o magari su Gramsci, e un brutto giorno si ritrova davanti Max che, più o meno, le dice: "Abbiamo un filmato che può rovinarla. Quindi: o ci dà mezzo milione, o la sua carriera in Parlamento può considerarsi conclusa..."»

Mentre pronuncia quest'ultima frase, Paraldi è colpito dalle narici rosse di Pignataro. Hanno quella precisa tonalità di rosso che non lascia dubbi sulla sua origine.

«Tra l'altro, onorevole» continua dopo aver ripreso appena fiato, «è assai probabile che non l'abbiano filmata solo mentre era alle prese con una qualche docente di Storia dei partiti politici, ma anche mentre tirava un po' di coca...»

Pignataro, che finora ha ascoltato avvertendo un senso di nausea e paura, e poi puro terrore, impotenza e rabbia, sente la parola «coca» e ha come una scossa automatica: «Non si permetta di insinuare che io possa...»

«Stia calmo, manca poco, mi faccia finire» continua Paraldi, soffiandogli un po' di fumo in faccia. «Dicevo: davanti a un ricatto così, lei non ha scampo. Perciò paga. Solo che il suo autista e Dobermann, al momento di spartirsi il bottino, litigano. Di brutto. E Dobermann accoppa Max. Adesso io sono qui per chiederle: ha più sentito o visto Max? Oppure, peggio: sa o immagina che fine possa aver fatto il suo corpo? Voglio poterlo restituire al padre.»

Saranno passati al massimo due minuti, da quando Paraldi ha cominciato a parlare. Pignataro, dentro di sé, è riuscito a formulare solo un concetto chiaro: Pinuccio, non azzardarti ad aprire bocca, perché questo starà sicuramente registrando.

Paraldi ha intervistato migliaia di politici: sa bene che la loro ossessione è di essere registrati. E di non poter smentire il giorno dopo. Così aggiunge: «Parli pure tranquillamente, onorevole: io sono della vecchia scuola. Se serve, prendo appunti sulla Moleskine, non registro. Non saprei neppure come farlo funzionare, un registratore.»

Ma è come se una mano invisibile avesse passato una striscia di Attak sulle labbra di Pignataro, sigillandole.

Resta muto.

Il respiro affannato.

Ma muto.

Un incontenibile desiderio di pipparsi mezzo lavandino.

Ma ancora muto.

Non parlare, zitto, resta zitto, Pinuccio.

Paraldi capisce che non ha altre carte in mano. Le ha messe tutte sul tavolo, sperando di ottenere una qualche reazione da parte del deputato: uno scatto d'ira, uno sfogo, qualsiasi cosa potesse aggiungere indizi, tracce per arrivare al corpo di Max.

E invece niente.

Questo è una sporca mummia, pensa Paraldi, e a me non resta che la ritirata.

Guarda Pignataro con un miscuglio di disprezzo e sarcasmo: «Okay, d'accordo. Allora trascorra un bel Natale, e mi saluti la signorina Lory.» Butta lì il nome dell'amante, come piccola, ultima provocazione. Poi si volta e comincia a scendere dalla collinetta, facendo attenzione a non scivolare sull'erba, in alcuni tratti ancora coperta da una patina di brina.

Pignataro aspetta di vederlo sparire dietro il boschetto che protegge la club house. Poi prende il cellulare e chiama Lello. Che risponde al secondo squillo.

«Buongiorno!»

«Dove sei?»

«Eh, sto ancora a Firenze... Quelli... ecco... mi hanno spostato l'appuntamento a domani mattina. A questo punto è inutile tornare a Roma. Stanotte dormo qui.»

«Alloggi al solito albergo?»

«Sì, ovviamente.»

«Bene. Allora, stasera alle otto ti chiamo in camera da un fisso. Abbiamo un problema enorme da risolvere» dice tutto d'un fiato, con la lingua che si attacca al palato.

«Puoi accennarmi qualcosa?»

«Quel giornalista, quello stramaledetto pezzo di merda di un giornalista è venuto al circolo e... sì, insomma: sa tutto dell'autista e del suo amico matto... Non so come minchia abbia fatto... non lo so, non lo so... ma ha ricostruito la storia del ricatto e...» La voce, adesso, gli resta di colpo un po' in gola, perché si accorge di aver detto troppo.

«Capito» lo soccorre il portavoce, «ma stai tranquillo, risolviamo anche questa. Ah, una cosa: ti servono le mozzarelle di bufala per la sera della vigilia? Perché, nel caso, dovrei ordinarle dai miei amici a Mondragone e...»

«Lello?»

«Dimmi.»

«Ma vatteneaffanculo, va'. Te, e le mozzarelle.»

51

Chicca vuole rompere le palle. E quando una donna bianca, nera, mulatta, cinese o afghana vuole rompere le palle, ci saranno le palle rotte.

È una regola internazionale.

Paraldi la conosce a memoria.

Una volta fu costretto a lasciare una fidanzata, genere appiccicoso tendente al morboso, che pretendeva di iscriverlo a un corso di tennis. Secondo il claustrofobico piano della signorina, poi sarebbero dovuti andare a giocare sempre insieme. Sempre. Diceva proprio così: «Sempre.» Tra l'altro Paraldi pensa che il tennis, quel certo tipo di tennis, sia finito il giorno in cui si è ritirato il suo amico Adriano Panatta.

Paraldi era presente al campo centrale del Foro Italico il pomeriggio dell'8 luglio 1983: Coppa Davis, primo incontro di singolare maschile, Panatta-Vilas. A quel tempo i direttori dei giornali ancora mandavano i giovani a farsi le ossa sui grandi eventi, e così Paraldi, alla fine del match, riuscì a raccogliere il racconto di Panatta: «All'inizio dell'anno mi sono ritrovato in mano una rivista specializzata con la classifica Atp, che non guardo mai» spiegò Adriano. «Ho gettato un'occhiata, distrattamente, ma per trovare il mio nome sono stato costretto a scorrere fino al numero trentotto. Un po' troppo in basso. In quel preciso momento ho capito di essere arrivato al capolinea. E così ho deciso di venire a chiudere la mia carriera qui, con la nazionale, in quest'ultimo incontro di Davis.»

Panatta perde 6-2, 6-2, 6-1. Il pubblico lo applaude ugualmente con affetto struggente, è la sua leggenda. Lui si avvia nel sottopassaggio con la testa china, l'asciugamano sul collo, il fascio delle racchette di legno sottobraccio. Gli va incontro un raccattapalle: «Adria', me ne regali una?» Lui ci pensa qualche secondo, poi risponde: «Non te ne regalo una, ma tutte. A me non servono più. Tieni.»

Adriano, ormai da qualche anno, vive a Treviso: ma quando capita a Roma, passa a bere un bicchiere in vineria. Gli è rimasta quell'aria piena di ironia e disincanto. Ha ancora il ciuffo. E notevoli dosi di charme.

Chicca è pazza di lui. Ecco, appunto, tornando a Chicca: s'è messa in testa di portare Paraldi al concerto di Natale che la London Symphony Orchestra terrà al Teatro dell'Opera, stasera.

Ma Paraldi detesta quel genere di musica.

È un altro dei suoi limiti.

Gli fa l'effetto di cinquanta gocce di Lexotan.

E poi, comunque, ha altri pensieri.

Pignataro, mentre ascoltava il suo racconto, era letteralmente impaurito: però non ha detto mezza parola. Niente, zero, di marmo. Certo, riflette Paraldi: ora sa che io so. Ma cosa può spostare questa consapevolezza? Anche Marika gli è sembrata parecchio spaventata. Però, a parte la reazione furibonda e gli insulti, nemmeno lei ha fornito una briciola di indizio. Ed è impossibile pensare di andare a cercarne qualcuno da Dobermann. È da scartare pure l'ipotesi di farci una chiacchierata con Bombardino, Franchino e Cocchiere, più un paio di persuasive mazze da baseball. È una belva difficile da spaventare: senza considerare che saprebbe come difendersi e, soprattutto, che ha tutta l'aria di avere una soglia del dolore altissima.

Certo che tutti, in questa storia, riescano a farla franca, la coppia di fidanzati assassini e pure il deputato cocainomane, a Paraldi sembra un po' troppo.

Fidel spunta fuori dalla gabbietta e gracchia: «Sticazzi!»

Sono le 14.00. Il locale è pieno. Anche se, con tutta la clientela che arriva imbacuccata, sembra più un rifugio della Val Badia, che una vineria.

«Bamba, ascoltami bene» dice Paraldi al suo cameriere, «stacco il cellulare per tutto il pomeriggio: se telefona o passa a cercarmi Chicca, dille che non mi hai visto e che non mi senti da ieri.»

«Ma lei preoccupa, poi, capo...»

«Lascia stare, me la vedo io. Piuttosto: lì, al tavolo sotto Fidel, s'è appena seduto Sergio Rubini. Offrigli subito un calice di bollicine e...»

Prende in mano il cellulare per spegnerlo, ma – proprio in quel momento – inizia a squillare.

È Chicca.

Senza tante moine: «Allora, Paraldi: hai deciso di mandarmi all'Opera da sola anche stavolta?»

«Ehm... No, cioè, aspetta...»

«Uff! Vieni al concerto di Natale, sì o no?»

«A Chi', te l'ho detto: mi annoio.»

«Ti annoi a sentire un concerto di musica classica?»

«Senti: ho letto che c'è Edoardo Bennato all'Auditorium, la sera della Befana. Magari potremmo andare...»

«E Orietta Berti? Sai niente se canta da qualche parte?»

Quest'uomo sa cos'è l'eleganza.

Indossa una grisaglia molto scura, camicia bianca con gemelli d'oro ai polsi, colletto inamidato e cravatta regimental di Atkinson comprata a Dublino sul finire degli anni Novanta, quando – sotto copertura – lavorava come funzionario all'ambasciata italiana.

Ora, seduto dietro la scrivania di noce massiccio appartenuta a Camillo Benso di Cavour e acquistata da Sotheby's per una cifra francamente immorale, osserva le due plafoniere sbilenche di Ikea, rese opache dalle incrostazioni di polvere. E pensa di non meritarle.

In realtà, aggiunge tra sé, non merito niente di questo ufficio che lo Stato mi mette a disposizione.

Il pavimento di linoleum scolorito.

E le pareti con le bolle di umidità.

E ovviamente il termosifone che perde acqua, il divano con la stoffa marrone consumata, l'attaccapanni arrugginito.

Il suo incarico si potrebbe descrivere con un mucchio di prolissità in burocratese: diciamo che coordina brillantemente un ufficio riservato dei servizi segreti e che, con ammirevole disciplina, aspetta che arrivi il suo turno per prendere il comando dell'Aisi, l'Agenzia informazioni e sicurezza interna.

Ecco, appunto: gradirebbe se gli dessero almeno atto della sua ammirevole disciplina.

Sospira.

Riaccende la pipa Dunhill.

Continua a firmare alcuni documenti con una stilografica d'argento.

Poi bussano alla porta.

Si affaccia un tipo con la barba e un maglione a collo alto su cui tiene allacciata una fondina, con dentro una Sig Sauer P226. «Capo, c'è giù uno che la cerca. Dice di chiamarsi Paraldi.»

«Fallo salire» ordina l'elegantone, dietro una nuvola di fumo zuccherino provocata dal tabacco Robert McConnell Red Virginia.

Infila la stilografica nella tasca interna della giacca, ripone i documenti in un cassetto, si alza e apre un armadietto metallico. Due ripiani pieni di trentatré giri in vinile. Sceglie un album di Duke Ellington e, con delicatezza estrema, come potesse esplodere da un momento all'altro, lo appoggia sul piatto di un modernissimo giradischi Sony.

Quando il barbuto con la Sig Sauer sotto l'ascella riapre la porta, Marco Paraldi è accolto dalle note di *Saturday Night Function*.

Il Muto è di nuovo seduto dietro la scrivania. Non muove neppure una palpebra, sembra di cera. Non gli piacciono le visite dell'oste. Perché sa che non è mai diventato oste fino in fondo: nell'animo è rimasto un giornalista. E i giornalisti portano guai.

Paraldi conosce questo silenzio. Ci pensa lui ad affettarlo: «Sorvolo sulla scelta della colonna sonora, davvero eccellente. Come le accennavo al telefono, devo raccontarle qualcosa che può interessarla.»

«Penso di sapere già tutto. O quasi.»

«Molto bene, direi.»

Il Muto, muovendo impercettibilmente il sopracciglio destro: «Paraldi, mi perdoni: ma secondo lei, l'autista di un deputato sparisce nel nulla, le indagini sono affidate ufficialmente al reparto operativo dei carabinieri e, privatamente, a un oste di Campo de' Fiori che faceva il giornalista, e noi non ci accorgiamo di niente?»

«A volte succede.»

«Non ci accorgiamo di niente quando vogliamo non accorgerci di niente.»

Paraldi resta in silenzio alcuni secondi, cercando di mettere a fuoco la scena. Lo soccorre il mestiere: procedere per priorità. «Max è morto?»

«Può darsi.»

«È morto o no?»

«Quasi certamente, sì.»

«Avete almeno provato a cercarlo?»

«La stupirà, ma abbiamo cose un filo più importanti da fare.»

«Parlare con lei è sempre abbastanza spaventevole.»

«Per un po' di sano cinismo? Perché a noi del figlio di Nazareno Balani, il suo vecchio amico, ragionevolmente importa meno di mezzo fico secco?»

«A voi, se capisco bene, interessa solo che l'onorevole Pignataro non rischi di finire sputtanato mentre è all'opera con qualche sua amante... Magari, pippando pure una striscia di bamba.»

«Più la seconda che ha detto.»

«Posso essere franco?»

«Deve.»

«Fate schifo.»

«Sa qual è il suo problema? È rimasto un puro. Come quando, da ragazzo, partecipava ai cortei.»

«Una mattina vi sveglierete e comincerete a piangere, perché vi renderete conto di quello che avete combinato a questo paese.»

«Sbaglia. Vede, noi lavoriamo per lo Stato. E per le sue istituzioni. Quindi vogliamo – non dico sempre, sarei ipocrita, ma spesso – il bene di questo nostro paese. Esattamente come lei.»

«Nel caso specifico, il bene dove starebbe?»

«Come le sarà facile immaginare, uno scandalo che coinvolgesse l'onorevole Pignataro finirebbe per travolgere anche il suo partitino. Il quale, grazie a un pugno di voti alla Camera e, soprattutto, al Senato, è però decisivo per la tenuta dell'attuale maggioranza di governo. Con innegabili, concreti vantaggi per milioni di italiani: perché se questo governo tiene, tiene anche l'inflazione, il mercato del lavoro magari continua a dare incoraggianti segnali di ripresa e via dicendo con tutte le cose che lei conosce meglio di me.»

«Quindi le ho solo fatto perdere tempo, giusto?»

«Ma no, non dica così. È sempre un piacere scambiare due chiacchiere con lei, visto che in vineria, di solito, ci limitiamo a pochi sguardi. E comunque sia chiaro che mi spiace molto di non poterle essere d'aiuto. Intanto perché so bene che quel Pignataro è un formidabile coglione senza scrupoli, ossessionato dai soldi, dal potere e dalla coca. E poi perché lei, anche stavolta, ha dimostrato di essere un ottimo cronista. Andare a trovare in palestra quella bestia, l'istruttore di arti marziali miste, dico, è stato un atto di notevole coraggio.»

«Mi avete seguito?»

«Ma che domande mi fa? Piuttosto, mi racconti del suo amato Defender: gliel'abbiamo fatto ritrovare in ottime condizioni, mi sembra.»

Paraldi si è alzato. «Guardi, sarò sincero: mi spiace soprattutto per il mio vecchio amico, il padre di Max. Avrei almeno voluto riconsegnargli un corpo su cui piangere. Davvero lei non sa dove...»

«Senta, il lavoro sporco è il nostro lavoro. Però, per il momento, preferiamo restare solo uomini dei servizi segreti, lasciando ad altri quelli cimiteriali.»

Paraldi è andato ad aspettare Chicca sotto casa. I concerti all'Opera di solito finiscono intorno a mezzanotte, quindi potrebbe essere questione di minuti veder spuntare in piazza Farnese i fari della sua Mini. Sa bene che certe improvvisate sono un po' stupide. Soprattutto se ti ostini a non volerti fidanzare ufficialmente. Ma Paraldi, stanotte, ha deciso di prendersi il rischio.

Aspetta mezz'ora, a bordo del Defender. Poi, dentro piazza Farnese, deserta e spazzata dal vento, vede spuntare i fari tondi di una Smart bianca. Che si ferma davanti al portone del palazzetto nobiliare dove Chicca abita con il principe Attanasio, suo padre.

L'auto resta con il motore acceso per un paio di minuti. Paraldi nota che alla guida c'è un tipastro con i capelli corti, mascellato, sciarpone scuro annodato attorno al collo in purissimo stile Roma Nord. Chicca ride di gusto, poi

– prima di scendere – allunga il collo e gli dà una bacio sulla guancia. Lui sembra dirle qualcosa, ma Paraldi non riesce a sentire.

La Smart fila via e lei cammina verso il portone, controllando il display del cellulare. Paraldi le lampeggia, poi scende dal fuoristrada.

Lei gli va incontro con l'aria imbronciata, però sente le farfalle mettersi in volo nello stomaco, l'emozione che assale le donne innamorate: «Mi controlli?», tono volutamente polemico.

Lui è incazzato come un bufalo. Ma sulla rabbia scatenata dalla gelosia prevale subito uno stupore travolgente: ha la netta sensazione di assistere a un'apparizione. A una velocità supersonica è persino sfiorato dal pensiero che sarebbe ora di farla finita con certi giochini: Chicca è di una bellezza che potrebbe giustificare la lancinante fatica di un legame codificato. Così si domina, gli viene fuori una voce giusta: «No, non ti controllo. Ma pensavo potesse essere interessante bere un bicchiere insieme.»

«Io ho fame» cede lei, mollando quel po' di stupido orgoglio posticcio.

«Propongo due spaghi alla puttanesca, che dici?»

Lei pensa che comunque non le propone mai un bacio, una pomiciata, per non dire proprio una scopata. Formula il pensiero – esattamente – così: potrebbe, anzi *dovrebbe* scoparmi. Perché le donne, certe volte, pensano nello stesso identico brutale modo in cui pensano gli uomini.

Ma lui sta girando intorno al Defender e le apre lo sportello. «Sali.»

E lei sale.

Poi Paraldi mette in moto e punta su via di Monserrato. Il tempo di ingranare la prima e la seconda. E le chiede: «Chi era?»

Lei si dice: cucciolotto, non hai resistito, eh? Così ribatte, con aria ingenua: «Scusa, chi era chi?»

«Quel coglione con la Smart.»

«Primo: non è un coglione, ma un medico bravissimo. Secondo: si chiama Simone, abbiamo frequentato insieme il liceo allo Chateaubriand, e quindi lo conosco da sempre. Terzo: a teatro, stasera, l'ha invitato Flaminia. Ma quando, all'uscita, s'è accorto che ero sola e stavo per chiamare un taxi, si è offerto di accompagnarmi. Quarto: sono libera di uscire con chi voglio e quando voglio. E, soprattutto, di farci quello che voglio... Scusa, ma non andiamo a casa tua?» chiede Chicca, appena realizza che il Defender ha girato sul Lungotevere.

«Se non ti secca» risponde Paraldi, eccezionalmente arrendevole, «passiamo un momento davanti alla sala stampa vaticana: ho pensato di portare un panettone e una bottiglia al nostro De Gregori.»

Chicca osserva la scena da dietro il finestrino rigato dalla pioggia. Lo abbassa leggermente per ascoltare le voci.

Paraldi cammina tra i giacigli, in mezzo a sacchi a pelo e stracci, zaini e candelotti da cimitero accesi, cartoni da cui spuntano occhi spiritati. Il piccolo accampamento è dominato da un Paperino di peluche alto come un cristiano. Si china davanti all'amico di Paperino: «Buonasera, mi scusi: non vedo De Gregori. Sa dirmi dov'è?»

Quello, un anziano con i capelli biondo cenere portati con la riga a destra, si tira su con una smorfia di fatica, appoggia la schiena a una colonna di marmo: è paonazzo e scivola, si raddrizza, impreca, sputa di lato. Risponde con un accento straniero impastato dall'alcol: «De Gregori non... non venire... da due notti.»

Chicca vede Paraldi posare il panettone e la bottiglia di vino accanto all'uomo. Rimane colpita dalla dolcezza con cui gli si rivolge: «Ecco, questi erano due piccoli pensieri per il mio amico. La prego di tenerli lei. Mi scusi se l'ho disturbata. Buonanotte. E auguri.»

Quando risale a bordo, lei ha gli occhi lucidi.

«Che succede?»

Chicca risponde d'un fiato: «Pensavo che è tremendo vedere questi poveri barboni stesi qui sotto, a pochi metri dal colonnato di San Pietro... Mentre lassù, all'angolo con via del Mascherino, il cardinal Ugo Bettoia se ne sta al calduccio nel suo attico da duecento metri quadrati...»

«Trecento, per essere precisi.»

52

Dietro i finestroni della sala d'attesa, il capitano Mario Ginestra osserva i pini dell'Acqua Acetosa piegarsi sotto la tramontana.

È stato convocato al comando generale.

Con urgenza.

Ventaccio che porta cetrioli.

«Carissimo Mario...» La voce del generale Mario Spingardi gli salta addosso improvvisa.

Si volta e se lo trova che accarezza le palle dell'albero di Natale.

«Guardi qui con che cura l'ha allestito il nostro appuntato Cerrino... Notare il dettaglio delle coccarde dell'Arma fatte a mano... Che delicatezza, no?» Poi, abbassando di colpo la voce e invitandolo con la mano a entrare nel suo ufficio: «Anche se, detto tra noi, non vorrei che fosse pure un po' finocchio, quel Cerrino. Sa quando uno cammina un po' così, no?»

Il generale gira intorno alla scrivania e si siede. Cento chili per uno e novanta, bella faccia rugosa, da romagnolo accogliente, con baffi a fiammifero e poco collo.

Il capitano resta in piedi.

«Che fa lì impalato? Si accomodi pure, Ginestra... Si sarà domandato, immagino, la ragione di questo incontro.»

«Effettivamente...»

«La tranquillizzo subito: per lei ci sono belle notizie, ma proprio belle. Qualcosa di simile a un regalo di Natale.»

Ginestra, in silenzio, sta cercando di intuire le dimensioni del cetriolo.

«Allora» prosegue il generale, «abbiamo considerato con attenzione il suo già eccellente curriculum e la sua dedizione assoluta ai valori dell'Arma. Quindi, nonostante la sua giovane età, è stato ritenuto meritevole di una promozione: sono perciò lieto di annunciarle che, dal prossimo primo gennaio, lei diventa maggiore. Contento?»

«Certo, signor comandante.»

«E quel muso?»

«Che muso?»

«Il suo! Dovrebbe sprizzare felicità. E invece...»

«Mi stavo chiedendo quale sarà la mia nuova destinazione.»

«Terni! Al comando provinciale. Ma stia tranquillo, si tratta solo di una tappa. Roba di un anno. Poi vedremo di sistemarla anche meglio. Mi sembra d'aver capito che lei abbia una certa propensione per gli incarichi operativi, giusto?»

Il capitano sa che dovrebbe limitarsi a dire: grazie, questi gradi sono un grande onore, spero di meritare la vostra fiducia, non vi deluderò.

E invece non si tiene.

«Sì, generale: le hanno riferito bene. Mi piace investigare, trovare la verità, individuare i cattivi, senza distinzione di etnia, ceto sociale o sesso. Sbaglio a pensarla così?»

Il generale si accarezza i baffi sottili con la mano. Poi prende la cornetta del telefono. «Cerrino? Portaci due caffè e due fette di pastiera, quella buona che il maresciallo Sbarra ha fatto arrivare da Capua.» Punta diritto gli occhi su Ginestra. «Maggiore, sa perché sono entrato in accademia? Per tradizione familiare. Intanto, era carabiniere mio nonno Giuseppe, comandante della stazione di Cuneo: il 27 settembre del 1943 andò alla rastrelliera, prese un moschetto modello 91, se lo mise in spalla con lo zaino e salì in montagna, unendosi alla brigata partigiana Castellino. Fu catturato cinque mesi dopo, durante un rastrellamento: i fascisti lo torturarono in un fienile, volevano sapere in quale valle fossero fuggiti i suoi compagni. Ma lui non aprì bocca. Lo fucilarono, mentre lui gli gridava in faccia: "Viva l'Italia!" E poi è stato carabiniere anche mio padre Cosimo. Che fece parte della leggendaria squadra speciale antiterrorismo organizzata a Torino dal generale Dalla Chiesa, lavorando al fianco di suo zio, il grande Sestino Magnani. Le racconto tutto questo per farle capire quanto anch'io sia convinto che un carabiniere debba sempre battersi per la libertà e la giustizia...» Il generale prende fiato, si gratta l'orecchio, prosegue: «Quindi, per essere sincero fino in fondo: fosse dipeso da me, l'avrei lasciata ancora per qualche tempo con i gradi di capitano al reparto operativo, a finire il suo lavoro. Il problema è che questa promozione non l'ho decisa io. Sto soltanto eseguendo un ordine.»

Ginestra: «Capisco.»

Entra l'appuntato Cerrino con un vassoio, lo posa sulla scrivania del generale e scatta sull'attenti: «Altri ordini, comandante?»

«Grazie, Cerrino. Puoi andare.»

Cerrino esce, chiudendosi dietro la porta.

Il generale, a bassa voce: «Maggiore, ha visto come cammina? Per me, sculetta.»

53

Il mare in burrasca, un vento selvaggio che spazza le dune, la pioggia che sbatte contro la vetrata del salone, un grande camino con un fuoco appena acceso.

Ginevra stringe la matita tra le labbra e fissa intensamente un punto indistinto tra le onde schiumose. Poi, di colpo, come se avesse visto qualcosa di eccezionale, riprende a disegnare.

Carmen, la cameriera: «Ginevra, dai, finisci il latte.»

«Non mi va» risponde la bambina concentrata, senza alzare lo sguardo dal foglio.

«Preferisci un po' di succo d'arancia?»

«No.»

«Vuoi una fetta di pandoro farcito alla crema?»

«Non disturbatemi, per favore.»

«D'accordo. Dimmi almeno» chiede la cameriera, accarezzandole con dolcezza le trecce bionde, «cosa stai disegnando di così importante...»

«Dio.»

«Scusa... Ho capito bene?»

«Ma sì, certo che hai capito bene! Questa deficiente è convinta di vedere Dio e di poterlo pure disegnare.» Come un tuono, nel salone rimbomba il vocione rauco di Sergio Cavalcanti detto Sergione, gioielliere adorato nel triangolo viale Parioli/Porto Cervo/via della Spiga, straordinario intenditore di diamanti, un passato nei Nar e la passione per l'usura, nel senso che presta soldi a strozzo in società con Dante Livella, negli ambienti della malavita romana noto con il soprannome di Dracula, per dire che è uno capace di succhiarti anche il sangue.

Con la politica, Sergione ha chiuso da tempo: degli anni giovanili trascorsi nella destra armata gli restano solo una croce celtica nera tatuata sull'avambraccio destro, la faccia butterata e il carattere brutale, l'animo predisposto alla ferocia gratuita.

Per comprendere le ragioni del suo comportamento con Ginevra non serve Freud. Ci sono padri adottivi che si rivelano migliori dei padri naturali: più affettuosi, più empatici, più tutto.

Altri – la maggior parte – mantengono una distanza formale, ma nel recinto delle buone maniere e del rispetto.

Poi ci sono i bastardi come lui, Sergione.

Ginevra l'ha sempre considerata un fastidio profondo pieno solo di capricci, *perché i bambini, porca troia, fanno i capricci*. Ma si è innamorato di sua madre Roberta, e la bambina fa parte del pacchetto. Come il padre barbone, che per vederla va a strimpellare la chitarra davanti al portone di casa.

Quanto a questa Roberta: una mamma da sbattere al muro. Capricciosa, annoiata, volubile. La testa concentrata solo sulla palestra, i massaggi tonificanti, lo shopping compulsivo, le interminabili telefonate con le amiche, la progettazione delle vacanze. Molto a suo agio in una vita gonfia di rinnovato benessere e fatuità. Anche se lo vede il nuovo compagno quando maltratta Ginevra, certo che lo vede: si accorge della malvagità che ci mette nel rimproverarla, e lo sente il rumore dei ceffoni che lasciano i lividi sulla sua carnagione chiara, vellutata.

Ma non si arrabbia.

No.

Si limita a fare gli occhi dolci – a lui, non alla figlia – e a chiedergli di essere «più carino».

Dice proprio così: «Dovresti essere più carino con Ginevra.»

Poco prima che iniziassero le vacanze natalizie, la maestra, all'uscita di scuola, l'ha fermata sul portone: «Signora, mi perdoni... Però, ecco... Mi è capitato di vedere dei lividi sul corpo di sua figlia. Lei se ne è mai accorta?» Questa fogna di madre ha risposto così: «Oh, sì, certo: se li procura cadendo. Non immagina che ruzzoloni, quando gioca da sola nella sua cameretta.»

Adesso Ginevra sta disegnando Dio.

L'orco le posa una mano pelosa sulla spalla: «Stai molto attenta... Se non ti piace giocare con il plotone di Barbie che ti sei portata dietro da Roma, Babbo Natale non te ne regalerà di certo altre, quest'anno. Tra l'altro, devi sapere che io sono un grande amico di Babbo Natale. E lui si arrabbia se gli dico che tu, invece di giocare con le sue bambole, ci racconti la fregnaccia di vedere Dio.»

«Ma io lo vedo» risponde convinta la bambina, continuando a disegnare i capelli a un omino stilizzato.

«Fottiti» le risponde l'uomo, torcendole l'orecchio destro, «con te non si può nemmeno scherzare un po'.»

Ginevra comincia a piagnucolare.

Lui prende il giaccone di montone dall'attaccapanni e se lo infila attraversando il salone della villa di tipo amalfitano, lunga e stretta, su tre livelli, con parecchie stanze e corridoi dai muri colorati, celesti e giallini. Accanto alla porta d'ingresso un busto di Mussolini, e dietro, sopra una consolle, un De Chirico. Prende le chiavi da una ciotola rossa e si rivolge bruscamente alla cameriera: «Vado a Sabaudia. La signora è giù, in sauna. Alle diciotto viene Gilberto a farle un trattamento decontratturante. Il citofono è rotto, darà qualche colpo con il clacson: perciò cerca di stare con le orecchie aperte e di non rincoglionirti, come tuo solito, su Instagram.»

Attraversa il giardino di macchia mediterranea sotto un'improvvisa grandinata, sale sulla Mercedes Classe G blu metallizzato, con il telecomando apre il cancello, esce e imbocca il lungomare deserto. Supera il bivio per Sabaudia e prosegue diritto, in direzione Borgo Grappa.

Se guardasse nello specchietto retrovisore, si accorgerebbe di essere seguito da una Toyota Rav4.

L'onorevole Pignataro è al secondo caffè. Ma non gli basta.

Dove sarà il bagno in questa cazzo di Rinascente?

Un minuto dopo è chino sul lavandino. Le mani gli tremano un po', mentre con una fretta furiosa svuota la bustina e – aiutandosi con la carta di credito – cerca di formare una striscia uniforme.

Piano, fai piano, Pinuccio.

Non devi sprecarne nemmeno un granello.

Ricordi quello che ti ha detto Biancaneve, no? Bamba così buona, a Roma, nessuno se l'è ancora mai pippata.

Bum bum, sente il rumore del cuore.

Con la mano sinistra tiene la cravatta a pois rossi di Albertelli, con il dito destro preme sulla narice. E tira su. Forte, fortissimo. Avido. Ghiotto. Poi ripete l'operazione con l'altra narice.

E adesso vediamo che botta è.

Torna al tavolo suggestionato, già euforico, carico a pallettoni.

«Non mi devono cagare la minchia. Gli rompo il culo, io.»

Parla a voce alta. La barista si volta e gli lancia un'occhiata storta. Lui le spedisce un bacio con la mano.

Lello compare in quel momento, da dietro lo scaffale della cioccolata.

«Pino, ti vuoi rimorchiare quel cesso?»

«Bello mio, oggi sto a cazzo così diritto che potrei scoparmi pure il tuo culo.»

«Andiamo bene.»

«Dipende dalle notizie che mi porti. Comincia.»

«Posso avere prima un caffè?»

«Dopo.»

«Okay: partiamo dalla donazione?»

«Il guaio grosso è l'altro, ma inizia a dirmi di quei coglioni.»

«Ai nostri amici ho detto che le promesse vanno mantenute e che ci sei rimasto molto male. L'accredito di quei pochi spiccioli l'hai vissuto come una mancanza di fiducia. Loro hanno cincischiato un po', spiegandomi che hanno fretta e che il tuo ritardo nel far posizionare la commissione Difesa in un certo modo li ha piuttosto innervositi...»

«Loro chi? Con chi hai parlato a Firenze?» chiede Pignataro, allentandosi leggermente il nodo della cravatta.

«Con il ragionier Perini» risponde, pieno di pazienza, il portavoce. «Eravamo nello studio dell'avvocato Bragas, ma è con Perini, come sempre, che ho parlato.»

«Okay, prosegui.»

«Perini, a un certo punto, è uscito dalla stanza, credo per telefonare. Dopo un quarto d'ora è tornato e mi ha detto che i suoi si erano convinti: prima di Capodanno andrò di nuovo su a Firenze e me ne consegneranno altri diecimila, stavolta però con l'elastico.»

«Meglio di niente.»

«Ho specificato che, non appena tu hai i soldi in tasca, ti rimuovi con la commissione Difesa. Gli ho spiegato, per l'ennesima volta, che si tratta di un ordine per svariati milioni d'euro, non è uno scherzo, la cosa va organizzata nei dettagli e gestita con cura. Perciò devono mettere in conto qualche altro piccolo intoppo, qualche possibile ritardo.»

«Bravo, perfetto. Adesso dimmi dell'altra questione, che stanotte non mi ha fatto chiudere occhio.»

«Appena tornato da Firenze ho preso un taxi e sono andato a Ostia. Pollicino mi aspettava in macchina davanti al Kursaal. Gli ho raccontato tutto. Non ha battuto ciglio: mi ha assicurato che ci pensa lui.»

«Quanto ti ha chiesto?»

«Per ora, niente. Dice che poi potrai sdebitarti facendogli quella piccola cortesia che già sai...»

Ciucciami il cazzo, Pollicino. Altro che cortesia. Ti mando la Dia a casa, coglione.

Lello si accorge dello sguardo elettrico del suo onorevole. Conosce quelle pupille. «Pino, tutto bene?»

Tutto bene, benissimo.

Biancaneve aveva ragione.

La bamba era pazzesca.

È alto e snello, ha i muscoli delle gambe tonici e definiti sotto le autoreggenti a rete, il rossetto è di un rosso assurdo, e pure i capelli. Tinti. Color mogano. Alla Silvan. Se ne sta sul sedile posteriore della Mercedes con la minigonna di finta pelle tirata su e l'arnese penzoloni: Sergione, seduto accanto, l'osserva eccitato, passandosi la mano sulla patta dei pantaloni.

I vetri sono appannati.

Piove a secchiate.

La Toyota Rav4 è ferma all'inizio della stradina che si infila nel vigneto.

A bordo ci sono: il presidente Sergio Mattarella, Matteo Renzi, Fiorello e Amadeus. Renzi ha la voce di Paraldi e sta chiedendo a Bombardino se non si senta in imbarazzo a indossare il volto del capo dello Stato.

«Per tua conoscenza» dice il dentista, le mani sul volante, «io sono un suo fan scatenato.»

Interviene Amadeus, cioè Franchino: «Cocchiere, una curiosità: ma non potevamo usare le stesse maschere che abbiamo indossato dallo sfasciacarrozze?»

Risposta: «Mi diverte da matti comprarle. Anzi, ecco: Paraldi, come ti senti a essere Renzi?»

«Male, grazie» risponde l'oste. Che aggiunge: «Tutto chiaro quello che vi ho spiegato, ragazzi?»

Bombardino si incarica della sintesi: «Io ho capito questo: il figlio del tuo amico, l'autista dell'onorevole, è scomparso. E, quasi sicuramente, è morto ammazzato. Il suo assassino, che tra l'altro è l'amico con cui aveva ricattato l'onorevole sporcaccione e cocainomane, resterà impunito, perché tu, al massimo, sei un cronista, non una guardia, e certo non puoi arrestarlo. Quanto al deputato: rischia di farla franca, perché protetto dai cosiddetti poteri forti, che hanno a cuore la stabilità del governo, cui contribuisce anche il suo partitino. In tutto questo schifo, tu vorresti almeno dare una lezione al nuovo compagno della moglie di De Gregori, la merda di fascio riccastro che maltratta le bambine e che, in questo momento, è a bordo di quella Mercedes in lieta compagnia... Giusto?»

Renzi annuisce: «Possiamo andare.»

Sergione s'è steso sul sedile posteriore, con la schiena contro lo sportello e la nuca sul finestrino, e ha ordinato a Pier, un trans argentino sulla quarantina che batte la zona della pianura pontina, di cominciare a succhiarglielo.

Ha i pantaloni abbassati e la pancia nuda, deformata e pelosa.

Il trans mette su uno sguardo da porco, tira fuori la lingua biancastra e si appresta a guadagnarsi i trenta euro pattuiti. Ma, mentre si piega, alle spalle di Sergione, dietro il vetro bagnato dalla pioggia, scorge la faccia di Fiorello.

Pier adora Fiorello.

Si è alzato un inverno intero all'alba per poterlo seguire su Rai 2.

Il suo sogno è incontrarlo, e parlarci, e stringergli la mano, e magari fargli pure un servizietto.

Certo è un po' curioso che Fiorello sia spuntato fuori dalla vigna e che ora tenga la faccia schiacciata contro il finestrino.

È un dubbio che resta appeso nella mente del trans solo per pochi secondi.

Prima sente Sergione che, sghignazzando, gli dice: «Oh, ma che sei rimasto incantato? Va bene che ho un bel cazzo, però tu dovresti averne visti tanti...»

Poi lo vede cadere all'indietro. Perché Fiorello, di botto, ha aperto lo sportello.

Sergione bestemmia e si ritrova carponi, la bocca sporca di terra bagnata. Pensa che lo sportello abbia ceduto: doveva mettere la sicura, ecco. Poi però nel suo campo visivo compaiono un paio di Adidas Tobacco.

La faccenda si complica.

Ma è il pensiero di un attimo.

Alza lo sguardo e ne conta quattro: Mattarella, in particolare, gli appare molto grosso, una specie di armadio con le braccia. Amadeus impugna una mazza da baseball. Fiorello ha le mani in tasca.

L'istinto da vecchio picchiatore gli ordina di alzarsi. Devi sempre provare a rimetterti sulle tue gambe, è l'unica possibilità che hai. Solo che, stavolta, non ce l'ha.

Un po' perché non è più agile come un tempo, un po' perché gli arriva un calcio sulla schiena che lo rispedisce giù. Il naso atterra violentemente su un sasso. Sergione avverte un rumore che conosce e, subito, un dolore acuto. Inizia a perdere sangue, ne sente il sapore in bocca.

Poi arriva la voce di Renzi: «Sai perché siamo qui?»

«Perché siete dei pezzi di merda.»

Secondo calcio: ma sui denti. Labbro spaccato.

Sergione capisce che si è messa male. E molto. Prova a trattare: «Okay, calma, ragioniamo...» Parla a pancia in giù, gli viene fuori una voce un po' in falsetto. «Nel cruscotto c'è il portafoglio: dentro ci sono almeno cinquecento euro in contanti. Ma potete prendervi anche la macchina e l'orologio, eccolo qua...», e nel tentativo di toglierselo rotola su un fianco.

Amadeus non resiste e gli molla un colpo di mazza sulle costole. Rumore di legna secca che si spezza.

«Aaarrgghhh!»

L'urlo di Sergione è animalesco. Pier, il trans, comincia a tremare e si rannicchia sul sedile, abbracciandosi le gambe.

Paraldi, con la maschera di Renzi: «Di' la verità: stavi per fidanzarti, vero?»

Sergione non risponde. Si tiene il costato e mugugna, sputa saliva rossastra, prova a mettersi seduto. Ci riesce solo perché due mani possenti lo prendono da dietro sotto le ascelle e lo sistemano contro il parafango della Mercedes.

Li osserva: quattro rapinatori matti. Ripensa ai drughi di *Arancia meccanica*.

Ancora Paraldi: «Non mi hai risposto: volevi fidanzarti?»

«Chi cazzo sei?» risponde Sergione, che prova a restare nella parte di quello duro.

«Sono uno che ti ha visto picchiare una bambina.»

«Ha picchiato una bambina?» interviene Amadeus, caricando un nuovo colpo con la mazza.

«Già» conferma Paraldi.

La botta è davvero tremenda. Stavolta, sull'altro lato del torace. Ancora rumore di legna secca. Costole spezzate come grissini.

Sergione lancia un urlaccio. Poi inizia a imprecare. Allora Franchino, con la maschera di Amadeus, chiede a Bombardino di tenergli il bastone, afferra il polso sinistro di Sergione e gli slaccia l'orologio. Commerciandoli, se ne intende. «Oh oh... Ma guardate un po' come si tratta bene Sergione! Questo è un magnifico Rolex Paul Newman... Una robetta da almeno centomila pippi.» Lo esamina con attenzione. Poi gira intorno alla macchina, apre lo sportello posteriore destro e porge l'orologio a Pier: «Tieni. Questo è il tuo regalo di fidanzamento. Puoi andare, tesoro.»

Pier prende l'orologio e lo mette velocemente nella borsa. Scende in bilico sui tacchi, indietreggia verso il filare come un gambero, sussurra un «Buonasera, signori...», poi si volta e inizia a correre.

Bombardino: «Che facciamo?»

Paraldi non risponde subito. Poi si rivolge a Fiorello: «Che gli abbiamo fatto?»

«Il naso se l'è rotto da solo» risponde l'amico. «Noi, a parte un taglietto sul labbro, dovremmo avergli spezzato almeno un paio di costole per lato.»

Paraldi: «Bene. Procediamo.»

Cocchiere annuisce. Tira fuori dalla tasca del piumino un punteruolo. E inizia a squarciare le gomme della Mercedes.

Bombardino e Franchino cominciano a svestire Sergione. Che scalcia un po', finché Bombardino non gli assesta un gancio destro sulla mandibola.

Paraldi spalanca lo sportello anteriore destro, s'infila dentro e apre il cruscotto. Prende il portafoglio.

Dieci banconote da cinquanta euro e una da venti.

Tre carte di credito e un bancomat.

Un foglietto con alcuni numeri di cellulare appuntati.

Il tesserino del centro assistenza Mercedes.

Un minuscolo cornetto d'oro.

La patente.

Sergio Cavalcanti.

La visura catastale che Paraldi ha fatto fare sull'appartamento di via Crescenzio all'architetto Biagini è stata la prima traccia, per risalire al nome e cognome: la seconda indicazione, la villa con scesa a mare sulla sabbia di Sabaudia, gliel'ha poi fornita proprio De Gregori.

Anzi, a proposito.

Bombardino, con due fascette di plastica da imballaggio, sta finendo di legare a Sergione i polsi dietro la schiena.

Sergione ora è nudo.

Completamente nudo.

Paraldi tira fuori il cellulare dalla tasca interna del Filson e gli scatta un paio di foto. Sarà il dono di Natale per il suo amico De Gregori. Con i cinquecento euro comprerà torroni e spumante per tutti i barboni di San Pietro.

Bombardino: «Noi abbiamo finito.»

Paraldi si rivolge a Sergione, che giace mezzo storto, dolorante e umiliato, il collo piegato di lato. «Allora, brutta testa di cazzo, due cose. La prima: non ti azzardare più, mai più, a sfiorare Ginevra, nemmeno con un dito. Altrimenti torniamo a cercarti e ti tagliamo le palle. La seconda...» Paraldi si gira come per andarsene, ma in realtà sta solo caricando un calcio. Che gli parte come una molla. Violentissimo. Il suo piede destro centra il naso di Sergione.

Una poltiglia.

Sergione ulula, ha il viso imbrattato di sangue.

Si dimena, ha un soprassalto di rabbia brutale, ma è solo un sacco di vecchi muscoli.

Paraldi: «Il calcio te lo manda un amico mio.»

Bombardino e Franchino afferrano Sergione e lo rimettono in piedi. Lui è intirizzito e barcolla, per tenersi in equilibrio punta le chiappe sul freddo portellone posteriore della Mercedes: sbava, sputa grumi rossicci, bestemmia.

Osserva Renzi, Mattarella, Fiorello e Amadeus allontanarsi e sparire dentro la nebbia, sotto una pioggia fitta, lungo il sentiero che conduce alla strada provinciale. Trova la forza di urlargli dietro: «Vigliacchi! In quattro contro uno!»

Gli rispondono dal buio: «E se eravamo in cinque, te menavamo in cinque!»

54

Marika e Dobermann vanno a cena da Mister Burger, sulla via Ostiense.

Lei prende solo un'insalata, comincia a mangiarla svogliatamente. Poi ha una botta di nausea improvvisa e intensa, va in bagno e vomita. Torna al tavolo pallida, con le labbra secche. Suda freddo, è preoccupata.

Dobermann l'obbliga a telefonare alla ginecologa. Che però è subito rassicurante: dice che episodi simili sono assolutamente normali, in questa fase della gravidanza; le analisi che ha visto l'altro giorno sono comunque perfette e tutto sta procedendo per il meglio: perciò, invece di avere ansie inutili, Marika deve godersi la pancia, che comincia a crescere.

Anche Dobermann ascolta la ginecologa con uno dei due AirPods della fidanzata, che si è infilato nell'orecchio sinistro. Annuisce e stringe i pugni in piena euforia. Sghignazzando, finisce di addentare il suo panino. Quando ride, tra l'altro, non smette mai di muovere le punte delle orecchie.

Marika saluta la dottoressa, ripone il cellulare nella borsa tarocca di Fendi e accarezza teneramente la nuca del suo uomo. Lo ama. E sa che lui ama lei.

Poco fa Dobermann le ha confidato che vuole rompere gli indugi: annuncerà alla madre Ersilia che presto diventerà papà. Glielo diranno insieme, domani sera, durante il cenone di Natale: aggiungeranno pure la notizia che tra un paio di mesi Marika andrà a vivere lì, a casa loro. La signora Ersilia sarà contenta: da quando è rimasta vedova, le sue giornate sono interminabili in quell'appartamento buio nel seminterrato d'un palazzo di undici piani, a largo Preneste.

Quest'antivigilia è comunque indimenticabile anche e forse soprattutto per un altro motivo: nel pomeriggio, Dobermann ha ritirato la sua nuova Porsche, e adesso – dopo essere usciti da Mister Burger, nella notte – la guida tutto tronfio, felice come un bambino, con Marika che se ne sta sognante sul sedile accanto, sentendosi una via di mezzo tra Elodie e Ilary Blasi.

«Amo', ma lo senti come canta 'sto motore?» fa lui, poetico.

«Sai che c'è? Me pare proprio de sta' dentro un film» risponde lei, sognante.

«Famo passa' 'ste feste, poi annamo a ordina' 'na bella Mini Minor pe' te. Così butti quer cesso della Cinquecento, che nun se pò più vede'.»

«Ma la faranno la Mini rosa?» chiede lei, puntigliosa.

«Che cazzo te frega, amo', se la fanno o no. Si te piace rosa, la portamo dar carrozziere e la famo vernicia' de rosa.»

«Sì, però nun se li dovemo manco frulla' tutti subito, i soldi. Perché, oh, dico: nun te dimentica' de chi sta pe' arriva'» dice Marika allusiva, sfiorandosi la pancia.

«Sta' bbbona... Tra poco, a 'sta creatura, je famo vede' uno spettacolo che spacca.»

«Ma 'nfatti... 'ndo me stai a porta'?»

I fari della Porsche illuminano gli alberi scossi dal vento e le stradine deserte dell'Aventino, l'ingresso della Basilica di Santa Sabina, le mura antiche del Giardino degli Aranci.

Dobermann ferma la macchina davanti a un grosso cancello di bronzo: è il cancello della villa che appartiene all'ordine del Gran priorato di Roma dei cavalieri di Malta.

Per lui, però, questo luogo – come per quasi tutti i romani – ha solo un nome bizzarro: er buco della serratura.

Scende e, in un soprassalto di galanteria, va ad aprire lo sportello di Marika. Che resta a bocca spalancata. «A Dobby, ma che te sei ammattito?»

Lui le sorride e le fa segno di avvicinarsi al cancello. Poi, tenendola per mano, si china e accosta l'occhio destro al buco della serratura.

E controlla.

Sì: è tutto esattamente come l'ultima volta.

Ecco la cupola della Basilica di San Pietro.

Laggiù.

Alla fine del vialetto.

Illuminata e incorniciata da un pergolato curvo.

Una prospettiva pazzesca.

Un piccolo incantesimo.

«Daje, amo'» dice Dobermann, spostandosi e invitando la fidanzata a guardare.

Marika, dopo aver guardato per alcuni secondi: «Mortacci tua che bello, oh! Ma dimme te che m'hai fatto scopri' stasera...»

Ridono. Lei lo abbraccia e lo bacia. Un bacio lungo e appassionato, come dovrebbero essere sempre i baci tra due innamorati.

Rientrano in macchina, mentre ha iniziato a cadere un nevischio fitto.

Lei lo guarda un po' svenevole con i suoi occhi verdi. «Vorrei tanto scopa'... ma secondo te, se potrà?»

«Be', certo, i sedili so' de pelle vera...»

«Ma che scemo! Intendevo: se potrà scopa' con 'na creatura in grembo?»

Lui accende il motore e mette il riscaldamento al massimo. Poi le sfila lo zuccotto e, lentamente, inizia a tirarle giù la lampo del piumino. I vetri della Porsche sono appannati.

Lo sportello dal lato di Dobermann si spalanca all'improvviso.

Marika sente un rumore sordo.

Tump!

Vede un guizzo di stupore negli occhi di Dobermann. E un piccolo foro rosso al centro della sua fronte.

Vorrebbe urlare, ma l'urlo le resta bloccato in gola.

Ascolta una voce arrivare da fuori: «E con lei, che famo?»

«Pure lei.»

Tump!

55

Appena entra in vineria, squilla il cellulare. Sbircia sullo schermo e risponde: «Grande Nazareno!»

«Sono Lucia, la sorella.»

«Che succede?»

«Nazareno è andato via.»

Paraldi rimane sorpreso di non essere sorpreso. Chiede solo: «Quando è successo?»

«Un'ora fa. All'ospedale San Giovanni. Ormai era da due giorni che respirava con l'ossigeno. All'alba mi sono svegliata di colpo. Ha presente una specie di premonizione? Sono andata in camera sua e l'ho trovato che gorgogliava. Ho chiamato l'ambulanza. Ma quando è arrivata, l'infermiera mi ha detto che la situazione era disperata.»

«Mi dispiace. Soprattutto, mi dispiace non essere riuscito a ritrovare il suo Max.»

«Guardi: lei, a mio fratello, ha allungato un po' la vita. Gli ha dato quella speranza che i carabinieri hanno rinunciato, da subito, a concedergli. Dottor Paraldi, senta: a me, adesso, può dirlo. Mio nipote è morto, vero?»

«Temo di sì, signora.»

«Ucciso?»

«Non ho prove certe. Ma il forte sospetto, sì.»

«Allora vuol dire che Nazareno e Max si sono già ritrovati. E con loro c'è anche Silvana, moglie e madre adorata.»

«Nessun morto è mai tornato indietro per dirci se è poi vero che lì ci incontriamo di nuovo. Ma noi ce lo auguriamo.»

«Vedrà che è così. E anche lei incontrerà di nuovo suo padre. Mi sono accorta di come guardava Nazareno, l'altra sera, quando lei e la sua fidanzata siete venuti a casa. Buon Natale... e ancora grazie.»

Paraldi ha la lingua incollata al palato e non riesce a replicare agli auguri.

Va al bancone e si versa una doppia dose di gin. Lo beve d'un fiato. È digiuno e l'alcol gli entra in circolo velocemente. Si ritrova a formulare pensieri intrecciati e conniventi, prima furiosi e poi rassegnati.

Ho fatto tutto quello che potevo. Quando ho cominciato a cercarlo, Max era già morto. Certo, ho scoperto tutti i colpevoli, diretti o indiretti, di questa storia. E so che nessuno di loro pagherà. Ma il compito di un cronista è quello di cercare la verità, non di emettere sentenze. La verità avrei dovuto raccontarla al vecchio Nazareno. Il fatto che sia morto, in qualche modo, dà però pace a lui e anche a me. Quanto al funerale: so benissimo perché non ho chiesto alla sorella quando ci sarà. E comunque, ecco: il Natale si conferma una festa del cazzo.

Sente le gambe morbide, la testa svuotata, quella sensazione di leggerezza che conduce a una forma di buonumore.

L'uomo è un animale mostruoso.

Si accende il sigaro, la vineria è deserta. Aveva deciso di chiudere verso le sette: la sera della vigilia, di solito, i clienti più affezionati passano per un ultimo aperitivo veloce e poi corrono a infilarsi ciascuno nel proprio presepe di cartapesta, dove troveranno un mucchio di sconosciuti diventati – un matrimonio e un divorzio dietro l'altro – parenti per caso, tra cognati che si detestano, suocere isteriche, mogli incazzate, mariti rancorosi e bambini che, ignari, ma non sempre, aspettano solo di scartare i regali e giocare a tombola.

Stasera, però, probabilmente converrà abbassare la serranda un po' prima. Le previsioni annunciano una nevicata forte e imminente, è questione di ore. I romani hanno intuito che stavolta ci siamo davvero. Guardando il cielo e annusando l'aria, lo capirebbe anche un hawaiano.

Entrano Picasso e l'Avvocato, che in mano ha una busta del negozio Banchetti.

«Ecco, Paraldi» dice l'Avvocato, posando la busta su un tavolo. «Questo è il nostro regalo di Natale.»

«Ma vi siete rincoglioniti?»

Picasso: «Diciamo che siamo entrati in quella fascia d'età in cui l'amicizia smette d'essere un modo di dire e diventa un valore.»

Paraldi apre la busta e trova una scatola blu dell'Adidas. Dentro ci sono un paio di Tobacco verde bosco.

«Una vera rarità» sottolinea Picasso.

Paraldi ha gli occhi un po' acquosi. Va in cucina, chiama Bamba e Antonia, che stanno svuotando l'ultima lavastoviglie, e prende una bottiglia di Franciacorta Contadi Castaldi.

È un brindisi veloce.

Dietro la vetrata del giardino, i fiocchi cominciano a venire giù grossi e fitti.

Paraldi ringrazia i suoi amici, ordina a Bamba di chiudere subito il locale e, prima di uscire, manda un WhatsApp a Chicca: «Vado a casa. Ti telefono più tardi, così ci facciamo gli auguri.»

Via dei Banchi Vecchi è deserta, piombata nel silenzio.

E completamente bianca.

56

Paraldi ha acceso il camino e aspetta, disteso sul divano, fumando e sorseggiando gin, che arrivino le nove di sera per cominciare a friggere.

Considera un privilegio assoluto poter trascorrere il Natale in completa solitudine e friggersi solo e soltanto i carciofi a spicchi che ha fatto preparare a Fernando. Detesta le altre fritture classiche del cenone. Soprattutto, odia la regola che dice: prima i fritti e poi il pesce. La liturgia degli spaghetti con il tonno o con le vongole gli fa venire le bolle. E poi quelle spigole di allevamento, quei rombi con le patate. Per carità di Dio.

Paraldi il pesce lo mangia se c'è un mare nelle vicinanze. Deve sentirne il rumore. E l'odore.

Stasera, il menu – oltre ai carciofi fritti – prevede: una selezione di formaggi morbidi e stagionati, Pata Negra come se non ci fosse un domani, il polpettone tartufato della macelleria di Campo de' Fiori (già cotto al mattino: perché il polpettone è un'altra di quelle pietanze che deve riposare, per compattarsi), mozzarella di bufala con olive taggiasche e pomodorini secchi calabresi, puntarelle senza alici, funghi porcini sott'olio e pizza bianca. Ha intenzione di aprire una bottiglia di Amarone dell'azienda Quintarelli, annata 2015 (costicchia un po', ma è pur sempre Natale). A chiudere, il pandoro di Roscioli.

Raccontata così, è chiaro che potreste pensare: contento lui, contenti tutti.

Il punto, però, è che lui, tanto contento, non è.

La sua solitudine è piena di amarezza e di spettri. Uno dei motivi per cui non va dalla sorella Caterina, in Maremma, è che le riconosce la spietata abilità di richiamarli tutti: lo fa in buona fede, sia chiaro, ma lo fa. Li evoca, li fa tornare. Sua madre e suo padre, e poi i nonni e certi zii. Non che con loro, ai tempi in cui il cenone si teneva nella casa di famiglia, a Testaccio, fossero serate memorabili. Anzi, il rimpianto è proprio questo: Paraldi continua a immaginare che altri cenoni, più allegri e spensierati, sarebbero stati possibili. Il rimpianto diventa perciò una fottuta mestizia. La solitudine è una fuga un po' vigliacca, ma anche un ottimo compromesso. Perché la sera del 24 dicembre, puntuale, torna comunque ogni anno.

Dal divano, osserva la porta finestra appannata. Ha smesso di nevicare per pochi minuti, poi ha ricominciato. Sulla terrazza ci saranno già almeno dieci centimetri di neve. Così accende la tivù e va sulle breaking news di Sky, per sentire le previsioni meteo.

Gli esperti, intervistati come in un film catastrofista hollywoodiano, spiegano che, a loro memoria, non c'è mai stata su Roma una nevicata abbondante come quella che è appena iniziata. «Nevicherà almeno fino a domani pomeriggio.»

Poi la conduttrice – Silvia Barca, una biondina con occhi normanni e un grandioso talento nel tradire il fidanzato di turno – passa alle altre notizie.

«Restiamo sempre a Roma: ancora nessuna novità nelle indagini sulla banda di nazisti che terrorizza le notti dei senzatetto della Capitale. Sulla vicenda, è intervenuto questa mattina l'onorevole Pino Pignataro di Italiani uniti, che abbiamo ascoltato nell'edizione delle tredici. Risentiamo alcuni passaggi della sua intervista: "Mi auguro che il lavoro degli investigatori proceda velocemente e porti, presto, a risultati concreti. L'idea che centinaia di poveri emarginati debbano addormentarsi con la paura di ardere vivi nel sonno è francamente inaccettabile per un paese democratico..."»

Brutto figlio di puttana.

Guarda lì che faccia.

L'angioletto.

Con il suo maglioncino di cachemire blu, la divisa d'ordinanza dei parlamentari che si fanno intervistare nei giorni di festa per dimostrarci che sono come noi, gente normale che detesta la cravatta. Con quel sorriso fisso pieno di quei cazzo di denti perfettamente sbiancati: tanti denti, troppi. Con la pelle scurita dalle lampade, che nasconde un'anima nera, sporca.

Paraldi stritola il mozzicone di sigaro tra le dita. I pensieri al galoppo gli impediscono di sentire le ultime parole di Pignataro. Poi le immagini tornano in diretta, la conduttrice continua il telegiornale dicendo: «E sempre a Roma, la scorsa notte, un uomo e una donna sono stati uccisi davanti al portone del Priorato dei cavalieri di Malta, sul colle Aventino, famoso per il panorama che si può ammirare dal suo spioncino. Le vittime sono Marika Benvenuti di ventitré anni, commessa, e Cristian Belloni, un istruttore di arti marziali noto con il soprannome di Dobermann. La coppia è stata freddata con due colpi di pistola. La particolare spietatezza e precisione dell'esecuzione fa supporre agli investigatori della squadra Mobile che possa trattarsi dell'opera di un killer professionista...»

Paraldi resta immobile.

Trattiene il respiro.

Gli sembra di sentire solo i battiti del cuore. E, contemporaneamente, qualcuno che bussa alla porta.

Decide che è una suggestione.

Con il dorso della mano si asciuga le perline di sudore freddo che gli scivolano sulla fronte. Manda giù un sorso di gin. Con riluttanza, si impone di dare un ordine logico ai pensieri che hanno trasformato la sua testa in un flipper.

Dobermann e Marika sono stati uccisi. E Marika era pure incinta. Due colpi soltanto: sì, certo, un professionista. È stato Pignataro. Non può che essere stato lui a ordinare l'esecuzione. Pensava di aver chiuso il ricatto pagando quel mezzo milione di euro a Dobermann e a Max. Che, però, hanno subito litigato. Max è sparito, difficile stabilire se Pignataro avesse intuito che era morto: le cose, a quel punto, gli si erano comunque già messe piuttosto male. Poi sono arrivato io. Che ho ricostruito quasi tutta la storia. Così, quando sono andato a raccontargliela al circolo del golf, Pignataro ha capito di essere davvero in pericolo. E ha deciso di eliminare il responsabile del ricatto e la sua fidanzata, immaginando che anche lei qualcosa potesse sapere. Contro di lui, in questo modo, non ci sono più né testimoni né prove. O meglio: resterei io. Ma con l'attendibilità di un mitomane.

Paraldi si accorge di avere il bicchiere vuoto. Si alza per andare a riempirlo, però sente di nuovo bussare.

Non era una suggestione.

Chi cazzo è?

57

Gli Angioloni di Ponte Sant'Angelo emergono, a turno, nella tormenta di neve. Il Castello, laggiù, è una sagoma sbiadita, rarefatta.

Un uomo avanza lentamente, curvo, con passi pesanti e incerti, un berretto con la visiera calato sulla fronte e la custodia di una chitarra a tracolla.

De Gregori è gonfio di alcol.

Nel pieno di una sbronza colossale.

Ha iniziato a bere a metà pomeriggio, in piazza del Pantheon, dove si era messo a suonare per gli ultimi passanti che, infreddoliti, si affrettavano a tornare nelle case e negli alberghi. Quando si è ritrovato solo, la musica ha cessato il suo effetto sedativo: gli è montata dentro l'ansia più cupa, la tremenda nostalgia per la figlia Ginevra, la disperazione per essersi ridotto a mendicare anche la vigilia di Natale.

Il pasticcio amaro dei suoi pensieri si è rapidamente tramutato in panico.

È entrato in un negozio di alimentari, con gli spiccioli delle elemosine ha acquistato una bottiglia di amaro Cynar e l'ha vuotata in pochi minuti.

Voleva ubriacarsi.

Mettere la testa a mollo in qualcosa che lo stordisse.

Gli sembrava l'unica cosa da fare.

Per essere sicuro di riuscirci, su corso Vittorio si è infilato sotto la saracinesca di un bar che stava chiudendo e, biascicando, ha pregato il proprietario di vendergli una bottiglia qualsiasi, purché contenesse alcol. Gli erano rimasti tre euro: e quello gli ha mollato un bottiglione di vinaccio per cucinare. Mentre lo pagava, De Gregori ha vacillato ed è crollato sulle ginocchia. Un barista rumeno l'ha aiutato a uscire dal locale, l'ha fatto sedere su una panchina di marmo e gli ha sistemato il bottiglione accanto: lui è rimasto lì, a sbevazzare, per almeno un paio d'ore.

Il nevischio si è tramutato prima in nevicata, poi in bufera.

Adesso viene avanti barcollando sotto il peso del cappottone ormai fradicio. Anche le Superga bianche sono zuppe d'acqua. Ormai non sente più le dita dei piedi. E nemmeno i fischi del vento. I fiocchi sono soffici e gli danno l'impressione di tante minuscole, gelide carezze.

Ha la testa in pappa.

In fondo al buio pesto della mente riesce ad ascoltare solo una voce che assomiglia alla sua.

Non fermarti.

Resta in piedi.

Arriva almeno a piazza San Pietro.

Non cedere al desiderio di accucciarti.

Conosci anche tu la regola numero uno di ogni barbone: mai addormentarsi al gelo.

La nostra coscienza è capace di farci tornare selvatici. Lo chiamano istinto di sopravvivenza. Certe volte funziona. Stasera, no.

Non è abbastanza forte da convincere De Gregori ad attraversare il ponte.

Perché lui ha sonno.

Un sonno tremendo.

Irresistibile.

Alza lo sguardo e vede un angelo enorme che stringe tra

le braccia una croce. L'angelo gli sorride e gli sussurra di avvicinarsi: sì, adesso, certo, vieni, sistemati pure qui sotto.

Lui si lascia cadere senza sfilare dalle spalle la custodia, che sbatte contro il parapetto e lo obbliga a una violenta torsione di lato. Si ritrova steso sulla neve. La sente sulla barba, sull'orecchio, tra i capelli. Rannicchia le gambe. Infila le mani nelle tasche del cappotto.

All'improvviso, l'oscurità della mente è illuminata da una serie di fotogrammi nitidi.

Il suo primo giorno di scuola, la prima vacanza a Londra, il torneo di calcio vinto all'università, la madre che l'accompagna all'altare, l'infermiera che gli mette in braccio la figlia appena nata.

Abbiamo avuto tutti momenti in cui la vita ci è sembrata una vera figata.

Poi il destino è il destino.

La neve sta diventando rapidamente una morbida coperta bianca.

Che lo copre.

Lo sommerge.

Non avverte nemmeno più freddo.

L'ultima cosa che De Gregori sente è la voce dell'angelo: «Dormi tranquillo. Riposati. Tra un po', ti porto via con me. Andiamo a Betlemme.»

58

Paraldi ha la faccia di uno che sta ricevendo un sorriso meraviglioso.

Ma non lo commenta.

Resta un po' imbambolato.

Brancaleone, molto più espansivo: esce sul pianerottolo e abbaia scodinzolando felice.

Paraldi rimane rigido sulla porta. E muto.

«Oh, ti decidi a farmi entrare? Ho appena affrontato una tempesta di neve per venire qui» dice Chicca con una smorfia radiosa, spostandolo delicatamente ed entrando in casa. Sbatte i piedi con i Moon Boot rossi sul pavimento in cotto, si slaccia il parka verde, abbassa il cappuccio e si sfila lo zuccotto. «Che bel calduccio!»

Paraldi richiude la porta e la segue con uno sguardo incredulo. «No, scusa: ma come hai fatto a venire con questo tempaccio?»

«A piedi, Paraldi. Sono gggiovane, ïo!»

«Sorpresona, eh.» Paraldi, finalmente, riesce a far contrarre i muscoli del viso in modo da esprimere un po' di stupore divertito.

«Okay, certo, avrei potuto avvertirti. Ma ho deciso all'ultimo: tutte le mie amiche sono a cena con mariti e fidanzati, mentre la mia prospettiva era quella di sorbirmi il cosiddetto cenone con mio padre e la sua terribile amante.

Ti immagini, no? Allora ho pensato: vado da Paraldi. Non è il mio fidanzato, non diventerà mai mio marito perché ormai è troppo anziano, ma è pur sempre l'unica persona con cui mi andrebbe di trascorrere la sera di Natale. Che c'è di buono nel menu?»

«Cose che ti piacciono. Ma dobbiamo ancora friggere i carciofi.»

«Oh, sì! Fa così famiglia, friggere la sera di Natale, non trovi?», e mentre dice questo, Chicca entra in cucina: cammina come fluttuando, i capelli con la coda sono un'onda leggera e si trascinano dietro quel genere di sensuale allegria che tutti gli uomini dovrebbero incrociare almeno una volta nella vita.

Solo che l'uomo in questione, stasera, è Paraldi.

Vorrebbe dirle che senza di lei la sua vita saprebbe solo di fumo e malinconia. Perché è così, lo pensa davvero. Invece, l'unica frase che riesce a grugnire, con un'aria di colpo goffa e apprensiva, è questa: «Se però ti fermi a cena, con tutta la neve che sta venendo giù... Be', insomma... poi rischi di restare bloccata qui.»

«Rilassati... Nel caso, ti faccio dormire sul divano» risponde lei, mentre prende una padella dalla credenza. Poi è come se pensasse a qualcosa di imprevisto e di urgente: posa la pentola sul tavolo di marmo, si avvicina a Paraldi e gli dà un bacino sulla guancia. «Buon Natale, capoccione.»

«Friggiamo, va', che è meglio.»

Stampato da
Grafica Veneta S.p.A., Trebaseleghe (PD)
per conto di Marsilio Editori® in Venezia

«Farfalle Marsilio»
Periodico mensile n. 376/2023
Direttore responsabile Giuseppe Lupo
Registrazione n. 1334 del 15.06.1999
Tribunale di Venezia
Registro degli operatori di comunicazione-ROC n. 6388

Le fotocopie per uso personale del lettore possono essere effettuate nei limiti del 15% di ciascun volume/fascicolo di periodico dietro pagamento alla SIAE del compenso previsto dall'art. 68, commi 4 e 5, della legge 22 aprile 1941 n. 633. Le fotocopie per finalità di carattere professionale, economico o commerciale o comunque per uso diverso da quello personale possono essere effettuate a seguito di specifica autorizzazione rilasciata da CLEARedi, Centro Licenze e Autorizzazioni per le Riproduzioni Editoriali, Corso di Porta Romana 108, 20122 Milano, e-mail autorizzazioni@clearedi.org e sito web www.clearedi.org.

EDIZIONE
10 9 8 7 6 5 4 3 2 1

ANNO
2023 2024 2025 2026 2027